Jean Wiersch

Havelwasser

Jean Wiersch

Havelwasser

Brandenburg Krimi

Prolibris Verlag

Handlung und Figuren sind frei erfunden. Darum sind eventuelle Über-einstimmungen mit lebenden oder verstorbenen Personen zufällig und nicht beabsichtigt.

24. Auflage 2025
Alle Rechte vorbehalten, auch die des auszugsweisen Nachdrucks
und der fotomechanischen Wiedergabe sowie der Einspeicherung
und Verarbeitung in elektronischen Systemen.
Die automatisierte Analyse des Werkes, um daraus Informationen
insbesondere über Muster, Trends und Korrelationen gemäß § 44b UrhG
(„Text und Data Mining") zu gewinnen, ist untersagt.
©Prolibris Verlag Rolf Wagner, Rasenallee 23 d, 34128 Kassel
buero@prolibris-verlag.de
Titelfoto: Jürgen Führer, Kirchmöser
Druck: OSDW AZYMUT Sp. z o. o., Daimlera 2, 02-460 Warszawa, Polen
ISBN: 978-3-935263-45-0

www.prolibris-verlag.de

Ich widme dieses Buch
Kerstin, Ulla und Wolf, deren Existenz verhindert,
dass mein Leben um die schönsten Momente betrogen wird.

Mein Dank gilt
meiner Lektorin Anette Kleszcz-Wagner. Sie hat mich
freundlich beraten, geduldig Fragen beantwortet und durch
ihre Beharrlichkeit dazu beigetragen, der Geschichte und den
Protagonisten das endgültige Profil zu geben.

1

Die Hitze schwebte schon in den frühen Morgenstunden vom strahlend blauen Himmel. Sie legte sich wie eine Glocke über die Stadt und kroch durch die kleinsten Gassen, schlüpfte in jeden Winkel und trieb ohne Erbarmen die Restkühle der Nacht vor sich her. Lediglich an der Havel, und dort auch nur im Schutze großer Bäume, hielt man es noch gut aus.

Wenn da nicht die pure Neugier, die Sensationslust gewesen wäre, die all die Menschen selbst bei diesem Wetter in die pralle Sonne gelockt hatte. Dort standen sie dicht gedrängt auf einer der Havelbrücken und gafften.

Unter der Brücke hatten mehrere Männer zu tun und ließen sich kaum von den Zuschauern ablenken. Einer von ihnen sah aber doch hin und wieder zur Brücke hoch und brummte in Richtung seines Nebenmannes: „Ich hasse diese Gaffer."

Der Angesprochene sah nur kurz hoch und gab sich gelassen: „Lass sie doch! Solange sie uns nicht bei der Arbeit behindern ..."

„Hm", quittierte er den Ratschlag des Kollegen und wandte seine Aufmerksamkeit der Uniform zu, die ihn als Polizisten auswies: Mit dem Zeigefinger schnippte er drei oder vier kaum sichtbare Staubpartikel von der linken Schulter und nahm dann wieder die Stufen zum Salzhofufer ins Visier, die er mit seinem Kollegen bewachen sollte.

Oben an der Treppe befand sich die neue Cafébar. Dort herrschte normalerweise Hochbetrieb, der das kleine Brückenhäuschen oft genug aus allen Nähten platzen ließ, aber heute war eben alles anders. Heute begann genau dort die polizeiliche Absperrung, und deshalb musste an diesem Morgen das Café geschlossen bleiben.

Die Betriebsamkeit hatte sich an diesem Morgen direkt auf die Jahrtausendbrücke verlagert, wo Schulkinder mit bunten Ranzen auf den Rücken standen, dicht gedrängt neben erwachsenen Männern, die ihre Fahrräder gegen das Brückengeländer drückten. Wie eine Meute Jagdhunde vor der Beute. Sie strebten alle zum Rand, ganz nach vorne.

Zuerst hatte noch absolute Stille geherrscht. Kein Laut war durch die Luft gesurrt, nicht einmal das Scharren von Füßen war zu hören gewesen. Dann leises Wispern, das von Sekunde zu Sekunde zu allgemeinem Gemurmel angeschwollen war, bis deutlich die ersten Fragen in der Menge ertönten. Es handelte sich immer um die gleichen, aber was sollte man schon anderes fragen in dieser Situation?

„Was ist da unten los?" „Wieso dürfen wir da nicht runter?" „Warum riegelt die Polizei alles ab?"

Schließlich waren auch Antworten gefolgt, die allerdings eher Besserwisserei, zumindest aber reger Fantasie entsprangen. Der Eine hatte gehört, dass …, der Nächste wusste aus zuverlässiger Quelle, dass es sich ganz anders verhielt, was der Dritte mit an Sicherheit grenzender Wahrscheinlichkeit völlig ausschließen konnte. Jeder war hier mittlerweile sein eigener Reporter und kommentierte nach eigenem Gusto.

Auch die alte Dame wollte wissen, was dort passiert war, vor allem musste sie es sehen. Und so führte sie ihren kleinen Kampf, der nicht nur einer um den besten Platz war, sondern hier rang sie um Informationen, quasi um jedes Detail. Sie, die über vierzig Jahre Erfahrung im Durchdringen von Menschenmassen besaß. Es sollte nicht umsonst gewesen sein, dass sie sich fast ihr ganzes Leben lang mit dem vollen Tablett durch die Mädels und Jungs auf den Tanzböden gedrängelt hatte. Jetzt endlich konnte sie davon auch profitieren und so schob sie ihre kleine dürre Faust zwischen die rangelnden Körper, bis sich endlich ein winziger Durchschlupf öffnete. Geübt schlängelte sie sich durch das erkämpfte Loch, bevor die anderen Schaulustigen es wieder schlossen.

Endlich kam sie also vorne an und stellte sich sofort vollkommen taub. Sie tat so, als höre sie all die Beschimpfungen nicht, die zweifellos und ohne Ausnahme ihr galten. Wie der Sieger eines sportlichen Wettstreits legte sie die dünnen Finger auf das mittlerweile warme Metall des Brückengeländers und genoss den Schauer, der ihr zur Belohnung über den Rücken lief, als sie ihren Blick in dieselbe Richtung lenkte, in die all die Menschen um sie herum schauten.

Die dort unten arbeiteten routiniert und ohne Hektik. Jeder kannte seine Aufgabe, jeder war mit dem Nebenmann verzahnt – und im Gegensatz zu den Gaffern waren diese Männer nicht freiwillig hier. Warum fanden die Leute hin und wieder so viel Vergnügen daran, sich gegenseitig fast zu zertrampeln? Kurzfristig abgelenkt, stellte sich diese Frage der Mann, den fast alle Augenpaare anglotzten. Dann nahm er den Blick wieder von den Neugierigen, die noch immer murmelnd hoch über ihm auf der Jahrtausendbrücke standen, und hatte sie auch gleich wieder vergessen. Andrea Manzetti, einer der Hauptkommissare der Polizeidirektion Brandenburg, stand hier schließlich nicht zu seinem Vergnügen in der Morgensonne.

Er hatte kein Auge für seine Umgebung, denn seine Aufmerksamkeit galt einzig Dr. Bremer, der nur einen Meter von Manzetti entfernt vor einem Mann mittleren Alters mit einer ziemlich unansehnlichen Wunde kniete. Quer über den Hals verlief ein riesiger Schnitt, und genau das war das Problem von Hauptkommissar Manzetti. Deshalb musste er sich hier die Beine in den Bauch stehen, obwohl er eigentlich an seinem Schreibtisch sitzen und ein längst fälliges Papier für die Registratur fertigstellen wollte. Der erste Anruf des Tages hatte ihn aber ans Ufer der Havel geführt, und er wusste schon jetzt, dass es mit seiner administrativen Aufgabe für heute wohl vorbei war.

Die Worte des Rechtsmediziners rissen ihn unsanft aus seinen Überlegungen. „Scharfe Wundbegrenzung, fehlende Gewebsbrücken und eine größere Länge als Tiefe. Ergo ein sehr sauberer Schnitt. Professionell und in einem Zug." Dr. Bremer kniete noch immer neben dem toten Körper und spreizte die klaffende Wunde an der Halspartie des Toten weiter auseinander, als es nach Manzettis Meinung notwendig gewesen wäre.

„Was können Sie zum Todeszeitpunkt sagen, Dottore?", fragte Manzetti, der als ranghöchster und damit verantwortlicher Kriminalist die Tatortarbeit leiten musste.

„So weit bin ich noch nicht. Eins nach dem andern, okay?" Die Worte des Rechtsmediziners waren ganz sachlich, enthielten im Tonfall aber trotzdem ein gehöriges Maß an Zurechtweisung. Das stieß Manzetti sauer auf. Bremer zog immer sein Ding durch, ließ sich auf nichts anderes ein, stellte sich mitunter sogar über alle anderen.

„Es handelt sich hier um die klassische Form der Schnittverletzung, vorgenommen mit einem sehr scharfen Gegenstand. Wie ich sehen kann, nur ein Schnitt. Der aber brutal tief", formulierte er weiter, ohne auf die Frage Manzettis nach dem Todeszeitpunkt zurückzukommen.

Der beugte sich unterdessen zu dem Mediziner hinunter und versuchte, dessen Worte verlustfrei aufzuschnappen. Das tat er wie immer äußerst angewidert. Er hätte gerne darauf verzichtet, aber es gehörte wohl oder übel zu seinem Beruf. Er spürte deutlich, wie sich Unwohlsein in der Magengegend breitmachte und sich das unverdaute Frühstück langsam wieder nach oben schob. In all den Dienstjahren war es ihm nicht gelungen, sich an Anblicke wie diesen zu gewöhnen. Er schaffte es einfach nicht, den notwendigen Abstand zu solchen Gewaltopfern herzustellen. Da war es ihm gerade recht, dass der Arzt wie eine Barriere zwischen ihm und dem Toten stand. „Nicht doch mehrere Schnitte, Dottore? Klafft die Wunde nicht zu sehr auseinander." Manzetti stellte die Frage, weil er nicht so recht wusste, wie er die Grantigkeit des Arztes anders umschiffen sollte. Außerdem lenkte ihn das ein bisschen von den Gedanken an den eigenen Verdauungstrakt ab.

„Nein, ganz klar nur ein Schnitt." Der Rechtsmediziner nahm die mit einem weißen Einweghandschuh geschützte Hand vom Opfer. „Schnittverletzungen können erheblich klaffen", erklärte er mit einem kurzen Seitenblick auf Manzetti. „Besonders wenn Muskulatur durchschnitten wurde. Typisch dafür sind Halsschnitte, mein Lieber." Er deutete mit der rechten Hand direkt auf die Leiche, die vor seinen Füßen auf den von der Sonne bereits erwärmten Steinen der Uferpromenade lag.

„Also nur ein Schnitt." Aber so ganz mochte Manzetti seinen Gedanken noch nicht aufgeben. „Auch keine Probierschnitte?"

„Nein. Auch keine Probierschnitte", kappte Bremer diese Idee mit rügendem Tonfall, bevor Manzetti darüber intensiv nachdenken konnte. „Sie glauben doch nicht etwa an Suizid, Manzetti? Niemand schneidet sich so gewaltig selbst in den Hals." Die Antwort Bremers war kurz, aber eindeutig.

Damit fing der Sommer gut an in diesem Jahr. Manzetti konnte den Tatortbefund drehen und wenden, wie er wollte, es blieb ein Verbrechen. Jener Mann, der zweifellos einige Zeit in der Havel verbracht hatte, war mit großer Wahrscheinlichkeit ermordet worden, bevor er, wie auch immer, im trüben Wasser des Flusses landete. „Womit ist der Gute denn ins Jenseits befördert worden?" Er begnügte sich weiter mit den Standardfragen, auch wenn ihm ein anderes Niveau lieber gewesen wäre.

„Kann ich noch nicht definitiv sagen. Ich denke, mit einem sehr scharfen Messer." Bremer griff in seinen Koffer und zeigte Manzetti ein Skalpell.

„Und wann ist das passiert?" Diese Frage schob er in der Hoffnung nach, dass Bremer die Wiederholung nicht bemerkte. Außerdem musste er in dieser Sache einfach hartnäckig bleiben.

„Kollege Manzetti", begann Bremer daraufhin seine unmissverständliche Belehrung. „Die Leiche lag, wie Sie sehen können, im Wasser, und das macht es mir nicht gerade einfach. Also noch mal, haben Sie Geduld." Bei dem letzten Wort verdrehte er genervt die Augen.

„Also, wie üblich, ich muss mich gedulden. Wann kommt er auf Ihren Tisch, Dottore?"

Bremer zog seine Gummihandschuhe aus und verstaute sie in einem blauen Müllsack. Er stand jetzt neben Manzetti und sah ihn mitleidvoll an. So schien es wenigstens. „Na gut. Aber bitte beachten Sie, lieber Manzetti, dass alles, was ich nun sage, sehr, sehr vage Vermutungen sind." Dabei vergrub er beide Hände in den Hosentaschen seiner Jeans.

„Einverstanden, aber …"

„Stopp!" Dr. Bremer unterbrach den Kriminalisten mit blitzschnell erhobener Hand. „Kein Aber! Also, wie Sie gehört haben, gibt es keine Probierschnitte. Demnach fällt Suizid aus. Genaueres kann ich aber erst sagen, wenn ich die Untersuchungen abgeschlossen habe. Die Leiche trieb einige Zeit im Wasser, und dort reichen in aller Regel wenige Stunden, um diverse Spuren zu ver-

11

nichten oder zu verwischen, die Wundwinkel zum Beispiel weisen bereits Fischfraß auf. Was mir aufgefallen ist: Es gibt keine Verletzungen an den Händen. Das lässt den Schluss zu, dass der Mann sich nicht mit ihnen zur Wehr gesetzt hat. Sonst hätte er womöglich in die Klinge gefasst, um sie wegzudrücken. Allerdings hat er kleine Verfärbungen an beiden Handgelenken, die von einer Art Fesselung herrühren könnten."

Manzetti nickte und machte sich Notizen in einen handtellergroßen Schreibblock.

„Der Schnitt ist tief und reicht fast bis zur Wirbelsäule", fuhr Bremer ungestört mit seinem Vortrag fort. „Er erfolgte von links oben nach rechts unten. Demnach hat ein Rechtshänder von hinten oder aber ein Linkshänder von vorne gehandelt. Ersteres ist wahrscheinlicher. Das muss jetzt erst einmal genügen."

Manzetti war erstaunt und fast geneigt anzunehmen, dass Bremer jedes Wort von einem Teleprompter abgelesen hatte. „Danke, Dottore. Sie rufen mich an, wenn Sie fertig sind?"

„Mache ich." Aus Bremers Augen sprach pure Verwunderung, als er nun seinerseits eine Frage formulierte. „Werden Sie auch dieses Mal nicht dabei sein? Gauder will das immer!"

Manzetti zuckte nur mit den Schultern und fing Bremers seltsamen Blick auf. Ihm war schon klar, dass der andere Hauptkommissar gerne derartige Leichenschnippeleien live verfolgte. Ihm fehlten aber dazu alle Ambitionen. Er redete sich gelegentlich sogar ein, dass ihm als Halbitaliener das dafür notwendige Barbarische im Blut fehle.

„Dottore!? Noch eine letzte Aussage zum Todeszeitpunkt?"

Bremer packte seine Utensilien bereits zusammen und antwortete mit lang gezogenen Worten: „Sie nerven, Manzetti. Bei einer Wasserleiche mache ich solche Äußerungen nicht vor einer gründlichen Untersuchung im Institut, und selbst da wird es nicht wesentlich leichter." Dann stockte er, kratzte sich an der Stirn und brach auf, ohne einen Gruß, aber noch immer heftig den Kopf schüttelnd.

Manzetti ging auf der Promenade zu seiner Kollegin. Sein Hemd unter dem Sakko war bereits durchgeschwitzt. Schon jetzt war das Thermometer auf fünfundzwanzig Grad geklettert, und auch die Luftfeuchtigkeit war sehr hoch. Das Hemd war ein Geschenk seiner Frau und eigentlich für die unmittelbar bevorstehenden Ferien bestimmt, fiel ihm plötzlich ein. Nicht auszudenken, wenn es ihm nicht gelang, den Fall umgehend zu lösen, denn den Urlaub zu verschieben, kam nicht in Frage. Aber ob es so einfach würde?

Er rief seine junge, siebenundzwanzigjährige Mitarbeiterin Sonja Brinkmann zu sich: „Kommst du bitte mal her?"

„Was ist denn?" Sie stand noch etwa zwanzig oder dreißig Meter von ihm entfernt und unterhielt sich mit einem älteren Ehepaar. Manzetti erfasste die Situation und musste einsehen, dass die drei ihm wohl nicht entgegenkommen würden und er stattdessen zu ihnen gehen müsse.

Sonja stellte vor: „Das ist das Ehepaar Müller. Sie haben den Toten beim Spaziergang gefunden. Und das ist Hauptkommissar Manzetti. Er leitet die Ermittlungen."

Er brauchte ihnen keine Frage zu stellen, die kleine Frau in den hohen Sechzigern begann sofort zu berichten. „Wir gingen hier wie jeden Tag nach dem Frühstück spazieren und sahen den Körper im Wasser treiben. Mein Mann stieg die Leiter hinunter in die Havel und hat ihn an die Mauer herangezogen." Manzettis Blick fiel automatisch auf ihren Mann. Man sah ihm sein hohes Alter an, aber er schien noch sehr fit zu sein. Seine zerknautschte Hose ließ wirklich die Vermutung zu, dass er mit ihr vor kurzem im Wasser gewesen war.

„Da konnten wir ja noch nicht wissen, dass der arme Kerl ermordet worden ist", fuhr Frau Müller unterdessen fort. Sie fasste sich mit einer Hand an die Stirn und spitzte entsetzt die Lippen. „Mit Hilfe anderer Männer, die hier auf den Bänken gesessen haben, hat er ihn dann aus dem Wasser gehoben und auf den Rücken gedreht. Furchtbar diese Verletzung. Und das ganze Blut …" Sie nahm die Hand von der Stirn, presste sie vor den Mund und drehte sich gleichzeitig zur Seite.

Manzetti sah ihr den Ekel regelrecht an. Er hoffte nur, dass sie ihr Frühstück wenigstens so lange bei sich behalten würde, bis ihm selbst nicht mehr schlecht war. Als er seinen Kopf nach links drehte, erspähte er in einiger Entfernung jene Männer, die Frau Müller wohl gemeint hatte. Eine zahnlose Abordnung von Brandenburgs Stadtpennern prostete ihm belustigt mit braunen Bierflaschen zu. Es waren gute Bekannte von ihm, auch wenn sie nicht zu seinem privaten Umfeld gehörten. Sie waren weit und breit die Einzigen, die keine entsetzten Gesichter machten. Sie wirkten sogar ausgesprochen fröhlich.

„Schönes Frühstück", dachte Manzetti beim Anblick der Bierflaschen und sah wieder zum Ehepaar Müller, ohne den Gruß der drei Männer zu erwidern.

„Danke, Frau Müller", seufzte er. „Das haben Sie sicherlich alles meiner Kollegin bereits erzählt, und ich will Sie auch nicht weiter quälen. Wenn Sie sich für uns noch einige Zeit bereithalten würden? Es hat ja sicherlich schon jemand notiert, wo wir Sie erreichen können. Ich melde mich dann bei Ihnen, ja? Bis dahin noch mal danke und auf Wiedersehen. Sonja!"

Sonja Brinkmann riss entsetzt den Mund auf, sagte aber vorerst nichts. Erst als das Ehepaar außer Hörweite war, fragte sie ein wenig verstört: „Warum warst du so unhöflich und kurz angebunden?"

„Sagen wir es so", antwortete er, ohne sie eines Blickes zu würdigen. „Wenn du nicht immer so ungestüm handeln würdest, dann wäre dir sicherlich auch nicht entgangen, dass die Dame gerade anfing zu spinnen."

Die gebirgigen Falten auf Sonjas Stirn zeigten ihre Verwirrung nur zu deutlich. „Das verstehe ich nicht."

„Warum bist du Polizistin geworden?", fragte er, ohne ihr Zeit für eine Antwort zu lassen. „Sicherlich doch, um nach der Wahrheit zu suchen, oder? Was ist aber die Wahrheit? Ist die Wahrheit in den Aussagen der Zeugen zu finden, die geradezu auf solche Unglücke lauern?" Sein Blick ging dabei zur Jahrtausendbrücke, die noch immer gut gefüllt war. „Die Frau hat gerade ihrer Fantasie freien Lauf gelassen. Sie hätte sich nicht wieder eingekriegt. Das kannst du mir glauben, und du hättest das eigentlich auch alleine merken müssen."

Sonja nahm ihren Chef scharf ins Visier. Jedenfalls versuchte sie es. „Sie wollte uns doch nur helfen. Ohne auch nur auf eine Frage zu warten, hat sie geschildert, was sie gesehen hat. Wo ist dein Problem?"

„Das Problem? Das Problem ist dieser Typus von Zeuge: Herr Kommissar, ich habe alles ganz genau gesehen. Worum geht's?" Nach einer kurzen Pause fuhr er dann in ruhigerem Ton fort. „Sie erzählte von Unmengen Blut! Sonja, erkläre mir bitte, wie der Tote noch geblutet haben soll, als sie ihn endlich aus dem Wasser gefischt hatten. Kein Tropfen war mehr in ihm."

Sonja stand plötzlich wie angenagelt. Sie hatte das Gefühl, als lege sich eine straffe Schlinge um ihre Luftröhre. Sie fürchtete zudem, knallrot anzulaufen, und schäumte innerlich vor Wut auf sich selbst. Wie konnte ihr ein derartiger Lapsus unterlaufen? Noch dazu vor Manzetti, den sie, warum auch immer, sogar anhimmelte. Sie wollte doch immer und in jeder beruflichen Situation alles richtig machen! Endlich, nachdem sie sich vergewissert hatte, dass sich außer Manzetti niemand im Umkreis von zehn Metern befand, gewann sie wieder an Fassung und brach das Schweigen. „Du hast ja Recht. Die beiden bringen uns nicht wirklich weiter, denn sie haben den Toten lediglich gefunden. Wir sollten jetzt zuerst klären, wer er ist, ich meine natürlich *war*."

„Richtig", pflichtete er bei. „Und das sollten wir tun, bevor uns die Presse das mitteilt. Ergo, wie unser Dottore immer sagt, stöberst du alle Vermisstenfälle der letzten Tage, besser der letzten Wochen durch."

Manzetti hatte die Ellbogen auf den Schreibtisch gestützt und starrte Löcher in die Luft seines Büros. Er fand erst jetzt Zeit zum Nachdenken, denn dazu brauchte er nach der Besichtigung derartiger Tatorte eine Auszeit, die er sich auch gegen alle Widerstände regelmäßig nahm.

Deshalb war er vom Fundort der Leiche erst einmal in den nahe gelegenen Fontaneclub gegangen und hatte dort das Personal befragt, ob sie irgendetwas bemerkt hätten, was ihm in diesem Fall weiterhelfen könne. Aber alle waren nur mit dem Herrichten des Buffets beschäftigt gewesen, hatten die Leiche nicht gesehen und konnten somit auch nichts zu ihrer Identifizierung beitragen. „Wir wurden erst aufmerksam, als es hier den ganzen Auflauf gab", hatte die Kellnerin gesagt, und das war wirklich die einzige Aussage, die sich auf den Mord bezog.

Also hatte er sich entschlossen, wenigstens noch einen kalten Weißwein zu trinken und dazu zwei oder drei Amarettokekse zu knabbern. Und musste wieder einmal feststellen, dass sein Gaumen, den er wohl von seiner italienischen Mutter geerbt hatte, sich an den deutschen Wein immer noch nicht gewöhnen wollte. Nach wie vor zog er einen Pinot Grigio jedem Riesling vor.

Zurück in seinem Büro wusste er nicht so recht, wie er anfangen sollte. Der Direktionsleiter, Polizeidirektor Claasen, hatte ihn sofort zu sich beordert und in Form eines Monologs die Bedeutung, gar die vernichtende Bedeutung dieses Mordfalls für den keimenden Tourismus ihrer gemeinsamen Heimatstadt klargemacht. Der Direktor hatte seinen Kopf in den Nacken geworfen und mit staatsmännischer Geste trompetet: „Jetzt stehen wir in einer gesamtgesellschaftlichen Verantwortung." Was immer das auch heißen mochte.

Claasen, in Brandenburg geboren und auch aufgewachsen, hatte dabei mit jedem Satz verraten, dass er als Polizeichef nicht nur der Allgemeinheit, sondern als rotarischer Freund auch seinen zahlreichen am Tourismus verdienenden Mit-Rotariern verpflichtet war. Manzetti habe also alle anderen Fälle, an die er kostbare Zeit verschwände, liegen zu lassen und sich ausschließlich auf diese Ermittlungen zu konzentrieren. Damit hatte Claasen Manzettis nächste Frage schon beantwortet, bevor der sie überhaupt stellen konnte, und die Alternative, dass vielleicht doch Gauder den Fall betreuen könne, mit einem Fingerstreich zunichte gemacht.

Manzetti hatte sich daraufhin schmollend in sein Büro zurückgezogen und nahm nun ein weißes Blatt Papier aus dem Schreibtisch. Mit gespitztem Bleistift notierte er, was er bislang wusste. Er schrieb über den Toten: „männlich, weiße Hautfarbe, mittleres Alter, bekleidet mit Jeans und Poloshirt". Nach einer kurzen Pause fügte er in Klammern hinzu: „(barfuß)". Alles andere konnte er nur vermuten, wie etwa, dass der über den gesamten Halsbereich verlaufende Schnitt mit einem sehr scharfen Messer verursacht worden und der Körper in der Folge völlig ausgeblutet war. Den Todeszeitpunkt hatte Dr. Bremer nicht eingrenzen wollen, und Manzetti musste davon ausgehen, dass Auffinde- und Tatort zweierlei Stellen waren. Mehr hatte er nicht – und das war nicht viel. Vor allem aber fehlte ihm ein Hinweis auf die Identität des Opfers.

Er schielte auf die kleine Standuhr, die seit einem Jahr ihren Platz auf seinem Schreibtisch gefunden hatte. Sie war das Geschenk seines Patenonkels und hatte früher dessen Büro im Oberlandesgericht geziert. Dann drückte Manzetti eine Taste seines Telefons.

„Sonja, komm bitte mal zu mir." Ohne eine Antwort abzuwarten, legte er auf.

Nach nicht einmal dreißig Sekunden klopfte es an der Tür, und nur einen Wimpernschlag später saß Sonja auf dem Stuhl, der vor seinem Schreibtisch stand. Sie rückte dicht heran und legte einen Notizblock vor sich ab, wobei sie nervös einen Stift zwischen Daumen, Zeige- und Mittelfinger drehte und unaufhörlich mit der Spitze ihres rechten Turnschuhs auf den Boden tippte.

„Hast du schon etwas zur Identität unseres Opfers?", fragte er. Die Frage entsprang seiner Hoffnung, dass der Computer, mit dem außer ihm offenbar alle anderen vorzüglich zu kommunizieren verstanden, irgendeinen Namen ausgespuckt hatte.

„Nein, habe ich nicht", gab Sonja enttäuscht zu. „Wenn du bis heute Nachmittag nichts herausfindest, dann könntest du ja sogar die Presse einbinden. Ich meine damit, dass doch bestimmt ein vernünftiges Foto von seinem Gesicht herzustellen ist, oder?"

„Mach ich. Aber müssen wir da nicht erst …"

„Claasen, meinst du?"

Sonja nickte stumm.

„Der hat mir einen ziemlich beeindruckenden Vortrag gehalten und wünscht Tag und Nacht unsere vollste Konzentration. Also wird er auch die Hilfe der Presse nicht ausschlagen."

„Das hat er wirklich so gesagt?", wunderte sie sich.

Manzetti überlegte kurz. „Mmh, vielleicht nicht ganz. Aber das stand zwischen den Zeilen."

„Okay. Aber dafür trägst du die Verantwortung. Was sonst noch?", fragte sie fordernd, so als wäre große Eile geboten.

„Sprich mit den Tauchern der Bereitschaftspolizei und bitte sie, die Havel an der Fundstelle abzusuchen. Sie sollten schon etwas davor, ich meine entgegen der Strömung, beginnen. Vielleicht finden sie ja irgendetwas, das uns weiterhilft, und wir gewinnen Zeit."

Als Sonja alles aufgeschrieben hatte, schickte er sie wieder weg und verließ dann selbst die Direktion. Er ging in Richtung Nicolaiplatz und bog kurz davor nach links in die Hochstraße ab. Die Treppen bis zum Eingang des städtischen Klinikums erklomm er sehr langsam, denn seiner Meinung nach hatte er an diesem Tag schon genug geschwitzt.

Im Krankenhaus suchte Manzetti die Cafeteria auf, setzte sich auf einen Stuhl, der nicht direkter Sonneneinstrahlung ausgesetzt war, und bestellte einen Espresso und ein Glas Wasser. Dann wartete er. Nach etwa zehn Minuten erschien endlich Dr. Bremer und winkte der jungen Kellnerin schon an der Tür zu. Der Dame reichte das, denn auch ohne viele Worte begann sie, dem Doktor das zuzubereiten, was er wünschte.

Bremer entnahm seiner braunen Tasche einen Stapel Fotos und warf sie vor Manzetti auf den Tisch. „Kommen wir gleich zur Sache", begann er in barschem Ton. „Die Bestimmung der Todeseintrittszeit war sehr schwierig. Ich habe mich in erster Linie an die konservativen Methoden gehalten. Ergo kann ich sagen, dass wir es mit einer einigermaßen frischen Leiche zu tun haben." Bremer machte eine kurze Pause, um sich einige Schweißperlen von der Stirn zu wischen. „Ich gehe nicht davon aus, dass sie länger als sechs bis acht Stunden in der Havel lag. Durch den langen Aufenthalt im Wasser war die Feststellung des Todeszeitpunktes mit Hilfe der Körpertemperatur leider nicht möglich." Er kramte wieder in seiner Tasche und holte einen Aktenordner hervor, in den er seine Notizen und Untersuchungsergebnisse geheftet hatte.

„Die Fotos können Sie ruhig betrachten", versuchte er zu provozieren, wohl wissend, dass Manzetti dann von neuem Ekel geschüttelt würde. „Ich gehe davon aus, dass der Tod gestern so zwischen einundzwanzig und dreiundzwanzig Uhr eintrat ... Wie komme ich darauf, mein lieber Manzetti?"

Der lehnte sich in seinem Stuhl zurück, sagte aber nichts. Die Fotos lagen noch immer unberührt auf dem Tisch.

Endlich beantwortete Bremer die von ihm selbst gestellte Frage.

„Die Totenstarre war nämlich noch nicht vollständig ausgebildet, was nach sechs bis neun Stunden der Fall gewesen wäre. Es fehlte aber nicht mehr viel, und die Messung der elektrischen Herzerregbarkeit erbrachte bei Injektion in die Vorkammer noch ein Ergebnis."

Als Bremer damit fertig war, drehte er sich nach der hübschen Kellnerin um, und seine Augen begannen, merkwürdig zu leuchten. Sie nahte mit einem großen Glas Cola. Auch ohne an dem Glas zu riechen, wusste Manzetti aus der langjährigen Zusammenarbeit mit Bremer, dass diese Cola einen gehörigen Prozentsatz Rum enthielt. Selbst jetzt zur Mittagszeit.

„Der Tod ist auf scharfe Gewalt zurückzuführen", sagte Bremer und nahm der blonden Bedienung das Glas aus der Hand. „Schreiben Sie es bitte auf meine Rechnung", wies er sie an und trank dann einen riesigen Schluck.

„Na klar, Herr Doktor", antwortete sie mit blinzelnden Wimpern, die eine Vertrautheit verrieten, die über eine in Krankenhauskantinen übliche hinausging. Warum sollte Bremer aber auch asketisch leben, dachte Manzetti und ergänzte in Richtung der Kellnerin: „Und meinen Kaffee auch." Was Bremer durch ein Nicken bestätigte, nachdem er sich mit dem Handrücken über den Mund gewischt hatte. Die Kellnerin kommentierte es nicht und verschwand wieder hinter ihrem Tresen.

„Danke", bequemte sich Manzetti doch noch zu sagen, obwohl er die selbst veranlasste Einladung als eine Art Schweigegeld für die Cola-Rum verstand.

„Ein klassischer Halsschnitt. Sie verzeihen mir die Bemerkung, aber der Schnitt ist wundervoll ausgeführt. Zur verwendeten Waffe kann ich so viel nicht sagen. Es deutet aber alles auf ein Messer. Oder ein Skalpell."

Oder eine Rasierklinge oder ein Beil oder, oder, oder setzte Manzetti die Aufzählung in seinen Gedanken fort.

„Details bitte ich meinem Bericht zu entnehmen." Bremer klappte den Aktenordner zu und übergab seinen Bericht damit offiziell an Manzetti. Dann schüttete er genüsslich den Rest Cola in sich hinein.

„Einige Bemerkungen hätte ich noch." Jetzt zitierte Bremer aus dem Gedächtnis. „Der Tote war wahrscheinlich an den Handgelenken gefesselt, und er war geknebelt. Jedenfalls befinden sich Rückstände von Klebeband rings um seine Lippenpartie." Nach einer kurzen Pause sagte er: „Dann ist mir noch etwas aufgefallen. Das spielt vielleicht keine bedeutende Rolle, hilft Ihnen unter Umständen aber bei der Identifizierung der Leiche."

Mit dieser Bemerkung schraubte sich Manzettis verflachendes Interesse augenblicklich wieder auf das höchste Niveau, und er forderte den Arzt mit eindeutiger Geste zum Weiterreden auf.

„Ich fand nicht normale Hornhauthäufungen an beiden Knien des Toten. Man ist natürlich versucht anzunehmen, dass er zu Lebzeiten als Bauarbeiter malochte, vielleicht als Pflasterer, der viel auf Knien rutschte. Aber dazu passen seine gepflegten weichen Hände nicht."

Mehr konnte Manzetti dem Rechtsmediziner nicht entlocken, und so verabschiedete er sich ohne weitere Fragen und ging dann die Hochstraße wieder hinunter bis zum Nicolaiplatz. Dort wollte er eigentlich in die Straßenbahn steigen und nach Hause fahren, aber das musste warten. Er ging zurück zur Direktion.

Ole Claasen, inzwischen in der Mitte der Fünfziger angekommen, war ein Mensch, der alle Gelassenheit verlor, die seinem Alter eigentlich angemessen wäre, sobald er unter Druck geriet. Deshalb riss er die Tür zu seinem Vorzimmer auf und blaffte sofort in den Raum: „Wo ist Manzetti? Ich kann ihn in seinem Büro nicht erreichen."

„Soweit ich weiß, wollte er ins Klinikum." Frau Freitag, die Sekretärin des Direktors und auch gute Seele der gesamten Etage, lugte vollkommen unbeeindruckt ob des scharfen Tons ihres Chefs über ihre golden gerahmte Lesebrille.

„Geht es ihm nicht gut? Ist er etwa schon wieder krank?" Claasens Laune besserte sich nicht.

„Ist er nicht, Herr Direktor. War er übrigens noch nie, seit er hier bei uns arbeitet", erwiderte Frau Freitag ohne jegliches Verständnis für die mangelnde Menschenkenntnis des Direktors. Alle weiteren Gedanken behielt sie vorsichtshalber für sich.

„Was will er dann im Klinikum? Er soll sofort zu mir kommen. Und ich meine damit auch sofort!"

Die schlanke Hand mit den dunkelrot lackierten Fingernägeln griff zum Telefonhörer.

„Ich werde versuchen, ihn zu erreichen. Aber das könnte schwierig werden", nahm sie Claasen umgehend jede Hoffnung. „Er ist zur Rechtsmedizin gegangen und wollte dort mit Dr. Bremer das Obduktionsergebnis besprechen." Sie räusperte sich und gab Claasen damit zu verstehen, dass sie jetzt lieber allein wäre; um zu telefonieren.

Der Direktor schloss ernüchtert und ohne weitere Worte die Tür.

Frau Freitag aber wählte die private Telefonnummer Manzettis, wohl wissend, dass der zur Mittagszeit wie gewohnt zu Hause sein würde, um dort mit seiner Frau Kerstin eine Kleinigkeit zu essen.

„Manzetti, hallo", meldete sich eine weibliche Stimme.

„Frau Manzetti, ich grüße Sie. Könnte ich bitte Ihren Mann sprechen? Der Chef verlangt mal wieder sehr eindringlich nach ihm."

„Ach, hallo, Frau Freitag. Ich muss Sie leider enttäuschen, er ist nämlich noch nicht hier. Soll ich etwas ausrichten, falls er doch noch kommt?" Kerstin Manzetti blickte auf ihre Armbanduhr, die bereits fast halb zwei zeigte.

„Danke, ja, er soll mich bitte anrufen. Aber vielleicht ist er ja doch im Haus."

Tatsächlich sah Manzetti gerade in seinem Büro auf die Anrufliste seines Telefons, entdeckte dort die Nummer seines Chefs, und damit war es für ihn unschwer zu erraten, dass Claasen ihn dringend erwartete.

Der Direktor trampelte bereits unermüdlich auf dem Flur entlang. Ihm war schmerzlich bewusst geworden, dass mittlerweile neben der heimischen auch die überregionale Presse ein gesteigertes Interesse an dem Verbrechen zeigte und somit die Nervosität einiger honoriger Stadtbewohner wohl von Stunde zu Stunde wachsen würde. Um die hitzigen Journalistengemüter, insbesondere die der einheimischen Märkischen Allgemeinen, zu besänftigen und deren Eigeninitiative etwas zu bremsen, hatte Claasen ihnen für fünfzehn Uhr, also in gut einer Stunde, eine Pressekonferenz versprochen. Bis dahin musste er aber seinen Hauptkommissar noch gehörig ausquetschen, denn er selbst hatte kaum eigene Informationen zu dem Fall.

„Ach Manzetti, da sind Sie ja endlich. Kommen Sie schnell und bringen Sie genügend Ermittlungsergebnisse mit." Claasen mimte wie immer, wenn er etwas wollte, den treu sorgenden und zu Scherzen neigenden Vorgesetzten. Manzetti legte dieses Verhalten immer in der Schublade „allzu durchsichtige Pläsanterie" ab.

„Ich möchte Sie nicht enttäuschen, aber ich glaube, dass ich Ihre hohen Erwartungen nicht erfüllen kann." Manzetti zog skeptisch die Stirn kraus. Claasen schien sich zu sehr für den Fall zu interessieren. Das war verdächtig.

Der Direktor schaute verblüfft zu seinem Hauptkommissar, winkte mit der rechten Hand ab und entgegnete ihm nun ohne jeden spaßhaften Unterton: „Manzetti, was soll das heißen? Wir müssen jetzt Nägel mit Köpfen machen. Die Presse zerreißt mich, und die Stadtoberen werfen meine Überbleibsel dann gleich den Fischen zum Fraß vor. Also hurtig, wenn ich bitten darf, setzen Sie mich ins Bild." Er ließ sich in den Sessel hinter seinem Schreibtisch fallen, öffnete sein weißes Sakko und faltete die Hände über der polierten Platte aus Kirschbaumholz. Wie immer lagen keinerlei Papiere darauf, nur ein silberner Brieföffner und ein passender Kugelschreiber.

„Auf dem Bild, in das ich Sie versetzen könnte, ist leider noch nicht viel zu erkennen, Herr Direktor." Manzetti begann bewusst distanziert. „Ich kann Ihnen nicht viel mehr sagen als das, was Sie sicherlich schon aus dem Tatortbefundbericht kennen."

„Reden Sie nicht so ein Zeugs", unterbrach Claasen aufgeregt und mit einer wegwerfenden Handbewegung. „Ich habe wichtigere Dinge zu tun, als irgendwelche Zwischenberichte der Ihnen Unterstellten zu lesen. Also, was ist nun? Ihr Wissen ist gefragt."

„Der Bericht ist von mir selbst unterschrieben, Herr Direktor." Damit versuchte Manzetti, seinen Chef auf dessen Unkenntnis der Arbeitsabläufe hinzuweisen und ihm wenigstens ansatzweise ein schlechtes Gewissen einzuhauchen. Das war natürlich wie immer vergebliche Müh.

„Ja, ja. Aber das ist doch nun egal. Was stand also in Ihrem Bericht?" Claasen machte nicht den Eindruck, als ließe er sich durch Manzettis Bemerkung erschüttern, und seine Körpersprache war wie eingefroren. Seine Hände lagen schon lange wieder gefaltet auf der Tischplatte.

„Wir wissen noch nicht, wer der Tote war. Wir wissen lediglich, dass er gewaltsam aus dem Leben befördert wurde." Dann berichtete Manzetti von dem, was er und seine Leute am Fundort der Leiche vorgefunden hatten. Er ließ nichts aus, auch nicht, dass sie eigentlich noch völlig im Dunkeln tappten.

Claasen ging erstaunlich leicht und salopp darüber hinweg. „Gut. Wir wissen also auch noch nicht, ob er überhaupt ermordet wurde oder ob wir hier lediglich das Ergebnis eines tragischen Unglücksfalles haben", fasste er Manzettis Worte zu einer sehr persönlichen Interpretation zusammen.

„Das habe ich jetzt nicht verstanden, Herr Direktor." Manzettis Verwunderung war unübersehbar. Er kratzte sich an der Schläfe. „Das glaube ich Ihnen gerne", antwortete Claasen und löste sich aus seiner Körperstarre. Er hob die Hände zu einer staatsmännischen Geste, indem er sie Manzetti entgegenstreckte, ganz so, als reiche er ihm die folgende Lebensweisheit auf einem goldenen Tablett. „Wir haben nicht nur den Auftrag, Verbrechen aufzuklären. Wir, und dazu zählen auch Sie, haben vielmehr eine gesamtgesellschaftliche Verantwortung, und der sollten wir uns immer, ich sage ausdrücklich immer, bewusst sein, bei allem, was wir tun."

Claasen befand sich jetzt in seinem Element, und Manzetti wusste nur zu gut, dass der Direktor durch nichts und niemanden zu bremsen war. Der erste vernünftige Satz war frühestens in fünf bis sechs Minuten zu erwarten, und bis dahin würden sich Hinweise und Belehrungen ablösen, möglichst lange den Ruf der Stadt, also die positive Selbstdarstellung des Bürgermeisters zu schützen. Wie konnte er diesen unnützen Redeschwall abwenden?

„Aber Dr. Bremer war der Meinung, dass die Schnittverletzung von einem scharfen Messer verursacht worden ist, und schloss Suizid ausdrücklich aus." Manzetti streute den Hinweis schnell in eine Atempause Claasens und hoffte nun, dass dessen Belehrungsorgie vielleicht doch ein früheres Ende finden würde.

Der Direktor erhob sich, schaute seinen Ermittler strafend an und begann, an seinem Schreibtisch vorbei vom Fenster bis zur gegenüberliegenden Wand zu schreiten, wobei er seine Hände sogar auf dem Rücken verschränkt hielt. „Und Bremer kann sich nicht auch einmal irren?", fragte er, während seine Lippen sich zu einem schmalen Strich verengten.

„Das tut er eigentlich nie, Herr Direktor", verteidigte Manzetti den Rechtsmediziner.

„Sagen wir es so", fuhr Claasen unerschütterlich fort und blieb stehen. „Die Schnittverletzung kann doch auch von der Schraube eines Motorbootes stammen." Dabei fuhr er sich mit der rechten Handkante über den Kehlkopf. „Das wäre sicherlich auch sehr tragisch, aber leider nur ein Unfall."

Manzetti hatte längst bemerkt, wohin Claasen zielte und wehrte sich mit Händen und Füßen. „Bremer sprach von einem Messer, nicht von einer Schiffsschraube."

„Haben Sie ihn explizit nach einer Bootsschraube gefragt?", stocherte Claasen weiter.

„Nein, aber … er hätte es mir gesagt, sofern nur diese Möglichkeit in Betracht zu ziehen wäre." Manzetti rief sich die Aufzählung Bremers ins Gedächtnis, die bei einem Skalpell geendet hatte. Ihn regte die Argumentation seines Vorgesetzten sehr auf, denn er hatte Bremer auch nicht nach einem Hai oder einem Seeungeheuer gefragt. Was sollte das hier eigentlich?

„Und, mein lieber Manzetti", der Direktor befand sich längst wieder auf dem Weg zum Fenster. Er machte dabei einen vergnügten Eindruck, was vermutlich auch damit zusammenhing, dass er nicht einmal ahnte, was sein Hauptkommissar über ihn dachte.

„Was sage ich Ihnen immer wieder? Akribisch gründlich müssen Sie sein", mahnte der Direktor nunmehr theatralisch. „Akribie ist eine der deutschesten Tugenden, Manzetti. Also fragen Sie diesen Bremer nach der Schiffsschraube, und vorher möchte ich keine anderslautenden Äußerungen in der Presse lesen."

Plötzlich blieb Claasen erschrocken stehen und schob den linken Ärmel seines Sakkos zurück. „Die Presse. Ich hatte ja zu drei Uhr eingeladen. Also weiter, und zwar hurtig, wenn ich bitten darf."

„Mehr haben wir nicht, Herr Direktor", sagte Manzetti, der längst resigniert hatte.

Claasen wehrte mit der rechten Hand ab. „Unterbrechen Sie mich doch nicht. Hören Sie lieber zu." Dann ließ er seiner unheilvollen Fantasie wieder freien Lauf. „Der Mann war betrunken, hat im Fontaneclub das eine oder andere Glas zu viel in sich hineingeschüttet, ist auf der Promenade ins Straucheln gekommen und schließlich in die Havel gefallen. Den weiteren Fortgang kennen wir." Wieder richtete Claasen seine Augen auf Manzetti und nestelte dabei mit zwei Fingern an seinem Einstecktuch herum.

„Ihr kriminalistischer Weitblick ist immer wieder frappierend, Herr Direktor." Manzetti flüchtete sich in beißenden Sarkasmus.

Wie bei einem Tennisspiel bewegte er den Kopf von links nach rechts und wieder zurück, um dem Fußmarsch des Direktors zu folgen. „Aber der Tote hatte nur null Komma zwei Promille im Blut, und es konnten auch keine Gifte nachgewiesen werden. Außerdem war er bis zu seinem Tod kerngesund." Manzetti war allerdings davon überzeugt, dass auch diese Argumente am Direktor abprallen würden. Dennoch äußerte er sie, denn das war er Bremer und dessen Arbeit schuldig.

„Trotzdem", erklärte Claasen wie erwartet. „Wir bleiben bei der möglichen Unfalltheorie, und wenn sich herausstellt, dass er wirklich Opfer eines Verbrechens wurde, dann bin ich der Erste, der vor die versammelte Presse tritt und verkündet, dass ich mich geirrt habe und Sie dem richtigen Pfad folgten."

Manzetti hatte keine Zweifel, dass Claasen sein Versprechen halten würde. Er würde den Irrtum vor den Journalisten zugeben. Nur würden die Pronomen „ich" und „Sie" ihren Platz in seinem Wortgebilde tauschen müssen.

„Und sollten Sie Recht behalten, Manzetti, wird dieses Verbrechen fatale Folgen für den Tourismus unserer Stadt haben. Mord und Totschlag, wer kommt dann noch zu uns? Lassen Sie uns beten, dass es nicht so kommt." Die letzte Aufforderung klang seltsam aus dem Munde des Atheisten Ole Claasen, der eine Kirche bislang nur betreten hatte, um sich mit der hohen Gesellschaft der Stadt dort zu irgendeinem Event zu treffen, und dem bis dato nicht ganz klar war, warum der Papst nicht das Oberhaupt aller Christen war.

Manzetti dachte über Claasens Bemerkung noch auf der Treppe nach, die ihn nach unten zu seinem Büro führte. Dort wurde er schon sehnsüchtig erwartet. Sonja hielt einen Stoß Papiere in der Hand und trat auf der Stelle, ganz so, als müsse sie dringend zur Toilette.

„Was hast du?", fragte er, ohne dabei stehen zu bleiben.

„Ich werde in diesem Haus noch verrückt, Andrea", quengelte sie, unterstützt von einem bitteren Gesichtsausdruck.

„Da wärst du nicht die Erste, der das passiert. Also brauchst du dir darauf nichts einbilden." Manzetti verkniff sich das schelmische Grinsen nicht, auch wenn ihm der Claasenvortrag noch immer sauer aufstieß.

„Du verstehst mich nicht. Ich werde wirklich bald verrückt. Die aus der Fahndungsabteilung haben mir nämlich erklärt, dass sie Feierabend hätten und ich morgen wiederkommen solle. Schließlich handele es sich nicht um einen Menschen, der in Gefahr sei. Sie sagten einfach, dass keine Eile bestünde, weil er ja schon tot ..." Sonja unterbrach sich mit einem Seitenblick auf Manzettis Hand, die plötzlich auf ihrer Schulter ruhte, um sie zu beruhigen.

„Reg dich nicht auf. Das lohnt nicht. Du kannst die Kollegen ja doch nicht ändern."

„Aber es geht um Mord. Wenn das nicht eilbedürftig ist, dann weiß ich nicht, was dringender wäre."

„Es geht noch nicht um Mord, jedenfalls nicht offiziell, und damit bekommen die Fahndungsleute wahrscheinlich auch noch Rückendeckung von Claasen." Manzettis Augen blickten durch seine Kollegin hindurch. Er griff zur Klinke an seiner Bürotür.

„Bist du jetzt auch schon verrückt geworden?" Sonja lehnte sich an die Wand.

„Nein", sagte er entschieden. „Keine Angst, aber lass es vorerst dabei bewenden. Morgen sieht die Welt schon ganz anders aus."

Er betrat sein Büro und ließ Sonja verdutzt auf dem Flur zurück.

Drei Stunden später hatte er den Schreibkram endlich fertig und machte sich auf den Weg nach Hause. Entgegen seiner Gewohnheit nahm er nicht die Straßenbahn, sondern schlenderte durch den Theaterpark, vorbei an der kleinen Sportbootschleuse, und passierte die Jacobstraße in Höhe des Steintorturms, um anschließend am Stadtkanal entlangzulaufen. Er nutzte die Zeit, um noch einmal über die Bemerkungen seines Vorgesetzten nachzudenken.

Zu Hause empfing ihn lautes Geschrei, und zwei seiner drei Frauen stürmten auch gleich auf ihn zu. Sie erschienen ihm ziemlich aufgelöst.

„Hallo, Paps. Ich muss unbedingt mit dir reden. Es ist ganz wichtig." Lara, mittlerweile zumindest äußerlich eine werdende Dame, hatte sich entschlossen vor ihm aufgebaut, wurde aber sogleich von der Jüngeren, Paola, die hinter ihrer Schwester lauerte, mit beiden Händen zur Seite geschoben.

„Guten Tag, Papa. Es ist an der Zeit, dass du endlich kommst."

Manzetti bückte sich und hob seine fünfjährige Tochter auf den Arm.

Es amüsierte ihn, wie sie sich seit etwa drei Wochen bemühte, Hochdeutsch zu sprechen, und kaum mehr Endungen verschluckte. Es war unschwer zu erkennen, dass sie dabei auf den Sprachschatz ihrer Eltern zurückgriff. So komisch das bisweilen klang, es nahm ihr doch ein wenig die Kindlichkeit.

All die Mühe der Kleinen, sich größer zu machen, wozu auch eine betont gerade Sitzhaltung gehörte, hatte, so jedenfalls erklärte es ihm seine Frau, wohl mit einem Sechsjährigen zu tun, der neu in ihre Kindergartengruppe gekommen war. Sein Name war Alex von Buren, was seine guten Manieren erklären könnte, und er war der Hahn im Korb. So war es zu erklären, dass Paola mit ihrer besten Freundin Lisa nicht mehr redete und dass zwei Lippenstifte aus dem Bad verschwunden waren.

„Meine Damen, wir reden beim Essen. Einverstanden?"

Beide schüttelten den Kopf.

„Na gut. Dann eine nach der anderen. Heute dem Alter nach, die Jüngste fängt an."

Paola folgte ihrem Vater mit großen Schritten. Ihre braunen Locken wippten bei jeder Bewegung, und die Hände stemmte sie siegesgewiss in die Hüften. Das Bild entbehrte nicht einer gewissen Komik. Kerstin Manzetti musste ein Lachen unterdrücken und winkte Lara zu sich, um sie zu trösten.

Ganz leicht nur stieg ein Unwohlsein in Manzetti auf, aber er versuchte es zu verdrängen. Er wusste wohl, dass er Paola der älteren Tochter vorzog. Sie war sein Liebling, das war nun mal so, obwohl er auch Lara liebte, wie nur ein Vater eine Tochter lieben kann. Manchmal, besonders dann, wenn Lara ihre kleine Schwester mit traurigen Augen ansah, merkte er, dass er wieder einmal ungerecht gewesen war. Aber Kerstin verstand es in solchen Situationen blendend, die mangelnde soziale Kompetenz ihres Mannes auszugleichen.

Im Arbeitszimmer setzte er Paola auf seinen Schoß und legte die Arme um sie. „Was hast du denn so Dringendes auf dem Herzen?"

„Papa", prustete sie sofort mit weit aufgerissenen Augen los. „Die blöde Lisa. Und Alex ist auch blöd."

Manzetti war erschüttert, denn jegliche Vornehmheit der künftigen Frau von Buren war momentan dem Hass auf die Nebenbuhlerin gewichen. Deshalb hielt er es für ratsam, den Redefluss der offensichtlich von Eifersucht getriebenen Paola nicht zu unterbrechen.

„Weißt du, was die gemacht haben?", fragte sie und sah, wie ihr Vater mit dem Kopf schüttelte, obwohl er es bereits ahnte.

„Hinter dem Klettergerüst, wo es auch Nina sehen konnte. Weißt du, was die gemacht haben?" Paola unterstrich ihre Empörung mit ausladenden Armbewegungen und hätte ihren Vater fast am Kinn getroffen. Der bewegte seinen Kopf noch immer verneinend hin und her.

„Die haben voll geknutscht." Dann saß sie steif wie eine Keramikpuppe und kniff ihre grünen Augen wütend zusammen.

„Nein!" Manzetti zog jeden der vier Buchstaben in die Länge und legte schließlich die rechte Hand vor seinen Mund. Er war bereit, die Empörung seiner Tochter zu teilen, und zog als Beleg dafür ebenfalls die Augen zu Schlitzen zusammen.

„Doch!", sagte seine kleine Maus, und dabei wich jegliche Spannung aus dem winzigen Körper, Tränen begannen über ihre Wangen zu kullern.

„Das ist doch nicht so schlimm, Prinzessin. Der ist sowieso nichts für dich, weil der ja überhaupt keine Ahnung von Frauen hat. Glaub es mir."

„Warum?" Paolas Blick war noch immer verschwommen.

Er küsste ihre Stirn und antwortete dann: „Guck mal. Heutzutage stehen braunhaarige Frauen hoch im Kurs. Das sind die schicksten von allen. Nicht die Rothaarigen. Alex scheint das nicht zu wissen." Nach einer kurzen Pause setzte er noch einen drauf: „Der ist doch von gestern, sonst hätte er dich genommen und nicht Lisa."

Paola griff nach einer ihrer Locken und hielt sie vor die Augen. „Meinst du wirklich?"

„Natürlich. Ich kenne mich mit den Frauen aus. Die Braunhaarigen sind Klasse, nicht die Rothaarigen. Ehrenwort." Manzetti hob zwei Finger zum Schwur.

„Und Mama?"

„Das ist ganz was anderes", antwortete er gut vorbereitet, denn zu dieser Frage hatte er Paola eigentlich genötigt. „Mamas Haare sind gefärbt. Eigentlich ist sie auch braunhaarig."

Seine Tochter blickte ihn noch ein wenig ungläubig an, war aber erst einmal beruhigt und rutschte von seinem Schoß. „Gott sei Dank, Papa. Ich dachte schon, dass ich gar keinen mehr abkriege. Dann nehme ich mir eben Paul. Der redet auch nicht so viel."

Oh Gott, dachte Manzetti und schaute seiner Tochter zu, wie sie ins Esszimmer verschwand. Nun ja, es war vielleicht nicht unbedingt nötig, deshalb gleich den lieben Gott anzurufen. Dann fiel ihm wieder sein Chef ein, der darum beten wollte, dass der Tote aus der Havel nicht Opfer eines Verbrechens gewesen sein möge. Nach einigen Sekunden, gerade als er sich aus dem Sessel erheben wollte, durchfuhr ihn blitzartig ein Gedanke. Claasen hatte ihn, ohne es zu wissen, vielleicht auf die richtige Spur gebracht. Beten!

Er griff zum Telefon, wählte die Nummer der Polizeidirektion und wurde, jetzt nach Feierabend, automatisch mit dem Dauerdienst verbunden.

„Was können wir für Sie tun, Herr Hauptkommissar?" Es war die Stimme von Obermeister Köppen, einem noch jungen, aber schon abgeklärten Beamten.

„Rufen Sie bitte alle Pfarrämter und Klöster in der näheren Umgebung an und fragen dort nach, ob die jemanden vermissen, auf den die Beschreibung unseres Toten passt." Manzetti lehnte sich in seinen Stuhl zurück, während er auf die Bestätigung seiner Anweisung wartete.

„Ja, geht in Ordnung. Und wenn ich kein positives Ergebnis erhalte?"

„Sie werden eins bekommen. Darauf wette ich." Dann legte Manzetti auf und ging sehr mit sich zufrieden ins Esszimmer.

4

Nach dem Essen hatte Manzetti seine drei Frauen geküsst, dieses Mal mit der ältesten beginnend, und war dann von seiner Wohnung über die St.-Annenstraße in Richtung Stadtzentrum gegangen, bis er nach zehn Minuten auf der Jahrtausendbrücke ankam. Sein Ziel war der „Fonte", so nannten die Brandenburger den Club direkt am Wasser. Er wollte die inzwischen eingetroffenen Stammgäste befragen. Vielleicht hatte jemand eine Beobachtung gemacht und bislang nur geschwiegen, weil er dem gesehenen Detail keine große Bedeutung beigemessen hatte oder Ärger aus dem Weg gehen wollte.

Manzetti wusste, dass ihm die Zeit im Nacken saß. Er hatte nichts, überhaupt nichts, außer dem Toten und der Gewissheit, dass er ermordet worden war.

Auf dem Scheitelpunkt der Brückenwölbung blieb Manzetti stehen und schaute auf das mittig angebrachte Namensschild des bekanntesten der über fünfzig Havelübergänge innerhalb des Stadtgebietes. Manzetti musste immer ein wenig an deutschen Größenwahn denken. Jahrtausendbrücke! Darauf musste erst mal einer kommen! Auf der Brücke folgte sein Blick dem Lauf der Havel nach links und er lehnte sich einen kurzen Moment über die Brüstung. Die Abendsonne spiegelte sich aufblitzend in den kleinen Wellen, und da er keine Sonnenbrille trug, blendete ihn dieses gleißende Wellenspiel, bis die Umrisse der Bäume und Menschen an der Promenade von Farblosigkeit verschluckt wurden. Nach einigen Sekunden aber hatten sich seine Augen daran gewöhnt. Nun gewannen sogar die Bänke am Rand des kleinen Parks langsam an Kontur.

Die drei Stadtpenner, die bereits am frühen Morgen dort gesessen hatten, belegten immer noch ihr Stammquartier. Es war jene Parkbank, die von den anderen etwas abseits stand und so die Nachbarschaft mit den übrigen Gästen der Promenade nicht über Gebühr belastete. Die drei gehörten zu den Menschen, die niemanden mehr brauchten, und niemand brauchte sie, abgesehen von den jungen Eltern, die sie dazu benutzten, ihren Kindern Angst einzujagen.

Manzetti änderte seinen ursprünglichen Plan und suchte die offensichtlich gescheiterten Existenzen dort unten auf, wobei er sich ziemlich sicher war, dass sie über den Tag hinweg reichlich ihrem Grundnahrungsmittel Bier zugesprochen hatten. Das wiederum könnte bedeuten, dass sie etwas gesprächiger waren. Um ihre Lagerstatt herum lagen tatsächlich zahllose Bierflaschen. Alle waren leer und von der in diesen Kreisen bevorzugten Marke. Daneben sah Manzetti insgesamt sechs Einkaufstüten mit Aufdrucken von Lidl und Aldi, die quasi das Reisegepäck des illustren Dreigestirns darstellten.

Allein die Plastiktüten hätten wohl ausgereicht, um bei Lara tiefe Abneigung gegen die Herrschaften zu entwickeln, denn seitdem sie den Film einer Umweltorganisation gesehen hatte, sympathisierte sie zum Ärger ihrer Eltern mit dem militanten Flügel weltweit agierender Umweltschützer. Seither lehnte sie es sogar ab, Eiersalat zu essen, der in einer Plastikdose verpackt war.

Die drei Männer, die Manzetti nun auf ihrer Parkbank aufsuchte, interessierten sich wahrscheinlich nicht für den jugendlichen Aktionismus. Für sie waren Plastiktüten ganz einfach praktischer als sperrige Koffer, die sie ohnehin nicht besaßen.

„Guten Abend, meine Herren." Manzetti stellte sich so hin, dass sein Schatten alle drei gleichermaßen bedeckte.

„Ach, der Herr Kommissar. Wir nichts schuld, Cheffe", erwiderte einer den Gruß des Polizisten im Bemühen um etwas Humor, denn man kannte sich. Zumindest zwei von ihnen, den Hageren und den Bärtigen, hatte Manzetti schon das eine oder andere Mal wenigstens für eine Nacht eingesperrt. Das war zumeist im Winter passiert und diente primär dazu, ihnen wenigstens für ein paar Stunden eine warme Bleibe zu verschaffen.

„Auch ne Pilsette, Chef?", fragte der Bärtige und hatte dabei wirklich Gastfreundlichkeit im Sinn. Er hielt eine Flasche Bier in Richtung des Polizisten.

„Heute nicht, aber trotzdem danke." Manzetti betrachtete den Dritten im Bunde, der ihm noch fremd war. Er schien etwas jünger als die beiden Alteingesessenen und wirkte merkwürdig apathisch, kaum ansprechbar.

„Habt ihr auch gestern hier den Tag verbracht?", begann Manzetti seine Befragung. Die Antwort vom Bärtigen wurde durch das Zischen begleitet, das beim Öffnen einer Bierflasche entsteht. Für die drei Saufbrüder war das wohl eine Sinfonie. „Kommissar, Sie meinen wegen dem Toten von heute Morgen? Damit ham wa nischt zu tun." Die in furchtbarstem brandenburgischen Dialekt gehaltene Antwort strömte Manzetti auf einer Dunstwolke von Bierfahne und Knoblauch entgegen.

„Wirklich nicht?", fragte er, obwohl er selbst auch nicht an ihre Tatbeteiligung glaubte. Aber vielleicht hatten sie ja irgendetwas von den Geschehnissen um das Verbrechen gesehen.

„Wirklich nich, Herr Kommissar. Ditt könn Se uns glauben. Wir tun Sie doch nich belügen. Nie nich." Und zur Bestätigung erhob der Hagere zwei Finger der linken Hand.

„Na gut. Aber das ist keine Antwort auf meine Frage. Habt ihr nun gestern Abend auch hier gesessen oder nicht?"

„Na klar. Wir hucken immer hier", antwortete nun wieder der Bärtige und hob seinen rechten Arm mit dem Bier zum Gruß in Richtung Havel. Kurz darauf ertönte eine Hupe, und Manzetti drehte sich erschrocken um. Ein älteres Ehepaar, beide nur in Badesachen und einem leichten T-Shirt, grüßten von einer etwa zehn Meter langen Yacht herüber, und ihre Gesichter trugen sogar ein Lächeln.

„Ein Bayliner", behauptete der Hagere und grüßte auch mit seinem Bier.

„Ein was?", fragte Manzetti neugierig, denn mit Motorbooten kannte er sich nicht sehr gut aus. Er war leidenschaftlicher Segler.

„Ein Bayliner." Der hagere Saufbruder schaute Manzetti mit ungläubigen Augen aus dem braunen und faltigen Gesicht an. „Herr Kommissar, ditt hier is keen schlechter Ort. Ditt eene oder andere Schiffchen legt hier an, und wir helfen die Kapitäne manchmal dabei. Dafür lässt man schon mal nen Euro springen. Und dabei lernen wir noch watt." Ehrlicher Stolz schwang in seiner Stimme.

„Und ditt da iss een Bayliner", ergänzte der Bärtige und zeigte mit der Bierflasche zur Yacht, die noch immer mit ruhiger Fahrt die Havel entlangschaukelte.

„Ja dann", stellte Manzetti anerkennend fest, „lohnt sich ja euer Sitzen hier in doppelter Hinsicht."

„Watt?" Die Augen des hageren Bruders verrieten, dass der Mann mit Manzettis Bemerkung überfordert war. Mit Sicherheit hatte der Alkohol über die vielen Jahre die meisten Areale seines Gehirns lahmgelegt und das bis in alle Ewigkeit.

Manzetti ärgerte sich bereits darüber, dass er überhaupt zu dem Trio gegangen war, und wurde immer ungeduldiger. „Habt ihr nun etwas gesehen, was mit dem Mord zu tun haben könnte, oder habt ihr vielleicht etwas gehört?"

Sein Blick fiel auf die nächste Bank, die so weit entfernt war, dass sie außer Hörweite lag. Darauf saßen zwei ältere Damen, die pausenlos Brot ins Wasser warfen. Um die größeren Krumen und Stücke entbrannte jedes Mal ein regelrechter Kampf unter den gut zwanzig Enten und Möwen.

Immer wenn die Damen aber zu den drei zerzausten Gestalten auf ihrer Nachbarbank guckten, schüttelten sie entrüstet ihre Köpfe. Sie würden nie im Leben darauf kommen, dass hier Männer saßen, die das Brot dringender bräuchten als die Wasservögel.

„Mensch, Herr Kommissar, wir sind hier in seemännische Mission unterwegs. Da bleibt keene Zeit für Verbrechen, wa. Ditt iss doch och Ihre Sache, wenn mir nich alles täuscht." Der Bärtige musste wie jeder Redner die eingetrocknete Kehle mit Flüssigkeit anfeuchten und nahm dazu selbstverständlich sein Bier. Vier Schlucke später drehte er die Flasche um, und zwei dicke weiße Tropfen fielen vor ihm zu Boden.

Manzetti kam nicht dazu, eine weitere Frage zu stellen, denn in diesem Moment ertönte ein Handyklingeln. Während er nach seinem Telefon suchte, bemerkte er, dass sich der Bärtige und der Hagere erschrocken ansahen. In der nächsten Tasche wurde er fündig. Aber auch nachdem er die grüne Taste gedrückt und sich mit Namen gemeldet hatte, klingelte es weiter.

In diesem Moment nahm der Hagere seufzend ein Handy aus der Brusttasche seines schmuddeligen Jeanshemdes und hielt es ihm hin.

Ungläubig beäugte der Hauptkommissar die Saufkumpane und steckte sein eigenes Telefon wieder ein. Beim nächsten Klingeln meldete er sich an dem fremden Handy. „Manzetti."

„Herr Hauptkommissar, wie kommen Sie denn an dieses Telefon?" Die Frage von Obermeister Köppen war berechtigt, und Manzettis Gehirn begann, auf Hochtouren zu arbeiten. Warum wählte Köppen diese Nummer, und wie kamen die Vagabunden zu dem Handy?

„Das weiß ich auch noch nicht", antwortete er dem Kollegen des Dauerdienstes. „Warum wählen Sie aber diese Nummer? Sie haben doch einen Auftrag von mir bekommen."

„Habe ich, ja. Und genau deshalb rufe ich diese Nummer an", erklärte Köppen.

„Das verstehe ich nicht."

„Es ist das Telefon eines Pfarrers, auf den die Beschreibung des Toten passt."

Anscheinend hatte Köppen doch gute Arbeit geleistet, dachte Manzetti zufrieden. Er sah auf die beiden vor sich und auch noch einmal auf den Dritten im Bunde, der noch immer apathisch neben ihnen am Rand der Bank hockte. Unter ihm, das bemerkte Manzetti erst jetzt, lag eine leere Spritze zwischen den Grashalmen. Hier lag also wohl die Erklärung für seinen Zustand. „Heroin?" Seine Frage richtete er über das Telefon hinweg an den Bärtigen.

„Wir kennen den noch nich lange. Der iss och nich von hier und hat schon gestern ditt Zeug genommen. Iss dann immer ein bisschen verrückt, aber ditt gibt sich wieder."

Dann setzte Manzetti sein Gespräch mit Köppen fort, der seinem Vorgesetzten erklärte, was er von der Mitarbeiterin eines Pfarramtes erfahren hatte. Der Pfarrer hatte gestern in der Früh das Haus verlassen, und seither fehlte von ihm jedes Lebenszeichen. Er war auch auf seinem Handy nicht zu erreichen. Und was noch interessanter war: Die Beschreibung des Toten aus der Havel passte genau auf den vermissten Geistlichen.

„Wie sind Sie überhaupt auf die Idee gekommen, dass ich nach einem Pfarrer oder einem Mönch fragen soll, Herr Hauptkommissar?" Der eifrige Köppen klang sehr interessiert.

„Die Hornhaut an den Knien und die weichen Hände."

„Stand das im Obduktionsbericht?"

„Ja", gab Manzetti zu. „Deshalb bin ich davon ausgegangen, dass es sich um jemanden handelte, der oft auf Knien hockte und mit den Händen nicht hart arbeiten musste. Also kein Bauarbeiter, sondern eher ein Geistlicher, der zum Beispiel kniend betet." Manzetti dachte augenblicklich an seine Gespräche mit Claasen und Paola.

„Nicht übel, Herr Manzetti", lobte Köppen einschmeichelnd.

„Sie haben gut mitgearbeitet, und nun brauche ich wieder Ihre Hilfe. Ich brauche einen Krankenwagen zum Salzhofufer, der dringend jemanden zu einem Arzt transportieren muss, und auch einen Streifenwagen, der zwei Besucher", er zeigte mit seiner freien Hand auf die Männer vor ihm, als könne Köppen sie sehen, „zur Wache bringt. Kriegen Sie das hin?"

„Aber klar doch. Sonst noch einen Wunsch?"

„Danke, das reicht erst einmal." Dann legte er auf und schaute wieder auf sein Publikum, das ihm aufmerksam gelauscht hatte.

„Ich glaube, meine Herren, ihr solltet mir nun doch etwas erklären, oder?"

„Wir haben nischt damit zu tun. Ehrenwort, Herr Kommissar. Der hat einfach da gelegen. Wir bring doch keen um."

Manzetti glaubte ihnen das sogar. Aber es reichte ihm als Antwort nicht.

„Gib dem Kommissar die Euros", forderte der Hagere seinen Kumpel auf und erhielt dafür prompt einen Schlag gegen die Rippen.

„Was für Euro?", bohrte Manzetti weiter und baute seinen ohnehin großen Körper etwas bedrohlicher vor dem Gespann auf.

„Habt ihr den Toten etwa beklaut? Habt ihr etwa einen Raubmord begangen?"

„Nee, nee", platzte der Bärtige sofort heraus und sprang um Gnade suchend von der Bank auf. „Ditt müssen Sie uns glauben,

Herr Kommissar. Wir haben damit wirklich nischt zu tun. Der lag doch einfach nur da."

„Wo lag er nur da?", knurrte Manzetti mit zusammengezogenen Augenbrauen.

„Na ... da drüben", stammelte der Bärtige und zeigte mit der schwarzen und von tiefen Rissen übersäten Hand auf das gegenüberliegende Heineufer.

Dann kramte er in seiner Hosentasche und beförderte neben einem übel aussehenden Taschentuch auch zwei Euromünzen zutage. Er reichte sie Manzetti.

„Ist das alles, was ihr ihm abgenommen habt?" Sein Gesichtsausdruck war noch immer finster.

„Ehrenwort ... Und das Handy", gab der Bärtige zu und bemühte sich um eine entschuldigende Geste, die ihm gründlich misslang.

Manzetti betrachtete die Münzen. Es waren Geldstücke mit dem Wert von einem Euro, und sie stammten beide aus Griechenland. Geprägt anno 2005, also im vergangenen Jahr.

„Was habt ihr dann gemacht? Ich meine, nachdem ihr den Toten ausgeraubt hattet."

„Verdammte Scheiße. Wir haben ihn nich ausgeraubt. Die Euros lagen auf seine Augen", platzte der Hagere heraus. „Auf jedet eener." Er unterstützte seine Aussage, indem er die tätowierten Hände vor seine Augen legte. Sie zitterten vor Erregung.

„Aha. Und dann?"

„Dann haben wir ihn in die Havel gekippt. Es war doch schon dunkel, und wir wollten pennen. Wenn die Bullen ...", er unterbrach sich kurz und fuhr mit einer entschuldigenden Bewegung fort, „... ich meine, die geehrten Kollegen von Sie, den vor unsere Penne gefunden hätten, dann wär's ditt gewesen für die Nacht. Außerdem war der doch schon tot, oder?" Die hochgezogenen Brauen verrieten, dass er an der Antwort wirklich interessiert war. Und als Manzetti es ihm mit einem kurzen Kopfnicken bestätigte, blies er erleichtert eine gewaltige Menge Luft durch die Nase.

Manzetti konnte die beiden gut verstehen. Sie lebten schon lange nicht mehr in einem Rechtsstaat. Seit Jahren war alles an ihnen vorbeigegangen, jede Regel hatte sie nur am Rande getroffen, und Chancengleichheit war für sie genau so ein Fremdwort wie Vertrauen in dieses Land. Sie wurden hier, wenn überhaupt, nur geduldet, auf keinen Fall aber waren sie willkommen. Warum sollten sie also dem Staat, in diesem Fall der Polizei, helfen? Sie dachten nur an sich und unterschieden sich wenigstens in diesem Punkt kaum von den übrigen Deutschen.

„Ihr zeigt mir jetzt, wo er gelegen hat, und dann reden wir auf der Wache weiter." Manzetti bewegte seine rechte Hand auf und ab, was für die beiden so viel hieß wie „Aufstehen".

„Aber bevor wir uns weiter unterhalten, werdet ihr erst mal duschen, meine Herren", befahl er und versuchte vergebens, ihren beißenden Geruch wieder aus der Nase zu bekommen.

5

Sonja Brinkmann stand mit Manzetti in der kleinen Kantine der Polizeidirektion und versuchte vergeblich, einen Espresso aus der Kaffeemaschine zu zaubern. Sie schlug drei, vier Mal mit der Faust gegen den Apparat, weil der schon wieder nicht funktionierte und sie dringend etwas benötigte, um sich nach dem langen Arbeitstag wach zu halten, zumal noch weitere Aufgaben auf sie warteten. Verzweifelt warf sie schließlich einige Münzen in den daneben stehenden Automaten und hatte sofort mehr Erfolg. Die mit lautem Knacken geöffnete Colaflasche trank sie in einem Zug gleich halb leer. „Was haben die Eurostücke zu bedeuten?", fragte sie dann und musste heftig wegen der Kohlensäure aufstoßen. „Entschuldigung."

„Interessantes Detail", antwortete Manzetti.

„Ich habe mich doch entschuldigt", presste Sonja durch schmale Lippen hervor.

Doch Manzetti ging nicht weiter darauf ein. „Wenn jemand dem Opfer Münzen auf die Augen legt, dann hat er Stil und ein beachtliches Maß an Bildung", sinnierte er ganz in die eigenen Gedanken versunken.

„Damit scheiden unsere drei Penner als Täter aus", behauptete Sonja im Brustton tiefster Überzeugung und hatte ihren Rülpser bereits unterdrückt.

„Das würde ich so nicht sagen." Seine Belehrung wurde von Missfallen für die Anspielung seiner Kollegin getragen, die für seinen Geschmack zu sehr den gängigen Klischees aufsaß. „Ich kenne einen stadtbekannten Obdachlosen, der war früher ein nicht unbedeutender Banker. Sein Fehler bestand darin, dass er die Finger nicht von fremden Konten ließ und dabei erwischt wurde ... Es folgten Kündigung, Alkohol, Drogen, eine kaputte Familie und der soziale Abstieg bis auf die Straße, auf der er auch heute noch lebt. Die Bildung aber, die in jenen grauen Zellen lagert, die vom Alkohol bislang noch nicht vernichtet worden sind, die ist ihm deshalb nicht verloren gegangen."

„Aber die drei sind doch fertig mit der Welt." Sonja blieb bei ihrer Meinung und erntete dafür den nächsten strafenden Blick.

„Kennst du ihre Vita?", fragte Manzetti.

„Das nicht, aber ..."

„Wo sind sie eigentlich?" Er hatte genug von der Unbelehrbarkeit seiner jungen Kollegin und wechselte deshalb lieber das Thema. „Die duschen immer noch. Da hilft auch keine Kernseife. Übrigens sprechen sie ein furchtbares Deutsch und somit sind sie fernab von durchschnittlicher Bildung, oder?"

„Das trifft dann wohl auch auf einige Polizisten in Brandenburg zu, wenn die mal wieder reden tun", amüsierte sich Manzetti. Die Anspielung auf so manchen Polizisten überzeugte auch Sonja, denn selbst sie zählte sich zu denen, die fast Schmerzen in den Ohren verspürten, wenn in der Kollegenschaft die Muttersprache malträtiert wurde und immer wieder das unnötige „tun" auftauchte, etwa wenn ihr jemand versicherte, er „tue darüber nachdenken".

„Sie kommen aus einem ganz anderen Grund als Täter nicht in Frage", griff Manzetti den Faden wieder auf.

„Und der wäre?"

„Die Münzen."

„Die Münzen?", fragte sie und warf die leere Colaflasche in einen Mülleimer.

„Die armen Teufel haben kein Geld und würden nie und nimmer zwei Euro opfern, um die auf Augen von Toten zu legen. In ihrer Währung sind das nämlich zwei Bier."

„Okay", gab Sonja kleinlaut nach. „Was hat es aber nun mit den Münzen auf sich?"

Manzettis hochgezogene Mundwinkel, die oft genug Unerfreuliches ankündigten, erzeugten für einen kurzen Moment tiefe Grübchen. „Wie sieht's denn mit deiner Bildung aus?" Diesen Stich musste er noch austeilen, denn das war er seinem Gewissen schuldig, und Sonja hatte es sich verdient.

Sie ging lieber nicht auf diese Frage ein und kehrte schnell zum Thema zurück. „Unser Täter hat also auch noch Stil, sagst du. Er benutzt nicht einfach irgendwelche Münzen. Nein, wenn schon, denn schon, müssen es griechische Euromünzen sein, womit er schließlich sicherstellen will, dass seine Botschaft bei uns ankommt. Welche soll das aber sein?" Manzetti entschloss sich endlich, ihr nachzuhelfen: „In der Sagenwelt der alten Griechen war jedem Verstorbenen ein ehrenvoller Übergang in die Welt der Toten vergönnt." Er erinnerte sich an einen Film über den trojanischen Krieg. An der Stelle, als die Toten der Schlacht zusammengetragen wurden, hatte der Regisseur gezeigt, wie auch die Gegner mit dem strengen Bestattungsritual beigesetzt wurden. Erst Feind, der bis zum Tod bekämpft wurde, und dann zu achtendes Individuum. Das mochte schizophren erscheinen, war aber letztlich einfach nur konsequent.

„Man legte den Toten eine Münze auf jedes Auge, bevor man sie verbrannte. Die Münzen waren der Lohn für den Fährmann des Todes, der die Toten über den sagenhaften Fluss Styx ins Reich der Unterwelt brachte." Manzetti hatte längst begriffen, dass dieser Mord nicht so einfach aufzuklären sein würde. Hier forderte ihn jemand in einem Maß heraus wie schon lange nicht mehr. Hier wurde nicht nur gemordet, hier wurden Morde zelebriert. Hoffentlich war das nicht der Beginn einer Serie. „Sieht alles so aus, als ob hier jemand eine Show abzieht, eine ziemlich brutale Show, vermutlich ein Mann."

Sonja nickte nur zustimmend, und Manzetti fuhr fort: „Er will nicht nur töten, nein, nebenher will er sich noch selbst inszenieren. Und dem Narzissmus verfallene Menschen teilen ihren Ruhm nicht gerne."

„Du glaubst also, wir haben es mit einem einzelnen Täter zu tun?"

„Unter Umständen ja."

Da Sonja keine weiteren Fragen stellte, erteilte er ihr klare Anweisungen für die Vernehmung der beiden Obdachlosen, dann ging er zur Straßenbahnhaltestelle am Nicolaiplatz.

Sein Blick folgte den farbenfrohen Fassaden der alten Bürgerhäuser, aber seine Gedanken gehörten einzig und allein dem Mörder. Wurde er, Andrea Manzetti, vielleicht jetzt gerade von ihm beobachtet? Lauerte sein Gegner hinter einem dieser Fenster?

Würde er erneut töten? Und wenn ja, wen? Die Fragen trieben Manzetti, ließen ihn immer tiefer in die Gedankenwelt zur Lösung seines Falls eintauchen, in diese von ihm so geliebte intellektuelle Welt.

Er hatte die Eröffnung dieses Schachspiels pariert. Nun musste er seine Figuren setzen, musste seinen Gegner in möglichst wenigen Zügen schachmatt setzen. Denn jeder weitere Zug könnte den Tod eines Menschen bedeuten.

Als die Straßenbahn durch die Ritterstraße rumpelte, betrachtete Manzetti die wechselnden Fassaden und erkannte in der Steigung zur Jahrtausendbrücke den Namenszug des „Fonte". An der nächsten Station stieg er aus und ging die gut zweihundert Meter zurück bis zum Fontaneclub. Am Tresen bestellte er einen offenen Rotwein und setzte sich dann an einen Tisch, der in einer kleinen Nische ziemlich abseits stand.

„Manzetti, was treibt Sie denn in ein deutsches Lokal?" Der Mann hatte schon einiges von seiner Dynamik des Vormittags eingebüßt. Die schläfrigen Augen und seine gesamte Körperhaltung verrieten, dass ihn entweder die unerfreulichen Seiten seines Berufs oder aber die vor ihm stehende Cola von innen zerfraßen.

„Bremer, ich dachte Sie hätten das Zeug unter Kontrolle?" In Manzettis Frage steckte auch eine Portion Besorgnis.

„Habe ich auch. Nur eben nicht jeden Tag." Bremer stoppte kurz, so als würde er darüber grübeln, ob er die nächste Bemerkung nachschieben könne. „Manchmal hat aber auch der Flaschengeist die Kontrolle über mich. Wenn Sie so wollen, wechseln wir uns bei der Verantwortlichkeit hin und wieder ab." Bremers Kopf rutschte vom stützenden Handballen, und der Arzt hatte sichtlich Mühe, den Schwung abzufangen, bevor er lallend fragte: „Was macht unser gemeinsamer Bekannter?"

„Wenn Sie den Toten aus der Havel meinen, den haben wir so gut wie identifiziert." Er erzählte in knappen Sätzen vom Pfarrer und berichtete auch von den Münzen, was bei seinem Gesprächspartner einen anerkennenden Pfiff hervorrief.

„Nicht übel, was? Wenn ich nicht genau wüsste, dass es wieder der Gärtner war, dann würde ich an Ihrer Stelle einen griechischen Philosophen verdächtigen. Wir Deutschen sind dafür nämlich zu steif. Bei uns sind auch die Tötungsvarianten genormt, und da bleibt kein Raum für die Mythologie alter Völker." Bremer konnte nicht verhindern, dass ihm beim Feixen über seine eigenen Sätze ein dünner Faden Speichel aus dem Mund lief.

„Fallen Sie nicht noch mehr in Ungnade, Bremer", gab Manzetti mitleidig als Rat und erhob sich.

„See you later, altes Haus", sagte Bremer, während er den vor ihm auf der Tischplatte liegenden Tropfen mit der flachen Hand breitwischte. „Manzetti!", rief er dann noch, ohne den Polizisten dabei anzusehen. „Er hat ihm die Wasserfrage gestellt."

„Er hat was?" Manzetti drehte sich noch einmal um. Dann setzte er sich zu Bremer. „Was ist die Wasserfrage?", fragte er, neugierig geworden.

„Interessant, oder? Da bleibt selbst ein so kultivierter Mann wie Sie bei einem besoffenen Arschloch sitzen."

„Bremer, warum erzählen Sie nicht einfach Ihre Geschichte?"

Der Mediziner hielt Manzetti das leere Glas hin und versuchte vergebens, die Sehschärfe seiner Augen darauf einzustellen. Auch die Pupillen gehorchten ihm offensichtlich nicht mehr.

Manzetti nickte, was beim Kellner ein breites Grinsen auslöste. Eine Minute später hatte Bremer ein volles Glas und begann, endlich zu berichten. „Ich habe noch etwas in seiner Nase gefunden." Dann machte er schon wieder eine Pause, während der er versuchte, seinen Gesprächspartner mit den Augen zu fixieren.

„Und was wäre das?", forderte Manzetti ungeduldig.

„Stoff. Jede Menge Stoff."

„Kokain, Heroin …?"

Bremer winkte ab. „Nicht doch, Commissario. Nicht immer gleich an derartige Niedertracht denken. Ich habe ganz normalen Stoff gefunden. Mullbinden!" Wieder feixte Dr. Bremer wie ein verrückt gewordener Komiker, aber dieses Mal mit geschlossenem Mund.

„Mullbinden?"

„Genau. Mullbinden. Und wenn ich Ihre Schilderung von den Münzen in Betracht ziehe, dann haben Sie es mit einem Geschichtslehrer zu tun, der nunmehr als Gärtner arbeitet." Bremer streckte seinen rechten Zeigefinger Obacht gebietend vor den Augen Manzettis in die Höhe. „Denn der Mörder ist immer der Gärtner."

„Bremer, kann es sein, dass Sie langsam Ihren gesamten Verstand versoffen haben?"

Der Arzt schüttelte wild mit dem Kopf, so dass ihm die Brille herunterfiel. Manzetti hob sie auf und legte das gute Stück auf den Tisch.

„Ich habe Feierabend und da darf auch ich ohne Verstand rumlaufen. Manche machen das in dieser Stadt sogar während der Arbeitszeit und werden dafür verbeamtet", antwortete Bremer.

Es folgte erneut ein kurzes, höhnisches Lachen.

„Was ist denn nun die Wasserfrage?"

„Die Wasserfrage? Das können Sie als Italiener nicht wissen ..."

„Halbitaliener", korrigierte Manzetti leicht angesäuert über diese dämliche Bemerkung. Er war zwar nicht hier geboren worden, doch von seinen fünfundvierzig Lebensjahren hatte er mehr als zwei Drittel in Deutschland verbracht. Trotzdem war er für einige seiner Mitmenschen immer noch ein Fremder. „Meine Mutter ist Italienerin, und mein Vater war deutscher Diplomat", schob Manzetti deshalb energisch nach.

„Egal", lallte Bremer. „Trotzdem reicht das bisschen deutsches Blut in Ihren Adern nicht aus um zu wissen, was die Wasserfrage ist. Ich will es Ihnen erklären", kündigte Bremer an, kippte aber vorher noch den Inhalt des Colaglases in sich hinein. „Die Wasserfrage stammt schon aus dem Mittelalter, und ich muss zugeben, dass sie bis heute ziemlich stark in Vergessenheit geriet. Dabei werden Stofffetzen in Mund und Nase eingeführt und langsam mit Wasser begossen. Das führt dazu, dass der Stoff aufquillt und sehr langsam, aber todsicher die Atemwege verschließt. Ergo eine sehr brutale, aber besonders effektive Foltermethode. Vielleicht finden Sie hier die Erklärung für die Striemen an seinen Handgelenken, die von einer Fesselung herrühren könnten ... Sie sollten bei Ihnen im Hause auch mal über die altbewährten Vernehmungsmethoden meiner Vorfahren und Ihrer Vorgänger nachdenken. Die trugen nicht immer Samthandschuhe, Commissario."

Draußen auf der Straße versuchte Manzetti, die Erinnerung an Bremer und die Entgleisungen dieses widerlich betrunkenen Mannes von sich abzuschütteln, und verfiel wieder ins Grübeln. Was könnte diese Folter bedeuten? Warum war der Mörder mit solcher Brutalität vorgegangen? Hatte er von seinem Opfer eine Aussage erpressen wollen? Aber was war einem Geistlichen abzupressen? Oder hatte er sein Opfer einfach quälen, ihm Schmerzen zufügen wollen, vielleicht aus Rache? Er überlegte weiter. Wenn der Pfarrer gefoltert worden war, so könnte es zusätzlich bedeuten, dass sich der ganze Akt über Stunden hingezogen hatte, und das wiederum setzte voraus, dass der Mord an einem sicheren Platz stattgefunden hatte. Einen, an dem der Mörder sein Opfer gefangen halten konnte, an dem er vollkommen ungestört war.

Das Motiv der Rache verwarf Manzetti gleich wieder. Sein Gefühl sagte ihm, dass es nicht um Schmerzen gegangen war, sondern um Informationen. Dabei stützte er sich auf den respektvollen Übergang ins Reich der Toten, den der Mörder seinem Opfer nach griechischem Vorbild gewährt hatte. Jetzt war Eile geboten, denn auch Manzetti musste schnell an diese Informationen kommen, ansonsten würde der Vorsprung seines Gegenspielers zu groß.

Von der Jahrtausendbrücke guckte er auf das Heineufer. Dort holten seine Kollegen nun endlich das nach, was man am Vormittag versäumt hatte. Zwei Gestalten standen im Mittelpunkt des Geschehens, was sie sichtlich genossen. Sie wurden permanent befragt, zeigten mit Händen und dem eigenen Körper, wie die Leiche gelegen hatte. Sie schienen ganz und gar bei der Sache, als ob die Dusche und die frischen Hosen ihnen eine ganz neue Bedeutung verliehen hätten.

6

Manzetti hatte sehr schlecht geschlafen. Auch Kerstins wohligweiche Haut hatte ihn nicht beruhigen können. Immer wieder war der blutleere Leichnam in seinem Traum aufgetaucht, immer wieder hatte der feixende und sabbernde Bremer den Toten wie einen Speer nach ihm geworfen. Schließlich war er klatschnass geschwitzt aufgewacht und hatte sich unter die Dusche gestellt. Es war nicht das erste Mal, dass ihn die Toten vom Tatort bis in den Schlaf verfolgten. Aber die letzte Nacht hatte er so schlimm wie noch nie empfunden. Genau deshalb hasste er die Tatortarbeit, jene Stunden, die den meisten Menschen verborgen blieben, obwohl es immer den einen oder anderen Sensationslustigen gab, der selbst polizeiliche Absperrungen durchbrach, um einen sicheren Blick auf das viele Blut oder auf abgetrennte Gliedmaßen zu erhaschen.

Während er sich noch rasierte, reichte ihm seine Frau das Telefon durch den Türspalt. Schon nach den ersten Worten aus dem Hörer sah er im Spiegel, wie seine Gesichtshaut jegliche Farbe verlor, und er übergab sich würgend in das Toilettenbecken.

Nur eine halbe Stunde später stand er an einem wilden Strand des Beetzsees, der lediglich von Insidern genutzt wurde.

„Guten Morgen Bremer." Manzetti sah auf den vor ihm hockenden Rechtsmediziner herab und spürte immer noch Groll wegen seines Auftritts im „Fonte".

„Morgen, Manzetti. Pfuschen Sie mir nicht wieder ins Handwerk und stellen Sie vor allen Dingen keine übereilten Fragen!", knurrte Bremer, dessen schlechte Laune vermutlich von furchtbaren Kopfschmerzen verursacht war. Er sah mit zusammengekniffenen Augen zu Manzetti hoch, die noch tief stehende Sonne blendete ihn.

Manzetti merkte, wie sich eine tiefe Abneigung gegen diesen Menschen in ihm breitmachte, und solche Gefühle hatte er nicht allzu oft. Es hatte nichts mit dem zu tun, was Bremer sagte, oder wie er es sagte. Er mochte ganz einfach diesen Typen nicht. Auch wenn Bremer ein hochintelligenter Mann war, Manzetti spürte, dass der Mediziner wohl unter dem einen oder anderen Problem litt, das er mit Mitteln zu unterdrücken suchte, die in aller Regel dazu überhaupt nicht taugten. Ein Blick von Manzetti in die geöffnete Tasche, in der sich durchaus nicht nur medizinische Utensilien befanden, bestätigte seine Vermutung. Trotzdem schwieg er dazu.

„Kehren wir zum Ernst des Alltags zurück und üben uns in Freundlichkeit, Dottore", empfahl Manzetti unterdessen.

„Einverstanden", pflichtete Bremer mürrisch bei. „Was wollen Sie wissen?"

„Wo sind die Münzen?"

„Sie nehmen also an, dass auch dieses Mal welche im Spiel sind?"

„Dottore!"

„Haben Ihre Kriminaltechniker schon mitgenommen. Griechische Eurostücke, geprägt 2005." Man konnte die Enttäuschung in Bremers Stimme hören, weil Manzetti sich nicht in sein provokantes Ratespiel hineinziehen lassen wollte.

„Ein Schnitt?"

Bremer sah wieder nach unten, als er antwortete: „Ein Schnitt."

„Wann?"

„Kann ich Ihnen noch nicht sagen. Muss die Sektion zeigen. Ich sagte doch, dass Sie keine übereilten Fragen stellen sollen."

In Bruchteilen einer Sekunde lief Manzetti rot an und fauchte wie eine Feuerwalze auf Bremer ein. „Packen Sie Ihre Sachen zusammen und verschwinden Sie!"

Manzetti wandte sich ab um zu gehen. Gut zureden half hier nicht mehr, dessen war er sich bewusst. Einzig brachiale Konfrontation würde den Weg aus der Misere weisen. Und auch wenn er es zu verbergen suchte, es fiel ihm nicht leicht, diesen Weg zu beschreiten.

„Wie bitte?" Jetzt bekam auch Bremers Stimme etwas von einem Vulkan: Er brach noch nicht aus, fing aber schon leicht an zu beben.

„Sie sollen verschwinden! Und fassen Sie hier nichts mehr an! Das ist ein Tatort und keine Spielwiese", wiederholte Manzetti seine Aufforderung und blieb zumindest äußerlich hart. Er holte sein Handy hervor und wählte eine kurze Nummer.

„Kurt, ja, Andrea hier. Ich brauche deine Hilfe. Kannst du mir bitte sofort einen deiner Rechtsmediziner zum Beetzsee schicken? Oder komm am besten selbst! ... Nein, gibt es hier nicht ... Habe ich mich auch gefragt, aber eine Stadt wie Brandenburg wird eben keinen Rechtsmediziner brauchen. Aber das habe ich nicht zu entscheiden ... In einer Stunde, ist in Ordnung, danke."

Noch mit dem Telefon in der Hand guckte Manzetti wieder zu Bremer, der seinen Mund weit aufgerissen hielt. „Nun packen Sie schon zusammen, oder wollen Sie, dass ich den Platzverweis mit Zwang durchsetzen lasse?"

„Ich ... aber ... das ..." Bremer starrte Manzetti unter den buschigen Augenbrauen entsetzt an.

Der Hauptkommissar steckte unterdessen seine Hände in die Hosentasche und sprach sehr ruhig, aber mit einer äußerst herablassenden Stimme: „Gegen die Aufregung sollten Sie einen Schluck aus Ihrer Flasche nehmen."

Jetzt gab wohl der Boden unter den Füßen von Bremer nach, und wie um zu verhindern, dass er umfiel, setzte er sich in den Sand. „Manzetti ...?"

„Was ist?", fragte der nun sehr arrogant. Es handelte sich eher um ein Nachtreten als um eine Frage.

„Zerstören Sie mich nicht. Geben Sie mir eine Chance, bitte."

Manzetti nahm die Hände aus der Hosentasche und gab seiner Stimme wieder einen freundlicheren Klang. „Nicht ich zerstöre Sie. Sie zerstören sich selbst."

„Das weiß ich, Sie Klugscheißer! ... Bitte!", nahm Bremer seine Unverschämtheit sofort wieder zurück.

„Wann ist der Mann getötet worden?"

Bremer schaute hoch und antwortete ohne zu überlegen. „Vor mehr als acht Stunden."

„Das sehe ich auch. Wann genau?" Manzetti hielt seinen symbolischen Würgegriff um Bremers Hals fest wie ein Python.

„Die Totenstarre ist vollständig ausgebildet, was nach sechs bis neun Stunden der Fall ist, jetzt ist es acht Uhr, ergo ..."

„Haben Sie die Körpertemperatur gemessen?"

„Ja, demnach müsste er gegen zweiundzwanzig Uhr gestern Abend getötet worden sein. Genau zu der Zeit also, als Sie mich zum Alkohol verführten."

Manzetti packte einen Arm des Mediziners und zog ihn dicht zu sich heran. „Na, sehen Sie, geht doch. Jetzt haben Sie sich ein Schlückchen verdient. In Ihrem Köfferchen links hinter der Jodflasche."

Bremer drehte sich trotz des festen Griffs zu seiner Tasche um und erkannte sofort, dass die Sonnenstrahlen in dem metallenen Verschluss der Schnapsflasche wie von einem Spiegel zurückgeworfen wurden.

„Wenn Sie schon saufen, dann bitte heimlich. Dazu zähle ich auch das Schließen Ihres Köfferchens. Es muss nicht jeder sehen."

Dr. Bremer guckte noch immer ungläubig. „Manzetti, wen haben Sie vorhin angerufen?"

„Meine Frau. Sie konnte mir aber nicht helfen."

„Was?"

„Bremer, Sie sind Alkoholiker, wenn ich das richtig beurteile, und ich weiß sehr genau, dass mit Ihnen in aller Regel nicht zu reden ist, wenn Sie was intus haben. Ich musste mir also etwas einfallen lassen, was Sie ein wenig unter Druck setzt." So fest wie vorhin sein Griff traf nun sein Blick den Arzt. Für den war das aber nicht weniger unangenehm. „Einen Rechtsmediziner, der bei einer derart frischen Leiche den ungefähren Todeszeitpunkt nicht bestimmt, den kann ich nicht gebrauchen. Aber merken Sie sich ...", er drohte Bremer jetzt sogar mit erhobenem Zeigefinger, „... bei mir bekommt jeder nur eine zweite Chance, und Ihre hat vor einer Minute begonnen. Ich mag es absolut nicht, wenn man mich veralbert. Capisce?"

„Ja." Bremer stand vor Manzetti wie ein Zinnsoldat. Selbst die herunterhängenden Hände schienen streng an der Hosennaht ausgerichtet zu sein.

„Sie dürfen weitermachen und sollten von nun an eng mit mir zusammenarbeiten. Wir haben nämlich keine Zeit für derlei Spielchen."

Bremer nickte, obwohl er nicht mehr so genau wusste, was er von der Situation halten sollte. Manzetti hatte ihn zwar in die Zange genommen, aber er wollte ihm auch helfen, und das versuchte schon lange niemand mehr. Aber warum tat der das? Womit würde Bremer dafür zahlen müssen? Zunächst interessierte ihn erst einmal eines ganz besonders: „Kann meine kleine dunkle Seite unter uns bleiben?"

„Kann sie wohl kaum noch. Oder glauben Sie, dass Ihre Kapriolen im „Fonte" niemand bemerkt? Ich werde Ihnen helfen, aber nicht Ihre Sauferei unterstützen. Außerdem mache ich das nicht ohne Gegenleistung."

Bremer sah wieder zu seiner Tasche. Er hatte wohl doch die Rolle von Dr. Faustus bekommen. Dieser Italiener wollte seine Seele. „Sie sind anders, als ich das bisher vermutet habe, oder? Was ist die Gegenleistung?", fragte er.

„Legen Sie sich trocken. Wenigstens während der Arbeit. Wenn Sie es nicht anders aushalten, dann knallen Sie sich abends richtig die Birne zu, aber am nächsten Morgen stehen Sie wie eine Eins. Was Sie dann als Gegenleistung für mich machen können, werde ich Ihnen zu gegebener Zeit offenbaren."

„Ich habe wohl keine andere Wahl?", fragte Bremer und wirkte schon viel gelassener.

Manzetti zuckte mit den Schultern und blickte auf den toten Körper: „Haben Sie bei dem Toten Papiere gefunden, oder fangen wir auch hier wieder bei null an?"

„Er hieß Martin Becker und war Lehrer am Hermann-Hesse-Gymnasium. Ich habe mal einen Vortrag über die Folgen des Rauchens vor seinen Schülern gehalten."

Manzetti zog sich einen Einweghandschuh an und beugte sich über die Leiche. Mit Daumen und Zeigefinger versuchte er, die klaffende Wunde am Hals des toten Mannes zu schließen. Er ließ aber schnell wieder davon ab, denn sein Bauch rumorte umgehend. „Genau wie bei dem anderen."

„Damit haben Sie vollkommen Recht, Manzetti. Nahezu identisch. Dieselbe Richtung des Schnittes, dieselbe Tiefe und vermutlich dasselbe Messer."

„Ich hab es gewusst. Der ist noch nicht fertig."

„Sieht ganz so aus", pflichtete Bremer bei. Er war jetzt richtig bei der Sache.

„Ihren Sektionsbericht brauche ich spätestens heute Mittag. Schaffen Sie das?"

„Habe ich eine Wahl?"

„Sie leben in Ihrer zweiten Chance. Also wieder Stunde null. Wählen Sie, Bremer!"

„Gut. Gegen Mittag ist in Ordnung. Ich komme dann in die Direktion."

„Nicht nötig. Ich komme zu Ihnen, wenn ich darf?" Manzettis Blick war wieder bohrend und machte die Frage zum Befehl.

„Bitte. Wir sehen uns also dann in meinen heiligen Hallen. Erwarten Sie aber nicht zu viel." Bremer hatte sich schon einige Meter entfernt, als er sich plötzlich umdrehte und zurückkam.

„Ach, noch etwas."

„Ja?"

„Derartig tiefe Schnitte lassen meines Erachtens auf eine wirklich große Wut schließen, mit der hier gemordet wird. Ich könnte mir also vorstellen, dass hier jemand einen gewaltigen Rachefeldzug führt."

Manzetti bedankte sich bei Bremer und schlenderte einige Meter vom Geschehen weg. Claasen konnte jetzt erzählen, was er wollte, konnte sich in seiner seelischen Trutzburg zum Schutze des Städtchens verbarrikadieren, aber den Zusammenhang der beiden Morde würde er nicht leugnen können.

Im gleichen Maß, wie sich Manzetti freute, dass seine erste Eingebung stimmte und hier wahrscheinlich ein Serienmörder unterwegs war, ärgerte ihn, dass er bei der Suche nach einem Motiv immer noch ganz am Anfang stand. Und was hatten die Münzen zu bedeuten? Der Mörder besaß davon sicherlich einen kleinen Vorrat, ansonsten lag die Chance vielleicht bei eins zu einer Million, dass jemand mit genau den gleichen Geldstücken aufwarten konnte.

Wo nur lag der Schlüssel? Wo konnte er ansetzen?

Sollte Bremer Recht haben und die Motivlage doch im Bereich der Rache zu suchen sein? Das war nicht unmöglich, auch wenn seiner

Meinung nach die Inszenierung mit den Münzen eher dagegen sprach. Aber wer sollte in diesem beschaulichen Städtchen solche großen Rachegelüste haben? Gegen einen Pfarrer und einen Lehrer?

Das alles passte nicht zu Brandenburg. Manzetti ließ seinen Blick am Ufer entlanggleiten und entdeckte einen weißen Schwan, der die Szenerie mit wachsendem Argwohn und fauchenden Zwischenrufen aus einiger Entfernung verfolgte. Ja, der gehörte hierher, der repräsentierte den Ort. Das prächtige Tier stand in seinem von der Morgensonne beschienenen strahlend weißen Gefieder am Rande des Schilfgürtels im gelblichen Sand, ganz steif, ganz starr und ganz majestätisch.

Dagegen stritten die Möwen mit großem Gezeter um das letzte Stück Brot auf dieser Erde. Das Tier, das ein von Spaziergängern geworfenes Stück Brot ergattern konnte, musste leiden. Alle anderen traktierten es mit Schnabelhieben, Flügelschlägen und Kopfstößen, bis das Stück nach unten fiel, sich eine andere Möwe das Brot schnappte und der sinnlose Kampf von neuem ausbrach. Sinnlos, weil längst weitere Stücke im Wasser lagen und jeder etwas abbekommen hätte, wenn sie vernünftig teilen würden. Aber auch Möwen hatten manchmal so etwas Menschliches, dachte Manzetti.

„Na, Sonja. Ich nehme an, dass uns auch diesmal die Spaziergänger nicht weiterhelfen", unterbrach sich Manzetti selbst.

„Genau. Die haben, wie in dem anderen Fall, den Toten lediglich gefunden. Keiner hat etwas gesehen, keiner hat etwas gehört und keiner weiß etwas. Aber wir kennen die Identität des Mannes schon."

„Ich auch. Martin Becker. Und da waren es nur noch neun."

„Was?" Sonja fehlte jede Vorstellung, weshalb sie wiederholte: „Was neun?"

„Lehrer. Neun Lehrer, und dann sprang einer vom Fernsehturm, und da waren es nur noch acht. Wenn gar keiner mehr da ist, dann unterrichte ich meine Kinder eben selbst."

„Hm". Sonja war zu überrascht, um darauf zu antworten. Sie überlegte kurz und entschied sich, wieder auf den Mord einzugehen. „Ist alles wie gestern, oder?"

„Sieht ganz so aus."

„Und nun? Wieder ein Unfall, wie es Claasen gern hätte?"

Manzetti schloss die Augen. „Ich weiß nicht ... Das heißt, ich weiß es ganz genau. Das hier hat überhaupt nichts mit einem Unfall zu tun, und wir haben schon einen ganzen Tag verloren."

„Womit fangen wir also an?"

„Mit den Opfern natürlich. Mehr haben wir ja nicht."

„Gut", sagte Sonja. „Ein Lehrer und ein Pfarrer. Was können die gemacht haben, um so aus der Welt befördert zu werden?"

„Werden wir herausfinden müssen. Lass uns aber erst über etwas anderes nachdenken."

„Und worüber?"

„In der Hose des Pfarrers steckte eine Fahrkarte der deutschen Bahn von Potsdam nach Brandenburg."

„Von wann?"

„Na von dem Tag, an dem er ermordet wurde. Er hat sich, ohne Bescheid zu sagen, in der Früh aus dem Staub gemacht. Die Mitarbeiterin im Pfarramt hat ihn zufällig gesehen und dachte, dass er nur kurz eine Besorgung machen wollte." Er zog sein Kinn hinunter an den Hals.

„Das ist doch nicht ungewöhnlich. Ein Pfarramt ist kein Gefängnis." Offensichtlich hatte sie nicht verstanden, dass hinter seiner Aussage noch mehr stecken musste, und wurde prompt von ihm überrumpelt.

„Das nicht. Aber er hatte eine Stunde später einen wichtigen Termin beim Bischof und ging trotzdem."

„Vielleicht wollte er wirklich nur kurz irgendwohin, und der Mörder lauerte ihm auf."

„Glaube ich nicht. Unser Mörder hat seine Taten bis ins Detail geplant. Also wird er wohl kaum das Risiko eingegangen sein, jemanden mitten in der Stadt abzufangen, wo ihn Hunderte Menschen dabei beobachten."

„Da könntest du Recht haben", musste sie zugeben.

„Außerdem hat sich der Pfarrer eine Fahrkarte nach Brandenburg gekauft. Wann kaufst du dir gewöhnlich eine Fahrkarte?"

Sie guckte verdutzt. „Wenn ich mit der Bahn fahren will, natürlich."

„Genau. Also hatte er einen festen Plan, nach Brandenburg zu fahren. Das könnte heißen?"

Sonja zögerte verunsichert. „Na, dass er hierher wollte", sagte sie dann nach kurzer Pause.

„Ja, logisch. Aber warum?"

„Vielleicht war er verabredet?", fragte Sonja mehr ratend.

„Kluges Mädchen. Mir scheint auch, irgendjemand hat ihn kurzfristig nach Brandenburg bestellt, und von diesem Jemand sollte offensichtlich niemand etwas wissen."

„Wie kommst du jetzt darauf?"

„Na, sonst hätte er doch Bescheid gesagt. Schließlich war er mit seinem Bischof verabredet."

„Hm."

„Wann würdest du einen Termin mit dem Polizeipräsidenten platzen lassen?"

„Ich weiß nicht? Wahrscheinlich gar nicht. Ich bin doch nicht verrückt."

„Denk nach!", forderte Manzetti mit hastiger Handbewegung.

„Vielleicht, wenn einem engen Verwandten etwas passiert ist."

„Dann würdest du dich aber entschuldigen, oder?"

Sonja nickte. „Ja. Würde ich wohl machen."

„Wenn du aber in Panik gerätst und an die Konsequenzen gar nicht mehr denkst, die das Nichteinhalten des Termins haben könnte? Was ist, wenn dich jemand zu erpressen versucht? Sagen wir wegen einer Sache, die deiner Karriere schaden könnte."

„Dann würde ich vielleicht alles andere vergessen."

„Genau", sagte Manzetti und entfernte sich durch den Sand.

7

Da Manzetti zu Fuß in die Direktion gegangen war, um in Ruhe nachzudenken, kam er nach allen anderen an. Sonja wartete schon auf ihn.

„Sie wussten nichts weiter", sagte sie, als er vor ihr auftauchte.

„Wer wusste nichts weiter?"

„Na, die beiden Obdachlosen. Ich sollte sie doch gestern noch vernehmen, oder etwa nicht?", fragte sie erstaunt.

„Und der Dritte im Bunde. Der, der ins Klinikum gebracht wurde?"

„Auch nichts", antwortete Sonja und schüttelte den Kopf, wobei ihre halblangen blonden Haare den Bewegungen mit einigem Nachlauf folgten. Sie wollte gerade weiterreden, als Manzetti sie unterbrach.

„Hat er wenigstens die Variante seiner Kumpane bestätigt?"

„Das ging ja nicht mehr. Er ist in der Nacht gestorben. Noch bevor wir mit ihm reden konnten."

„Woran?" Es enttäuschte ihn immer wieder, dass gerade diesen Menschen nicht geholfen wurde. Kippte einer von ihnen in der Fußgängerzone um, dann wurde höchstens die Polizei gerufen, dass die sich gefälligst um ihn kümmerten. Fiel allerdings ein Mann in einem Nadelstreifenanzug auf die Nase, dann sprangen die Passanten sofort zu Hilfe. Das Gesetz der Nächstenliebe galt eben nicht für jeden.

„Eine Überdosis. Er liegt bei Bremer in der Kühlzelle."

„Eccellente. Una commedia eccellente", nuschelte er vor sich hin.

„Was heißt das nun wieder?" Sonja reagierte stets trotzig, wenn Manzetti italienische Wortfetzen bemühte. „Andrea, was heißt das?" Sie zog ihn am Sakkoärmel wie ein kleines Mädchen und holte ihn so aus seiner Versunkenheit.

„Wie bitte? ... Entschuldige."

„Du hast eben Italienisch gesprochen, und ich will wissen, was das übersetzt bedeutet", wiederholte sie mit missbilligendem Unterton.

„Eine prima Komödie, heißt das."

„Und von der habe ich langsam genug", sagte sie und angelte eine Zigarette aus der Schachtel, die sie schon minutenlang in der Hand hielt.

Während sie rauchte, gab sie ihm noch andere Informationen weiter. Unter anderem, dass die Polizeitaucher seit den frühen Morgenstunden nahezu jeden Meter der Havel abgetastet, aber außer rostigen Fahrrädern und einer noch eingeschweißten Sechserpackung russischen Wodka keine relevanten Dinge zutage gefördert hatten. Manzetti hatte aber auch nicht wirklich geglaubt, dass sie irgendetwas finden würden, was ihnen weiterhelfen könnte. Trotzdem wollte er die Entscheidung zum Einsatz der Taucher nicht gänzlich in Zweifel stellen.

„Erzähl mir etwas über den Pfarrer", forderte er Sonja auf.

„Er hieß Fred Weinrich, war achtunddreißig Jahre alt und wohnte in Potsdam."

„Das wissen wir doch schon!" Er wedelte die graue Tabakwolke aus seinem Gesicht. „Welche Konfession?"

„Katholisch. Also ohne Frau und Kinder, wenn du das meinst."

Er musste schmunzeln. „Sollte man annehmen, wenn er sich ans Zölibat hielt", schob er amüsiert durch den Qualm in ihre Richtung.

Daraufhin schien sie zu erwachen und lächelte sogar ein bisschen, als sie eine Stelle aus einem Film zitierte, dessen Titel weder ihr noch Manzetti einfiel: „Sie hielten sich an das strenge Zölibat wie ihre Väter und die Väter ihrer Väter."

Manzetti behielt sein Lächeln bei, ging aber nicht weiter darauf ein.

„Warum bringt jemand einen Geistlichen um?", fragte sie dann etwas nachdenklicher. „Hast du eine Idee?"

„Nein, habe ich nicht. Aber dazu weiß ich auch noch zu wenig über unseren Pfarrer. Du könntest da mal etwas Licht ins Dunkel bringen. Schnapp dir einen unserer Leute und fahr nach Potsdam, in diese Pfarrgemeinde, der er vorstand. Mach dir nur ein Bild von seinem Umfeld und stell noch keine konkreten Fragen. Das Übliche eben, wenn du verstehst, was ich meine."

Sie war alles andere als begeistert, hatte aber aus Mangel an Alternativen kaum eine Chance, sich zu wehren.

Manzetti dagegen schaute auf seine Armbanduhr und machte sich erneut auf den Weg zu Bremer. Nun war er schon zum zweiten Mal innerhalb von vierundzwanzig Stunden unterwegs zum Städtischen Klinikum. In seinem Privatleben war er allerdings kein Freund der Schulmedizin, während seine Frau sehr darauf vertraute. Er, der hingebungsvoll umsorgt in der Toscana aufgewachsen war, setzte mehr auf die umfängliche Zuwendung seiner Lieben. Aber oft genug hatte er sich dem Willen seiner Frau gebeugt und war schließlich doch zum Hausarzt der Familie gegangen, selbst wenn er der Meinung war, dass ein Husten, der alleine kam, auch wieder alleine ging, oder, wie es seine Großmutter immer formulierte: Ein Schnupfen dauerte mit Medizin sieben Tage und ohne eine Woche.

Im Klinikum schlängelte er sich mit einem kurzen Gruß am Pförtner vorbei und wurde schon nach wenigen Metern im Inneren des Institutes von Dr. Bremer empfangen.

„Ach, Manzetti. Ich bin noch längst nicht fertig. Außerdem liegt hier noch jemand, der den letzten Kontakt mit Ihnen nicht überstanden hat."

„Dottore, Ihren Sarkasmus in allen Ehren, aber ich bin im Stress, und deshalb müssen wir gleich zum Wesentlichen kommen."

„Stress ist gefährlich, Manzetti", entgegnete Bremer. „Wenn Sie nicht vollkommen wehrlos auf einem meiner ungemütlichen und kalten Metalltische landen wollen, dann sollten Sie sich von dieser Krankheit Nummer 1 fernhalten."

„Ich dachte immer, Herz-Kreislaufversagen wären numero uno."

„Und die kommen woher?", fragte Bremer und antwortete gleich selbst. „Vom Stress, Commissario. Vom Stress."

Mit einer heftigen Bewegung öffnete Bremer die Tür zum langen Flur und schritt voran. Vorbei an Vitrinen mit aus Manzettis Sicht grässlichen Exponaten liefen sie schnellen Schrittes in Richtung der Sektionssäle. Manzetti entwickelte schon Horror genug, wenn er Sektionen beiwohnen musste, was Gott sei Dank nur selten der Fall war, aber die makabre Ausstellung von in Alkohol eingelegten Embryonen, Fingern, Zähnen und anderen Dingen, die Bremer stolz seinen Fundus menschlicher Leidenschaft nannte, war für seinen Geschmack an Perversität kaum zu übertreffen.

„Ich hoffe, dass Sie nicht mit zu hohen Erwartungen kommen." Damit unterbrach Bremer Manzettis Gedanken und stoppte unwissentlich, aber gerade noch rechtzeitig dessen aufkeimendes Unwohlsein.

„Ich komme nicht mit zu hohen Erwartungen. Keine Angst. Außerdem hatten Sie mich ja gewarnt."

Dr. Bremer hob, als würde er überirdische Wesen anbeten, seine Arme in die Höhe. „Der Täter kopiert sich selbst mit einer Präzision, die einzigartig ist. Das hatte ich noch nie." Er steigerte sich fast ins Schwärmen.

„Aber das können Sie doch allenfalls bei Serienmördern feststellen. Und davon gab es in Brandenburg ja noch nicht so viele", gab Manzetti zu bedenken.

„Hier nicht, stimmt", räumte der Arzt ein. „Aber wenn man so alt ist wie ich, dann besteht doch die Möglichkeit, dass einen das Berufsleben schon an mehrere Küsten getrieben hat."

„Was ist nun mit der Präzision?", wollte Manzetti wissen und beendete damit den für ihn langweiligen Smalltalk.

„Die Schnitte sind fast auf den Millimeter gleich lang, gleich tief, und überhaupt gleicht jedes Detail dem anderen. Auch die Wasserfrage wurde wieder gestellt."

„Ich frage mich, was der Mörder uns damit sagen will?" Manzetti unterbrach seine Gedanken mit einem Blick auf einen der Tische und begann prompt, an seinem Frühstück herumzuwürgen. „Lassen Sie uns diese unangenehme Geschichte hinter uns bringen. Mir ist schon den ganzen Morgen schlecht." Wieder stieg Hitze in ihm auf, und Schweißperlen traten auf seine Stirn, obwohl die klimatisierten Räume der Rechtsmedizin den sommerlichen Junitemperaturen Paroli boten.

Dr. Bremer sah ungläubig erstaunt zu seinem Gast und fragte dann: „Wollen Sie nun den obduzierten Martin Becker sehen?"

„Nicht nötig. Den Bericht lese ich mir später durch."

„Schade, ich hätte mich über etwas mehr Interesse an meiner Arbeit gefreut. Manch ein Kriminalist brennt förmlich auf meine Ergebnisse."

„Ich auch", beruhigte er. „Aber wenn doch sowieso dasselbe in den Berichten stehen wird. Außerdem kümmere ich mich im Augenblick erst mal um den Pfarrer."

„Was für einen Pfarrer?" Bremer fragte nach, weil er wohl im „Fonte" doch zu betrunken gewesen war, um sich an die Einzelheiten ihres Gesprächs erinnern zu können.

Manzetti erzählte deshalb im Telegrammstil noch einmal von den Ergebnissen seiner Kollegen, bis der Assistent Bremers einen Metallwagen mit einer abgedeckten Leiche hereinbrachte.

„Danke, Achim. Und den Lehrer kannst du in die Kühlzelle schieben. Er wird hier im Augenblick nicht mehr gebraucht und soll ein bisschen verschnaufen."

„Ist ja makaber", sagte Manzetti und hielt die Luft an. Der süßliche Geruch trieb noch mehr Schweiß in sein Gesicht.

„Ist nur Schutz der eigenen Seele. Hört außerdem ja keiner."

„Gut." Manzetti blies die angehaltene Luft aus. „Das, was jetzt folgt, sollte auch keiner hören. Also ohne Ihren Assistenten. Wenn Sie Hilfe brauchen, dann werde ich die Ärmel hochkrempeln."

Manzettis Augen traten allein bei der Formulierung dieses Gedankens etwas hervor.

„Nun bin ich gespannt, was Sie ...." Noch bevor er aussprechen konnte, betrat der Assistent wieder den Raum, und er ließ sich widerspruchslos mit einer Handbewegung hinauswinken. Für Manzetti das sichere Zeichen, dass der alte Säufer trotz seines Lasters den Laden ganz gut im Griff hatte.

„So, Dottore. Wir entnehmen dem Körper jetzt ein bisschen Material und führen eine Isotopenanalyse durch."

„Eine Isotopenanalyse? Manzetti, Sie überraschen mich wirklich. Alle Achtung."

„Können Sie das in Ihrem Institut überhaupt?"

„Selbstverständlich. Aber was sagt der Staatsanwalt?"

„Ist gerade nicht zu erreichen!", log Manzetti mit knappen Worten.

„Verstehe." Dr. Bremer nickte und murmelte mehr für sich selbst: „Ergo brauche ich Haare, Zähne und Nägel des Herrn Pfarrer. Wenn Sie so freundlich wären, euer Hochwürden? Sie bekommen alles wieder." Mit einer Zange und einer Schere entnahm der Mediziner alle Bausteine des menschlichen Körpers, die er zur Analyse benötigte. Da die Prozedur etwas rabiater als beim Zahnarzt ablief, betrachtete Manzetti währenddessen lieber durch das Fenster die Blumenrabatte auf dem Innenhof.

Die Handgriffe Bremers saßen, und er brauchte nicht lange. „Sie können wieder herkommen. Ich habe fertig." Dabei hielt er seine Proben, die mittlerweile in einem Glas deponiert waren, wie eine Trophäe in die Höhe und fragte dann: „Manzetti, was wollen Sie damit beweisen?" In seiner Stimme klang eine gewisse Skepsis mit, aber seine wissenschaftliche Neugierde war geweckt.

Manzetti ging um den Tisch herum und befühlte die Hornhaut am rechten Knie des Toten, die ihn auf die Spur des Pfarrers gebracht hatte. Als ihm aber klar wurde, was er da gerade berührte, riss er seine Hand in die Höhe und bekam sofort Gänsehaut.

Bremer ließ ihm einige Sekunden, bevor er weitersprach. „Ich kann nach allen Isotopen suchen, die sich im Körper des Mannes abgelagert haben und die einen ungefähren Anhaltspunkt dafür geben, in welchen Regionen dieser Welt er sich aufgehalten hat. Wenn er mehr als ein paar Tage in Norditalien war, dann hat er durch Essen, Bodenkontakt und so weiter jede Menge Strontium aufgenommen, was ich im Übrigen sicherlich auch bei Ihnen finden würde. Aber das hilft Ihnen nicht besonders viel."

„Genau das hoffe ich aber. Und Sie sind mir noch etwas schuldig, denken Sie daran."

„Wenn es weiter nichts ist."

„Ich bitte Sie aber noch um einiges mehr, mein Lieber", sagte Manzetti und blickte den Arzt abwartend an.

„Okay. Mitgefangen, mitgehangen. Was machen wir noch an verbotenen Sachen?" Bremer war voller neugieriger Erwartung und ließ das Skalpell zwischen seinen Fingern kreisen, wie Westernhelden ihren Colt.

„Suchen Sie nach Isotopen, die es nur an wenigen Orten dieser Welt gibt."

„Und wie dann aber weiter?"

„Wenn Sie etwas gefunden haben, was nicht auf Deutschland schließen lässt, dann vergleichen Sie es mit Proben von Becker."

„Verstehe. Was aber, wenn ich nichts finde oder nichts, was übereinstimmt, und die Opfer immer nur in dieser Gegend gelebt haben?"

„Bremer, zerbrechen Sie nicht schon jetzt meinen Strohhalm." Manzetti unterstützte seine Worte, indem er seine Hände wie zum Stoßgebet zusammendrückte. Er hoffte, dass die beiden Mordopfer irgendwo und irgendwann mal am gleichen Ort waren und er dort mit den Ermittlungen beginnen konnte. Er hatte doch nichts weiter.

„Ich brauche mehrere Tage, bis ich das gewünschte Ergebnis habe, denn ich muss diesen delikaten Auftrag in meiner Freizeit und Ihrem Wunsch entsprechend ganz allein erledigen."

„Dann los, Bremer", sagte er mit inzwischen zugehaltener Nase und ging zur Tür. Dort drehte er sich noch einmal um. „Und schmeißen Sie die Leiche des Obdachlosen nicht weg!"

„Natürlich nicht, wo denken Sie hin? Aber was sage ich dem Staatsanwalt, wenn der die Leiche freigeben will?" Bremer stützte seine Hände auf dem Bauch der vor ihm liegenden Leiche ab, die sich dadurch unnatürlich heftig bewegte, so, als wollte sie aufstehen.

„Dann sagen Sie ihm, dass Sie noch nicht fertig sind oder …", Manzetti zeigte mit einem neuen Würgereiz in Richtung des Tisches, „… dass er noch zappelt."

8

Als Manzetti sich vom Leichengeruch langsam erholt hatte, griff er in die Hosentasche und tupfte sich mit dem zutage geförderten Taschentuch den Schweiß aus dem Gesicht. Dabei fiel ein Zettel zu Boden. Er nahm ihn hoch und faltete ihn auseinander. Kanalstraße 248, las er, als er das winzige Blatt über dem Oberschenkel glatt strich. Es war die Adresse von Martin Becker, dem Mann, der jetzt, anstatt in der Schule zu unterrichten, bei Dr. Bremer lag.

Manzetti hatte die Wahl zwischen einem Spaziergang, denn die Kanalstraße war nicht zu weit entfernt, oder aber der Straßenbahn. Er entschied sich für das öffentliche Verkehrsmittel, denn zu Fuß hätte er durch die Neuendorfer Straße gemusst, durch die sich zu fast jeder Stunde des Tages ein Autokonvoi mit genervten und von Baustellen geplagten Fahrern schob, die meist alleine in ihren Wagen saßen und ihren Frust über die Hupe oder durch Drohgebärden aneinander ausließen. Das wollte er sich nicht antun, betrat also den Haltestellenbereich am Nicolaiplatz und wartete zusammen mit einem älteren Paar auf die Straßenbahn. Der Mann trug einen braunen abgetragenen Anzug, womöglich sein einziger und deshalb so oft benutzt, und sie einen grauen Rock, darüber eine geblümte Bluse, die den Blick auf ihre dürren und knochigen Unterarme freigab. Ihr Haar war pedantisch frisiert, er dagegen hätte schon vor Wochen unbedingt zum Frisör gemusst.

„Kurt, unsere Bahn", blaffte sie ihn an und puffte ihm mit der Faust gegen die Schulter. Wortlos folgte der Alte ihr auf die Fahrbahn und ließ sie auf den Türöffner drücken.

„Darf ich Ihnen helfen?", fragte Manzetti und schob bereits eine Hand in Richtung des Einkaufstrolleys, der für die alte Frau nur sehr schwer über die hohe Stufe bis in den Fahrgastraum zu heben war.

Sie blickte ihn aus tiefen Augenhöhlen an, und Manzetti glaubte, Angst darin zu erkennen. Angst davor, dass er sich mit dem Trolley aus dem Staub machte und weder sie noch ihr Mann das verhindern konnten. „Sie brauchen keine Angst zu haben. Ich will Ihnen nur in die Bahn helfen", sagte er schnell und hoffte, dass die Alte nicht gleich loszeterte.

„Ich habe keine Angst, junger Mann. Aber das ist mir vor zwanzig Jahren das letzte Mal passiert." Dann überließ sie Manzetti ihren Trolley und stieg ein. Er setzte sich hinter das Pärchen in die fast leere Bahn und stellte den kleinen Koffer neben die beiden in den Gang.

„Wie weit fahren Sie, junger Mann?", fragte die Alte mit krächzender Stimme, ohne sich dabei zu ihm umzudrehen.

„Bis zur Kanalstraße", antwortete er brav, erhielt aber keine weitere Entgegnung. Manzetti dachte über das nach, was die alte Frau beim Einsteigen gesagt hatte. Er selbst empfand es ja sehr ähnlich. Rücksichtnahme und Hilfsbereitschaft gab es immer seltener. Wer bot schon noch einem alten Menschen selbstlos seinen Platz an? Vielmehr amüsierten sich manchmal Schüler auf dem morgendlichen Weg zum Gymnasium, wenn ein alter Herr, der vielleicht zum Arzt unterwegs war, beim Bremsmanöver den Halt verlor und zwischen ihre Schultaschen fiel.

„Kanalstraße, junger Mann." Die Alte stand neben ihm, und ihre grauen Augen tasteten Manzetti aus ihren tiefen Höhlen heraus ab. Sie schien zu überlegen, ob er vertrauenswürdig oder aber doch ein Ganove war. Dann drehte sie sich um und tippelte, ihren Mann im Schlepptau, zur Tür der Bahn. Lag es an seinem dunklen italienischen Anzug mit dem blauen Hemd und der blauen Krawatte darunter, dass sie Vertrauen zu ihm gefasst hatte? Ihr Einkaufstrolley stand jedenfalls vor seinen Füßen.

„Wohin darf ich Ihnen denn die Tasche bringen?", fragte er, als die Bahn hinter der Luckenberger Brücke stoppte. Er redete mit ihr, denn Kurt, wie sie ihn nannte, schlurfte bereits einige Schritte voraus.

„Nummer 248, bitte." Dann ging auch sie los und hatte dabei ihren Helfer immer im Auge.

„Kurt", rief sie nach vorne. „Heb deine Füße!" Aber Kurt reagierte gar nicht. „Ich muss dauernd seine Schuhe zum Schuhmacher bringen, weil er nicht mehr die Füße heben will. Aber in den Rollstuhl will der alte Zausel auch nicht."

Manzetti zog es vor zu schweigen. Er hoffte, dass Kerstin und er in dreißig Jahren nicht auch so miteinander umgingen, und beschloss, heute seiner Frau mal wieder einen Strauß ihrer Lieblingsblumen mitzubringen.

„Wenn Sie mir die Tasche noch bis nach oben tragen, kriegen Sie auch einen Kaffee, junger Mann." Manzetti lächelte und folgte dem schrulligen Paar in den Hausflur, nachdem er tatsächlich auf den Klingelschildern auch Beckers Namen entdeckt hatte.

An der Tür, die von der alten Frau aufgeschlossen wurde, hing ein gedrechseltes Holzschild, auf dem die Namen Kurt und Else Müller standen. Die gegenüberliegende Tür gehörte zur Familie Becker, was ein solides Messingschild verriet.

„Stellen Sie den Trolley einfach in die Küche. Ich räume ihn nachher aus", kommandierte Frau Müller und schickte den scheinbar willenlosen Kurt zum Fernsehen ins Wohnzimmer.

Manzetti sah sich in der Küche um. Sie war zweckmäßig, wenn auch etwas spartanisch eingerichtet. Nichts deutete darauf hin, dass hier jemand mit Freude der Zubereitung gemeinsamer Mahlzeiten nachging. „Entschuldigen Sie, wenn ich Ihnen zu nahe trete, aber Sie sollten mit Ihrem Mann nicht so hart ins Gericht gehen, Frau Müller." Manzetti konnte sich diese Bemerkung nicht verkneifen und schützte nicht nur den armen Kurt, sondern im Geiste auch ein bisschen sich selbst.

„Das tue ich nicht, junger Mann", antwortete sie und angelte nach einer Tasse und einer bemalten Kaffeedose.

„Mir reicht ein Glas Wasser, wenn es keine Umstände macht", unterbrach er die Handgriffe der alten Dame und setzte einen freundlichen Gesichtsausdruck auf. Er hatte das flaue Gefühl, sich ein wenig zu weit hervorgewagt zu haben.

„Mit meinem Mann, Gott hab ihn selig, hätte ich so nicht reden dürfen. Der hätte mir was erzählt", sagte sie, und plötzlich leuchteten ihre Augen unerwartet klar, während sie den knochigen und krummen Zeigefinger mahnend in die Höhe schraubte. „Der gute alte Karl Ratzmann hätte gesagt: Anna, mein Kind, welche Laus ist dir über die Leber gelaufen, dass du so mit mir sprichst? Nein", sie schüttelte vehement ihren Kopf, „nein, Karl Ratzmann hätte niemand so angesprochen. Niemand!" Dann goss sie ein Glas Wasser ein und hielt es Manzetti zittrig hin.

„Danke. Dann sind Sie gar nicht Else Müller?"

„Nein, bin ich nicht. Ich heiße Anna Ratzmann, und mein Karl ist vor elf Jahren gestorben. Kurt ist mein Bruder. Den habe ich von meiner Mutter geerbt, die hieß Else, und um den muss ich mich nun kümmern. Er würde sonst ganz verloddern." Sie setzte sich mit einem tiefen Seufzer auf einen Küchenstuhl.

„Kurt ist ein Taugenichts und das war er schon immer. Aber Karl Ratzmann, das war ein ganzer Kerl. Schon damals bei den Soldaten hat er allen gezeigt, wo es langging. Leider haben ihn die Russen eingesperrt, und ich musste lange Jahre auf ihn warten. Die haben ihn sogar bis nach Sibirien verschleppt", entrüstete sie sich noch sechzig Jahre später mit weit aufgerissenen Augen.)

Manzetti setzte sich der alten Frau gegenüber und überschlug kurz, dass Karl Ratzmann bei Ausbruch des Krieges etwa zwanzig Jahre alt gewesen sein musste. „Ihr Mann war während des Krieges noch ziemlich jung, nehme ich an. Hat er denn schon einen so hohen Rang bekleidet, dass alle auf ihn hören mussten."

„Der war deutscher Gefreiter, junger Mann. Damals war das noch was. Damals hatte man noch Anstand und Ehre."

Er nickte und trank das lauwarme Wasser. „Darf ich Ihnen noch eine Frage zu den Nachbarn Ihres Bruders stellen, bevor ich weiter muss?"

Frau Ratzmann stützte ihre knochigen Hände auf die dünnen Oberschenkel, die sich unter dem Rock scharf abzeichneten, und beugte sich leicht nach vorn. „Sie sind von der Polizei. Wusste ich's doch."

„Ja", antwortete er. „Ich bin von der Polizei. Hauptkommissar Manzetti." Er zog aus seiner Brieftasche den Dienstausweis und hielt ihn ihr unter die Nase.

„Andrea Manzetti", las sie laut vor. „Ein Ausländer also. Ich sag's ja, selbst mit unserer Polizei ist nicht mehr so viel los."

Manzetti griff zu dem Mittel, das zumindest bei älteren Menschen diese leidliche Diskussion abwürgte. „Mein Vater war ein deutscher Diplomat."

„Ein Diplomat also", wiederholte die Alte mit Bewunderung.
„Und was wollen Sie nun wissen?"
„Die Familie Becker ..."
„Hören Sie bloß auf", fiel sie ihm ins Wort. „Becker, wenn ich den Namen schon höre. An dem Mann können Sie sehen, wie weit es mit diesem Deutschland schon gekommen ist. Ein Jammer ist das." Vor lauter Aufregung verschluckte sie sich, und als ihr Kehlkopf wieder zur Ruhe gekommen war, sprach sie hastig weiter. „Gut, dass Karl Ratzmann das nicht mehr erleben muss, denn dafür ist er nicht in den Krieg gezogen. Ich kann Ihnen was erzählen über Becker. Das müsste man den Behörden melden, müsste man das." Dann knallte sie die linke Hand auf den Küchentisch und holte tief Luft.

„Der Becker, Herr Mandretto ..."

„Manzetti", verbesserte er.

„Also der Becker, der will ja Lehrer sein, will der. Aber was für einer, kann ich Ihnen sagen, Herr Mandretti." Sie guckte Manzetti fragend an, und als der nun nicht reagierte, fuhr sie fort. „Also, da kann ja aus unseren Kindern nichts werden. Das hätte es bei Karl Ratzmann auch nicht gegeben. Aber heute? Da ist ja alles möglich."

„Was ist denn nun mit Martin Becker?" Er musste das Gespräch jetzt mal abkürzen.

„Also, Herr Mandretti. Das ist so einer, der nach Afrika ist, um da die Wilden zu unterrichten. Sechs Jahre war der da, bei den schwarzen Deibeln. Als ob wir hier nicht genug Kinder hätten, die einen Lehrer bräuchten. Und dann hat der sich auch noch eine von da mitgebracht und hier geheiratet. Nun ist die auch Deutsche, Herr Mandretti."

Er hörte weiter zu, auch wenn sein Blut immer schneller floss.

„Dann hat er sie doch geliebt, und es ist außerordentlich schön, wenn zwei Menschen heiraten, die sich lieb haben." Er formulierte diese Sätze mit strenger Miene, was dazu führte, dass Frau Ratzmann sich etwas zurücknahm.

„Die lieben sich nicht. Das können Sie mir glauben, Herr Mandretti. Dafür habe ich ein Auge."

„Und woran erkennt man das?", fragte er schnell, aber eigentlich hatte er nun schon das zweite Mal an diesem Tag nur noch das dringende Bedürfnis, an die frische Luft zu müssen.

„An ihrem Blick habe ich das erkannt. An den Augen und an der Art, wie sie mit ihm spricht." Sie nickte zur Bestätigung der eigenen Worte. „Die Frau ist eiskalt, ist die. Und großkotzig dazu. Ich könnte Ihnen Geschichten erzählen, Herr Mandretti, könnte ich."

„Dann tun Sie das doch", ermunterte er, obwohl er eigentlich gar nichts mehr hören wollte.

„Die spinnt doch. Die hat sogar unseren Wellensittich freigelassen. Ich kann Ihnen sagen …"

„Das geschah doch sicherlich aus Versehen, oder?"

„Nein!", krächzte sie mit Inbrunst. „Mein Bruder musste vor einem halben Jahr ins Krankenhaus, und da haben wir die Beckers gefragt, ob sie den Schlüssel an sich nehmen und mal nach dem Rechten schauen könnten. So konnte ich die Zeit nutzen und zu meiner Tochter nach Hamburg fahren." Manzetti stellte sich vor, welche Freude bei der Tochter aufgekommen sein musste, als diese Mutter vor der Tür gestanden hatte.

„Als ich wiederkam, war der Vogel weg. Abgehauen ist der kleine Hansi und bis heute nicht wieder aufgetaucht. Im Winter, Herr Mandretti."

„Das hat sie doch bestimmt nicht mit Absicht getan." Manzetti verteidigte Frau Becker, weil er sich nicht vorstellen konnte, dass jemand einen fremden Wellensittich mutwillig entfliegen ließ.

„Genau das hat sie aber. Sie hat es ja selbst zugegeben, hat den Hansi gleich am ersten Tag losfliegen lassen. Und dann hat sie noch gesagt, sie würde mich einsperren, falls ich wieder einen neuen Wellensittich kaufe. Sie wollte mich sogar vergiften."

„Haben Sie danach noch mal mit Frau Becker geredet?"

„Ich?", schrie sie empört heraus. „Ich soll mich mit so einer Wilden unterhalten. Niemals."

„Frau Ratzmann, ich muss jetzt leider gehen. Vielen Dank für das Wasser", sagte er im Aufstehen und trat auf den Flur.

„Schöne braune Tapete haben Sie hier. Passt irgendwie zu Ihnen. Auf Wiedersehen."

Frau Ratzmann strich mit ihren Fingern über die Wand. „Braun? Die ist doch grün."

Manzetti klingelte noch bei Familie Becker, doch es öffnete niemand. Trotz der Mittagshitze von inzwischen fünfunddreißig Grad war er froh, wieder auf der Straße zu stehen. Aber welchen Sinn hatte es, Front gegen eine von Altersstarrsinn zerfressene Frau zu machen? Es würde wohl noch lange dauern, bis die letzten braunen Köpfe in diesem Land verschwunden waren. Leider wuchsen aber immer neue nach.

In der Jahnstraße kaufte er einen großen Strauß Gladiolen und ging dann über den Jungfernsteig nach Hause. Es war bereits dreizehn Uhr, und Kerstin würde schon warten. Vor seiner Wohnung fielen ihm ein Paar neue Schuhe auf, was aber nichts Ungewöhnliches war, denn Kerstin kaufte mindestens einmal im Monat Schuhe. Immer weil die alten irgendwas waren oder eben nicht mehr. Er merkte sich die Begründungen schon lange nicht mehr, freute sich aber über Kerstins Glück.

„Hallo Schatz", empfing sie ihn schon an der Tür und strahlte übers ganze Gesicht. „Sind die für mich?" Sie nahm ihm die Gladiolen ab und küsste ihn heftig auf die Lippen.

„Natürlich sind die für dich", sagte er mit einer kaum zu überbietenden Selbstverständlichkeit.

„Die sind aber schön. Danke." Dann schnappte sie sich seine Hand und zog ihn in die Wohnung.

„Ich wollte dir eine Freude machen. Wie ich aber im Flur gesehen habe, hast du dir schon selbst eine gemacht." Seine Anspielung galt dem neuen Paar Sandalen.

„Du meinst die Schuhe? Das sind nicht meine." Sie zog ihn weiter mit sich fort und ließ ihn erst im Wohnzimmer los. Dort schaute ihm eine Frau in Kerstins Alter erwartungsvoll entgegen.

„Das ist Verena Heise." Kerstin strahlte über das ganze Gesicht und stellte sich neben ihre Besucherin.

So, wie sie da nebeneinander standen, konnte man fast meinen, sie seien Zwillingsschwestern. Eine schöner als die andere, egal von welcher Seite man die Betrachtung begann. Beide mit einem sommerlichen Teint, mit rötlichen Haaren und einem Lächeln, das nicht nur ihre Natürlichkeit zum Ausdruck brachte, sondern auch ihren Lebensmut.

„Verena ist eine alte Schulfreundin von mir, und wir haben uns schon ewig nicht mehr gesehen. Aber heute stand sie plötzlich vor mir in der Bank, und wir haben uns sofort wiedererkannt. Auch wenn der Anlass eigentlich traurig ist."

Manzetti sah Verena Heise fragend an.

Die antwortete mit einer sehr weichen Stimme. „Kerstin kennt mich noch als Verena Heise, aber eigentlich heiße ich jetzt Becker, und mein Mann wurde heute ermordet aufgefunden, aber das wissen Sie ja sicherlich schon."

„Sie sind also die Wilde?"

„Sie ist doch keine Wilde. Andrea, wie kommst du denn darauf?", hörte er die Empörung seiner Frau.

9

„Ja, wie kommen Sie denn darauf, dass ich eine Wilde bin?" Verena Becker begleitete ihre Frage mit unverschämt neugierigen Augen und legte den Kopf kokettierend zur Seite, so, dass ihr halblanges Haar locker auf die rechte Schulter fiel.

„Ihre Nachbarin", antwortete Manzetti und verbesserte sich schnell. „Um genauer zu sein, es war eine Verwandte Ihres Nachbarn, die diese Meinung vertrat." Er hatte den ersten Schock überwunden und bemühte sich nun um das Maß an Vertrautheit, das seiner Meinung nach der häuslichen Atmosphäre angemessen war.

„Schmeckt es dir nicht, Andrea?" Kerstin hatte ihren Mann lustlos mit der Gabel in der Pasta herumstochern gesehen. Sie hatten sich zu Tisch begeben, so wie es mittags bei ihnen üblich war, und da im Hause Manzetti die Pasta reichlich gekocht wurde, hatte Verena Becker kurzerhand eine Einladung erhalten.

Manzetti führte die von Nudeln umwickelte Gabel zum Mund und biss in die Zitronenspaghetti, eine leichtbekömmliche und bei den Temperaturen erfrischende Mahlzeit. Dazu ein leichter Rosé, und für Manzettis verwöhnten Gaumen war der Tag normalerweise gerettet.

„Es schmeckt ausgezeichnet. Wie kann es auch anders sein", lobte er die Kochkünste seiner Frau und ließ dabei Verena Becker keine Sekunde aus den Augen, nicht allein wegen der Faszination, die von ihr ausging, sondern auch, weil er etwas an ihr vermisste.

Manzetti hatte bei den Hinterbliebenen von Gewaltopfern schon die verschiedensten Reaktionen erlebt. Sie reichten von apathischer Gleichmütigkeit über tobendes Kreischen und Selbstverletzungen bis hin zu Kreislaufzusammenbrüchen, aber dass jemand mit einer Fremden, und das musste Kerstin ihr gegenüber inzwischen geworden sein, denn in den zwanzig Jahren ihrer Ehe war der Name Becker nicht ein einziges Mal gefallen, dass jemand also scherzte und lachte, das war ihm bislang noch nicht begegnet.

Dann sprach er sie an: „Frau Becker ..."

Sie reagierte sofort, und ihre Augen wechselten von Kerstin zu ihm, und ihre Hände griffen nach dem Weinglas, das vor ihr stand. Jede ihrer Bewegungen wirkte anmutig und keineswegs aufgesetzt.

„Frau Becker", setzte Manzetti erneut an, „wenn ich Ihnen mit meinen Fragen zu nahe treten sollte, dann weisen Sie mich einfach in die nötigen Schranken." Es war der Satz, den er zumeist beim ersten Kontakt mit Angehörigen von Mordopfern benutzte.

„Danke", sagte sie und lächelte weiter dieses Lächeln, dem eine eigene Faszination innewohnte.

„Empfinden Sie Trauer?"

„Trauer?", fragte sie nach, als hätte sie die Frage akustisch nicht verstanden.

„Ja, Trauer. Wie sie bei Menschen üblich ist, die jemanden verlieren, der ihnen sehr nahe stand", erklärte Manzetti seine Frage.

„Herr Manzetti, von Trauer kann hier bestimmt nicht die Rede sein. Auch auf die Gefahr hin, Sie damit zu enttäuschen. Ich empfinde keine Trauer. Warum auch? Mein Mann und ich, wir lebten schon viele Jahre in einer Beziehung, die diesen Namen gar nicht mehr verdiente."

Er antwortete ihr mit bemüht neutraler Mimik. „Aber doch gut genug, um noch eine gemeinsame Wohnung zu haben."

„Sie sollten daraus aber keine falschen Schlüsse ziehen", konterte sie und suchte wieder Blickkontakt zu Kerstin, die ihr ermunternd zunickte.

„Welche falschen Schlüsse könnte ich denn ziehen?" Er bohrte weiter, wenn auch vorsichtiger.

„Vielleicht fragen Sie sich ja inzwischen, ob eine Wilde etwas mit diesem Verbrechen zu tun haben könnte?" Damit unterstellte sie Manzetti Überlegungen, die er noch gar nicht anstellen wollte.

„Nein, das frage ich mich nicht. Wirklich nicht. Aber Sie werden verstehen, wenn Ihre Fröhlichkeit ... wenn das nicht sofort auf Verständnis stößt, oder?"

„Sie müssen sich nicht entschuldigen. Ich habe mit derartigen Fragen gerechnet und bin überzeugt, dass Sie mich in den nächsten Tagen wieder aufsuchen werden. Ganz amtlich, meine ich, und nicht zufällig in Ihren eigenen vier Wänden."

Sie hatte Recht, und Manzetti wollte es fürs Erste dabei bewenden lassen.

„Warum nennt diese Frau dich eine Wilde?", kam ihm Kerstin dann auch noch ungewollt zu Hilfe.

„Ich weiß es wirklich nicht. Aber vielleicht könnte ich es mir vorstellen."

„Dann lassen Sie es mich hören", forderte er und rutschte auf seinem Stuhl näher an den Tisch und damit an Verena Becker heran.

„Als wir nach Deutschland kamen, hatte Martin die Wohnung in der Kanalstraße bezogen, und ich habe die ersten Tage in Berlin gewohnt. Bei einer Kollegin, um öfter im Tierpark sein zu können. Die Nachbarn kannte ich damals also gar nicht, und sie haben mich erst viel später zu Gesicht bekommen."

„Wie können sie dich dann aber als Wilde bezeichnen?", mischte sich Kerstin erneut ein.

„Martin wird sicherlich brav auf die eine oder andere Frage geantwortet haben, und den Rest spinnen sich alte Leute dazu."

„Welcher Rest sollte das sein?", fragte nun wieder Manzetti.

„Er hatte ihnen erzählt, dass er verheiratet sei und seine Frau aus Afrika komme. Sie konnten ja nicht wissen, dass ich mit meinen Eltern dorthin musste. Mein Vater betreute für die Regierung von Angola landwirtschaftliche Projekte. Für die Deutschen, die mich noch nie gesehen hatten, hieß das allerdings, die Frau müsse eine Schwarze sein, wenn sie doch aus Afrika stammte, und das bedeutete dann auch gleich noch, dass sie wild sein müsste. In Afrika leben natürlich auch Weiße, und nicht einmal wenige, außerdem sind nicht alle Schwarzen wild und manche Wilde sogar zivilisierter als wir."

„Aber mittlerweile hat Frau Ratzmann doch sogar mit Ihnen geredet. Dabei kann Ihre weiße Hautfarbe der alten Dame nicht entgangen sein."

„Das nicht. Vielleicht bin ich ihr ja mal zu nahe getreten", sagte sie und lächelte herausfordernd.

„Na gut." Manzetti nickte. „Wer hat Sie eigentlich vom Tod Ihres Mannes unterrichtet?"

„Ihre Kollegen. Sie riefen mich heute Morgen an und sagten, dass Martin ermordet wurde."

Wie pietätlos, dachte Manzetti. Man übermittelt doch Todesnachrichten nicht per Telefon. Aber darüber wollte er sich hier nicht auslassen. „Und da gehen Sie als Erstes in die Bank?"

„Wer soll das sonst tun?" Wieder dieser Blick. Er beschloss, vorerst keine weiteren Fragen zu stellen. Außerdem musste er am Nachmittag noch diverse Sachen erledigen, und Claasen würde ihn sicherlich schon vermissen.

Verena Becker kam seinem Versuch, die Runde aufzulösen, zuvor und drückte Kerstin und ihm die Hand. „Vielen Dank für das leckere Essen." Dann reichte sie ihm noch eine Visitenkarte und ließ sich von Kerstin bis auf den Hof begleiten.

Erst nach einer knappen Viertelstunde war seine Frau wieder oben in der Wohnung. „Glaubst du, dass sie etwas mit seinem Tod zu tun hat?", fragte Kerstin unvermittelt; und er spürte sofort, dass ihr diese Frage schon lange unter den Nägeln brannte.

„Nein. Eigentlich nicht, ich meine noch gar nichts. Aber wie kommst du denn darauf, Schatz?"

„Ich weiß es nicht, und ich will auch gar nicht daran denken. Aber sie war aus einem ganz bestimmten Grund in der Bank."

„Und der wäre?"

„Geld."

„Warum geht man sonst in eine Bank?"

„Ihr Mann hatte Geld, sehr viel sogar."

Er nahm sie in den Arm, strich über ihr Gesicht und fragte: „Wie viel? Und wieso ihr Mann und nicht sie beide zusammen?"

„Das unterliegt dem Bankgeheimnis."

„Schatz", empörte er sich spielerisch. „Ich bin Andrea Manzetti, nicht Verena Becker."

Kerstin guckte ihn kurz an und nickte. „Natürlich, entschuldige. Ich konnte ihr nichts sagen ohne Erbschein, zumal sie schon viele Jahre getrennte Konten hatten. Aber du bekommst es ja sowieso heraus."

„Wie viel hatte er denn nun?"

Kerstin lehnte ihren Kopf an seine Brust, als sie sagte: „Fast eine Million Euro."

10

Manzetti küsste seine Frau zum Abschied und versprach, nicht zu spät nach Hause zu kommen. Keiner der beiden maß diesem Versprechen jedoch größere Bedeutung bei.

An der Straßenbahnhaltestelle stand er ganz alleine, und ein Blick auf seine Armbanduhr verriet, dass er die Bahn um eine Minute verpasst hatte. Da die nächste erst in zwanzig Minuten kommen würde, machte er sich zu Fuß auf den Weg zur Innenstadt. Er lief vorbei an einem alten Fabrikgebäude, leer stehend wie viele andere auch und von unzähligen Graffiti beschmiert. Beides, die Ruinen und die Graffiti, prägten einen Teil seiner Heimatstadt, denn es war nicht mehr viel übrig geblieben von dem ehemals bedeutenden Standort der Stahlindustrie. Aber es gab auch eine andere Seite, und die liebte er sehr. Unzählige Boote auf den Seen sowie den Flussarmen mitten in der Stadt waren ein herrlicher Anblick. Berliner, Potsdamer, Kapitäne aus Sachsen und anderen Bundesländern sowie zunehmend auch aus Holland bevölkerten die Brandenburger Gewässer und waren schier begeistert, wenn sie auf die Stadt zufuhren, auf das Eingangstor zum größten zusammenhängenden Binnenwassersportrevier in Europa. Auch Manzetti wünschte sich mehr Zeit für sein Segelboot.

In der Hauptstraße blieb er einen Augenblick stehen, um sich ein Eis zu kaufen. „Echtes Gelato", stand auf einem Schild über dem Mann mit der weißen Mütze, der eher aussah wie Obelix, als dass er einem Italiener ähnelte. Wo auf der Welt begegnete man noch Schildern wie diesem? Fast so schön wie „The realy Thüringer Bratwurst" neben dem Weißen Haus.

Er bestellte zwei Kugeln Pistazieneis, leckte daran und achtete wenigstens den Versuch des Konditors. Manzetti bezahlte und betrat wieder den Gehweg, als er einen leichten Schlag gegen seinen Unterarm verspürte, der nicht einmal schmerzte. Aber dass die Eistüte nun vor seinen Füßen lag, brachte ihn in Rage.

Neben ihm lachten drei junge Schlackse, vielleicht siebzehn Jahre alt, so groß gewachsen wie er selbst, aber dünner und jeder mit einer halb leeren Bierflasche in der Hand. Schon jetzt, es war erst vierzehn Uhr, trank ein Teil der Jugendlichen Bier. Es war sogar schick, wenn man, wie andere ihr Eis, die Bierflasche vor sich hertrug.

„Haste Probleme?", fragte einer der drei Manzetti und erntete dafür von den anderen ein begeistertes Gelächter. Die drei hatten Kraft ohne Ende, und die war wohl auch dafür verantwortlich, dass ihnen die übrigen Passanten den Weg frei machten. Niemand kam Manzetti zu Hilfe.

Noch in ihr Gelächter hinein hallte ein klatschendes Geräusch durch die Hauptstraße und erfuhr durch die hohen Gebäude sogar ein kleines Echo. Noch bevor der Jüngling, genau der, der sich so nett nach dem Wohlbefinden von Hauptkommissar Manzetti erkundigt hatte, seine Hand an die schmerzende Wange bringen konnte, packte Manzetti ihn an seinem Schulrucksack und drehte ihn daran im Kreis, bis er schließlich über den braunen Lederschuh des Polizisten stolperte. Zeitgleich mit dem Aufschlag auf dem harten Gehweg tauchte ein Dienstausweis der Polizei vor seinen Augen auf und beantwortete alle keimenden Fragen.

Während die anderen beiden Helden die Flucht ergriffen, bildete sich auf der Wange des Gestürzten ein rotes Muster ab. Es sah einer menschlichen Hand täuschend ähnlich.

„Wie heißt du?" Manzettis Stimme klang bedrohlich.

„ThoThom ... mas", antwortete er stotternd.

Manzetti zog den Jugendlichen hoch, der noch immer mit verstörtem Blick und leicht zittrigen Händen der Dinge harrte, die da auf ihn zukommen mochten. Schließlich landete er in Manzettis festem Griff vor der Luke von Obelix und wurde angeknurrt: „Zweimal Pistazie für den Mann, dem ich eben das Eis aus der Hand geschlagen habe."

Der Jugendliche, dem alle Kraft entwichen war, stand unsicher vor dem Eisverkäufer und sah Manzetti an, als wäre der eine riesige Anakonda. „Zweimal Pistazie", brachte er schließlich hervor.

„Im ganzen Satz. Zweimal Pistazie für den Mann ...", kommandierte Manzetti.

„Zweimal Pistazie für den ..."

„Lauter!", unterbrach Manzetti.

„Zweimal Pistazie für den Mann, dem ich eben das Eis aus der Hand geschlagen habe."

Manzetti nahm die Eistüte und schenkte sie einem kleinen Mädchen, das an der Hand ihrer Mutter ungläubig die Szene verfolgt hatte. Sie bedankte sich brav, und Manzetti schickte den Jüngling weiter, der noch immer seine brennende Wange rieb und etwas in die Fusseln nuschelte, die seine Kumpel Bart nannten.

Manzetti kam eine Viertelstunde später ohne weitere Zwischenfälle in der Direktion an. Dort wartete aber schon das Unheil in Person von Direktor Claasen auf ihn, angekündigt von Frau Freitag: „Herr Manzetti, der Chef möchte Sie dringend sprechen." Sie hob resigniert die Hände.

„Anders als dringend wollte er mich noch nie sprechen."

Er ging den langen Flur entlang, bis er vor dem Büro Claasens noch einmal den Sitz seines Sakkos überprüfte. Mit dem Knöchel seines Zeigefingers klopfte er sacht an die Tür.

„Herein." Der Bass des Direktors durchdrang mühelos die dicke Türfüllung.

„Ah, Manzetti. Endlich!" Claasen bedeutete dem Hauptkommissar, dass der auf dem Stuhl vor seinem Schreibtisch Platz zu nehmen hatte, und fuhr gleich fort: „Was ist hier los?" Die Augen des Direktors sprangen nervös an Manzetti hoch und runter, während der sich setzte.

„Bitte? Ich glaube, ich verstehe Ihre Frage nicht, Herr Direktor", formulierte er äußerst vorsichtig. Er war auf der Hut.

„Das glaube ich übrigens auch." Claasen schnippte einen Krumen von der immer noch auf Hochglanz polierten Tischplatte. „Wann gedenken Sie denn, etwas Licht in unsere Mordfälle zu bringen? Ich muss doch wohl nicht jemand anderen mit dieser Aufgabe betrauen, oder?"

Die letzte Frage überging Manzetti mit einer frappierenden Leichtigkeit, denn allein der Umstand, dass er dann ja doch in den Urlaub fahren könnte, hielt Claasen sicherlich von der Umsetzung seiner Drohung ab. „Wir arbeiten mit viel Engagement, Herr Direktor, und bis an unsere Grenzen."

„Hören Sie doch auf, Manzetti!", unterbrach Claasen, heute in einen bläulich schimmernden Anzug gehüllt. „Ihre Grenzen sind mir wohl bekannt."

„Bei allem Respekt vor Ihrer Person", formulierte Manzetti mit unterdrückter Freude, „aber bislang sind wir von einem tragischen Unglücksfall in den Tiefen der Havel ausgegangen. Sie wissen schon, Herr Direktor. Jemand fällt ins Wasser und eine Schiffsschraube ..." Manzetti zog die linke Hand über seinen Kehlkopf.

„Was reden Sie da für einen Quatsch. Wir haben zwei Morde, die sich wie eineiige Zwillinge gleichen", empörte sich Claasen und hüpfte damit schnell über die Anspielung auf seine eigene Idee vom Vortag hinweg.

Manzetti wartete ab.

„Was haben Sie also bisher ermittelt?", fragte der Direktor.

„Wir stehen noch am Anfang, und das Motiv ist nicht einmal ansatzweise zu erkennen", begann Manzetti und berichtete, was seine Kollegen und er schon herausgefunden hatten. Selbst von dem Wenigen ließ er noch große Teile weg, da zu befürchten war, dass die Einzelheiten Claasen zu sehr verwirren könnten.

„Gut. Was gedenken Sie nun zu tun?"

„Wir werden weiter mit Hochdruck ermitteln." Das sagte zwar alles oder auch nichts, reichte aber nach Manzettis Erfahrung für Claasen allemal.

„Und kein Wort zur Presse, Manzetti. Das mache ich ganz allein."

Das kam Manzetti sehr gelegen, auch wenn das vom Direktor nun wahrlich nicht beabsichtigt war. Nach diesem glücklichen Ende des Gesprächs schlüpfte er in sein Büro und beorderte Sonja zu sich.

„Warst du schon in Potsdam?", fragte er sie.

„Das haben wir noch nicht geschafft. Aber ich fahre gleich los. Versprochen." Tatsächlich fiel Sonja erst jetzt wieder ein, dass sie ja in das Pfarramt fahren sollte.

Da Manzetti es sich aber mittlerweile anders überlegt hatte, erhielt sie einen neuen Auftrag. Sie sollte über alle legal und auch illegal zugänglichen Quellen jede Information über Pfarrer Weinrich herausfinden und nur an ihn darüber berichten. Manzetti befürchtete nämlich, dass ihr Stöbern in Kirchenkreisen böse Geister wecken könnte, denen er lieber noch die eine oder andere Stunde Schlaf gönnen wollte.

Dann verließ er die Direktion und stand nach wenigen Minuten vor dem Hermann-Hesse-Gymnasium. Die Eingangstür war abgeschlossen, nicht einmal eine Klinke gab es. Er fragte sich, ob die Schüler vor Männern wie ihm oder ob er vor den Schülern beschützt werden musste.

„Ja", drang es blechern aus der Wechselsprechanlage, nachdem er den vermutlich mit einem Feuerzeug angekokelten Knopf gedrückt hatte.

„Mein Name ist Manzetti, ich bin von der Polizei." Dann herrschte Ruhe. Deshalb wiederholte er: „Hallo, mein Name ist Manzetti, und ich möchte zum Direktor dieser Schule."

„Ich komme doch schon", versprach die blecherne Stimme. Das erneute Knacken verriet, dass die Konversation nunmehr beendet war.

Nach wenigen Minuten des Wartens in praller Sonne sah Manzetti einen gedrungenen Mann in blauer Arbeitshose und oben herum nur mit Hosenträgern bekleidet auf sich zukommen. In der rechten Hand hielt er einen Zigarrenstumpen à la Egon Olsen, und an seiner linken Seite klapperte ein großes Schlüsselbund. Aus dieser Uniform schloss Manzetti, erinnert an seine eigene Schulzeit, dass es der Hausmeister sein musste.

„Da haben Sie aber Schwein, wa. Der Direktor ist zu dieser unchristlichen Zeit sonst schon weg."

„Das ist ja klasse", sagte Manzetti und blickte auf seine Uhr, die gerade mal halb vier anzeigte. Unchristlich? Na gut, für einen Lehrer vielleicht, die hatten ja auch zu Hause noch ihren Unterricht vorzubereiten oder Arbeiten zu korrigieren. Er machte einen Schritt nach vorne, um sich am Hausmeister vorbeizuschlängeln.

„Stopp mal, Meister. Erst den Ausweis. Kann ja jeder kommen, wa." Der Mann baute sich mit seinem dicken Bauch in der Tür auf und bot keinen Zentimeter Durchlass.

Manzetti nestelte in seiner Sakkotasche und zog schließlich seinen Dienstausweis hervor, den der Hausmeister ihm aus der Hand riss und eingehend studierte. „Hier wollten schon die komischsten Typen rein. Sie verstehen doch sicher, wie ich das meine." Er trat zur Seite und ließ Manzetti endlich das kühle Schulhaus betreten. „Erster Stock, zweite Tür links. Steht auch dran", wies er Manzetti an, der hinter sich nur das Rasseln des Schlüsselbundes hörte, als der Hausmeister wieder abschloss. „Und wie komme ich nachher raus?", fragte er deshalb unruhig. „Nu sind Sie ja erst mal drin, wa. Raus kann Sie doch der Direktor lassen." Der Hausmeister schlurfte wieder den langen Flur entlang, so als würde es ihn gar nicht geben. Entweder gab es an dieser Schule regelmäßig Besuch von der Polizei, oder diesem Mann war jede Neugier fremd.

Im ersten Stock klopfte Manzetti insgesamt dreimal erfolglos an die Tür des Direktors. Dann drückte er die Klinke runter, vorsichtig zwar, aber ohne Aufforderung von drinnen. Er stand im Sekretariat und war durch eine weitere Tür vom Büro des Schulleiters getrennt. Nach dem nächsten Anklopfen flirrte ein lasches „Herein" bis an sein Ohr.

„Guten Tag. Ich bin Hauptkommissar Manzetti von der hiesigen Polizei", stellte er sich vor und zückte sofort den Dienstausweis.

„Ich heiße Dreher, Ingo Dreher. Und ja, ich bin für das schlechte Pisa-Ergebnis zuständig. Und nein, ich bereue nichts." Der Mann hinter dem Schreibtisch trug ein verschwitztes Poloshirt und, soweit Manzetti es erkennen konnte, schwarze Jeans. Der ernste Dienstausdruck in seinem Gesicht passte nicht so recht zu seinem flotten Spruch, mit dem er Manzetti begrüßt hatte. Er war ihm wohl schon zur Floskel geraten. Dann entspannte er sich und entließ ein leichtes Lächeln. „Setzen Sie sich doch, Herr ... wie ist gleich Ihr Name?"

„Manzetti, Andrea Manzetti."

Der Direktor griff nervös nach einer fast runtergebrannten Zigarette und inhalierte den Qualm wohl bis in die letzte Ecke seiner

Lunge. Die Möbel in diesem Raum hatten die besten Jahre bereits geraume Zeit hinter sich. Auch die Einbände der Bücher, die neben Manzetti in einem Regal aufgereiht standen, litten unter dem Hundertfachen an Lesungen, die ein herkömmliches Buch vertrug. Wo blieb eigentlich die versprochene Geldspritze des Bildungsministeriums?

„Herr Manzetti, in welche Klasse geht Ihr Kind, und welche Probleme gibt es da?" Die Frage war sehr monoton und ohne wirkliches Interesse vorgetragen.

„Ich komme beruflich. Und von der hiesigen Polizei", wiederholte sich Manzetti. „Die Kinder überlasse ich Ihnen." Dabei klammerte er in Gedanken Lara und Paola entschieden aus.

„Von der Polizei, aha."

„Ich interessiere mich für einen Ihrer Kollegen."

Jetzt setzte sich Dreher gerade in seinen Sessel, und in seinen Augen lag endlich ein wenig Aufmerksamkeit.

„Einen Kollegen also. Und wie heißt der?"

„Becker. Martin Becker."

Drehers Kinn fiel auf die Brust, und als er wieder nach oben schaute, schwammen Tränen in seinen Augen.

„Becker. Geschichte und Kunst. Lebt aber nicht mehr, wie Sie sicher wissen."

„Deshalb bin ich hier. Was können Sie mir über Martin Becker sagen?"

Dreher antwortete nicht gleich. Er beugte sich ein wenig nach unten, um eine Tür in seinem Schreibtisch zu öffnen, entnahm ihm eine Flasche Grappa und stellte zwei Gläser auf den Tisch.

„Wollen Sie auch einen?"

Manzetti überlegte einen Moment, antwortete dann aber mit ja, obwohl er über das Angebot höchst verwundert war.

„Salute", prostete Dreher seinem Gast zu und trank das Glas aus. Mit einer gekonnten Handbewegung goss er es wieder voll und wartete auf Manzetti, um auch ihm nachzuschenken.

„Danke", sagte der. „Der eine reicht mir."

„Becker. Ja, … eigentlich ein fähiger Mann. Dachte ich jedenfalls. Kam aus Namibia zu uns, wo er drei oder sechs Jahre war.

Ich weiß das nicht mehr so genau." In Drehers Augen schimmerten immer noch Tränen. „Meine Sekretärin kann Ihnen das morgen ganz genau sagen." Er setzte sein Glas an die Lippen und kippte den Inhalt mit einer ruckartigen Bewegung in sich hinein.

Manzetti bereute auf der Stelle, dass er diesen Gang getan hatte. Was sollte ihm dieser Mensch schon sagen? Er versuchte es trotzdem: „Hatte Becker Feinde? War sein Verhalten irgendwie auffällig?"

„Sie meinen, ob er sich mit jemandem anlegte?" Drehers Augen wurden etwas wacher. Er wischte seine Tränen mit dem Zeigefinger breit.

„So in etwa."

„Ich glaube nicht. Jedenfalls nicht im Kollegium. Er war ruhig und er wollte nur noch bis zum Schuljahresende hier arbeiten."

„Warum das?"

„Das hat er mir nicht gesagt. Ich denke, das hatte private Gründe. Ach, ich bin erledigt, Herr ... wie ist doch gleich Ihr Name?"

„Manzetti", antwortete er gelassen und wartete auf eine weitere Erklärung des Lehrers.

„Sie müssen schon entschuldigen, aber das war heute alles ein bisschen viel. Ich trinke ansonsten nicht. Nur wird es das wohl mit unserer schönen Schule gewesen sein." Dreher goss sich erneut ein.

„Wieso. Was ist denn passiert?" Manzetti fragte das, weil er vor einigen Jahren auch hier hospitiert hatte, als es darum ging, für Lara ein passendes Gymnasium zu suchen. Ihre Wahl war auf das Von-Saldern-Gymnasium gefallen, weil es dichter an ihrer Wohnung lag. Die Geschichten mit den Drogen und anderen kleinen Gaunereien, die ihm von Kollegen zugetragen worden waren, hatten bei dem Entschluss überhaupt keine Rolle gespielt, weil sie wohl alle drei Gymnasien gleichermaßen betrafen.

„Was passiert ist? Das fragen Sie noch? Ein Kollege ist ermordet worden. Das ist passiert." Dreher schniefte durch die Nase und trank. „Keine Sau schickt mehr seine Kinder an unsere Schule, und wir sind unausweichlich die Nächsten, die dichtgemacht werden."

Manzetti hatte schon viel über Schulschließungen gehört, allerdings war das bislang für ihn sehr weit weg. „Wegen eines toten Lehrers?"

Dreher schwieg. Nur seine Augen redeten, und Manzetti ahnte, dass da noch mehr war.

„Sie verlieren doch aber dann nicht Ihren Job, Herr Dreher."

Der schaute Manzetti jetzt finster an. „Das nicht, aber darum geht es doch gar nicht. Wenn diese Schule schließt, dann haben wir weniger Plätze für potenzielle Abiturienten, und was einmal weg ist, das werden unsere politischen Würdenträger auch nicht wieder rausrücken. Auch nicht, wenn wir in Pisa den letzten Platz belegen. Die Schüler, Herr ..."

„Manzetti", ergänzte er noch einmal.

„... Herr Manzetti, die Schüler, die zahlen die Zeche. Ich bin dabei so egal, wie es nur irgend geht."

Das kam selbst für Manzetti überraschend. Er dachte bisher mit Dreher einen jener Lehrer vor sich zu haben, die vor Selbstmitleid arbeitsunfähig sind und Schulen nur betraten, wenn die Schüler in den Ferien waren. So konnte man sich täuschen.

„Noch ist es nicht so weit", tröstete er. „Kommen wir zurück zu Herrn Becker. Gibt es jemanden in der Schule, dem er sich anvertraut hat? Jemanden, der mehr über seine private Situation weiß?"

Der Direktor zögerte. „Nein. Da ist niemand."

„Wann kann ich mit Ihren Kollegen selbst reden?"

„Morgen vielleicht. Aber ich fürchte, das wird keinen Sinn haben."

Das dachte Manzetti auch. Wenn die genauso drauf waren wie ihr Chef, konnte er nicht mit Antworten rechnen.

„An welche Schule wollte sich Becker denn versetzen lassen?"

Dreher lehnte sich in seinem Sessel zurück und zündete eine neue Zigarette an. „An keine. Er wollte aus dem Schuldienst ausscheiden."

„Ganz ohne Ersatzbetätigung? Wovon wollte er denn leben?"

Manzetti verschwieg die Million auf Beckers Konto.

„Ich weiß es nicht", sagte Dreher resigniert.

„Kennen Sie seine Frau?"

„Nein. Becker kam auch zu Festen immer allein. Ich dachte, die Beckers lebten getrennt ...?"

„Hatte er vielleicht ein Verhältnis mit einer Kollegin? Oder mit einer Schülerin?" Manzetti stocherte zwar bloß so umher, fragte nur so ins Blaue hinein, aber das war ein Volltreffer.

Dreher bückte sich wieder und öffnete erneut seinen Schreibtisch.

„Jetzt ist sowieso nichts mehr zu retten. Sie werden es höchstwahrscheinlich doch erfahren. Hier." Er legte ein Blatt Papier auf den Tisch, bei dessen bloßem Anblick Manzetti kalter Schweiß den Rücken entlanglief.

Es war nicht nur der Inhalt. Es war auch die Schreibtechnik. Viele aufgeklebte Buchstaben, alle in unterschiedlicher Größe und fein säuberlich aus Illustrierten ausgeschnitten.

WIE BECKER WIRD ES ALLEN KINDERFICKERN GEHEN!!!

Er nahm den Zettel, sicherte Dreher so weit wie möglich Diskretion zu, verabschiedete sich und ging zurück in die Direktion. Er musste nachdenken. Jetzt bloß nicht die Nerven verlieren.

Wenn das in die Presse geriet, dann würde der Druck so groß werden, dass normale Ermittlungen nicht mehr möglich waren.

Dieser Fall nahm Dimensionen an, die Manzetti anfangs nicht für möglich gehalten hatte. Ein Lehrer, der sich an seinen Schülern verging, und vielleicht auch ein Pfarrer, der von zu vielen jungen Messdienern umgeben war? Da sie in beiden Mordfällen schon so viele identische Merkmale aufgedeckt hatten, ahnte er, welche nächste Information zu ihm dringen würde.

Hier schien jemand mächtig und brutal aufzuräumen. Aus Opfern wurden plötzlich Täter, hingerichtet zwar, aber viel Mitleid konnten sie posthum wahrscheinlich nicht mehr erwarten.

11

Donnerstags war Vatertag. Jedenfalls bei Manzettis. Es war der einzige Tag der Woche, an dem Kerstin eine Stunde früher in der Bank begann, und so hatte er sich um all die morgendlichen Pflichten und um die Kinder zu kümmern.

Allerdings nur eigentlich, denn beide Mädchen waren bereits von ihrer Mutter geweckt, die Sachen für Paola lagen auf einem Stuhl, und das Frühstück, einschließlich Schulbroten und Obst, war längst bereitet. Blieb für den Mann im Haus nur eine verantwortungsvolle Tätigkeit, die er für gewöhnlich mit links meisterte. Er musste auf dem Weg zur Direktion Paola am Kindergarten abgeben.

„Aufstehen, meine Damen", rief Manzetti in den Flur und ging zuerst ins Zimmer von Lara. „Aufstehen", rief er noch einmal und mit ungeminderter Lautstärke, obwohl er nun direkt neben seiner großen Tochter stand. Er fasste die warme Bettdecke am Fußende und zog sie von Lara herunter, bis die Decke auf die Erde glitt. Bereits wieder im Flur, vernahm er den Kommentar seiner Großen. „Ich hasse Donnerstage." Das Rascheln verriet ihm außerdem, dass sie die Decke wieder über ihren Körper gezogen hatte.

Im Zimmer von Paola traf Manzetti dagegen auf eine andere Situation. Zwei äußerst wache Augen blitzten ihn unter einem braunen Wuschelkopf an, dessen Herrichten er wohl besser an Lara delegieren würde. Seine kleine Maus sprang beim Anblick des Vaters blitzschnell aus dem Bett und rannte an ihm vorbei Richtung Bad.

„Die grüne Hose ziehe ich nicht an." Paolas Botschaft huschte an Manzetti vorbei, wie der Windzug, den der hastende kleine Körper in dem Zimmer erzeugte.

Manzetti eilte ihr hinterher und traf sie auf der Toilette sitzend an.

„Papa, ich bin schon eine Dame."

„Oh, scusi. Ist es in Ordnung, wenn ich mich umdrehe?"

„Ja."

Schnell drehte er seiner Kleinen den Rücken zu. „Warum willst du die grüne Hose nicht anziehen, Paola? Die Mama hat sie rausgelegt, und wenn wir nicht gehorchen, dann kriegen wir bestimmt Ärger." Im Spiegel sah Manzetti, wie Paola ihre Finger beguckte und dann einen in die Nase steckte. „Igitt!", sagte er.

„Du schummelst", empörte sich Paola und fühlte sich ertappt.

„Warum nicht die grüne?", kam Manzetti wieder zum Thema zurück.

„Weil Vanessa gestern die gleiche grüne Hose anhatte. Darum!" Es fehlte nur noch das Basta ihrer Mutter.

„Welche Farbe ist dir denn recht?", fragte er hilflos.

„Egal."

Er verließ das Bad, um bei Lara Unterstützung zu suchen.

„Lara, steh jetzt endlich auf." Er versuchte, seiner Stimme einen energischen Klang zu verleihen.

„Ja ... nur noch eine Minute."

„Du musst aufstehen, sonst kommst du zu spät in die Schule. Außerdem will Paola nicht die Hose anziehen, die Mama ihr rausgelegt hat. Lara, hilf mir bitte, und leg ihr eine andere hin."

„Fünf Euro", lautete das Angebot seiner Tochter.

„Es reicht wohl nicht, dass ich von drei Diven umgeben bin, sie erpressen mich auch noch."

„Fünf Euro." Lara verhandelte hart.

„Zwei", bot Manzetti.

„Drei."

„Okay. Dafür aber sofort und mit ihren Haaren."

Als er kurze Zeit später in der Küche stand, hörte er, wie seine Töchter in Paolas Zimmer verschwanden. Für ihn die richtige Zeit, um auf den sonnigen Teil des Balkons zu treten und die zweite Tasse Kaffee zu trinken. Er legte sich seinen Tag zurecht. Was war zu tun? Zuerst mit Sonja reden und abgleichen, wie die Historie des Pfarrers mit der des Lehrers zusammenpasste. Dann einen Termin mit Frau Becker machen, um ungestört mit ihr reden zu können und ...

Mitten in die Überlegungen polterten Lara und Paola. Sie setzten sich an den Küchentisch um zu frühstücken. Manzetti traute seinen Augen nicht. „Doch in Grün, junge Frau?", hänselte er durch die Balkontür.

„Das ist die Farbe der Saison, Papa. Aber davon verstehst du nichts." Dann steckte Paola den Löffel mit Cornflakes in den Mund.

Lara blinzelte ihren Vater an und hielt ihm die offene rechte Hand hin. Manzetti kramte in seiner Hosentasche und holte drei einzelne Eurostücke heraus. Als Paola das im Augenwinkel wahrnahm, riss sie ihren Kopf mit den glatt durchgekämmten Haaren herum. Nur Bruchteile einer Sekunde später streckte auch sie ihre Hand aus.

„Wie viel?", fragte der nun von zwei Verbrecherinnen bedrohte Manzetti.

„Zwei."

„Wofür?"

„Schweigegeld."

„Fünfzig Cent", konterte er nach kurzem Zögern und sah, wie Lara in Richtung ihrer kleinen Schwester den Kopf schüttelte.

Paola sah von ihr zu ihrem Vater. „Einen Euro."

„Du Biest", knurrte er.

„Egal, Papa. Wie geht der Spruch, Lara?"

„Wir nehmen es den Reichen und geben es den Armen, wie Robin Hood." Lara grinste in Siegerlaune.

„Wenn ihr so weitermacht, dann bin bald ich der Arme."

Paola rutschte von ihrem Stuhl und stellte sich mit geöffneten Händen vor Manzetti. „Das ist ja das Problem", sagte sie und stemmte dann die Hände in die Hüften. „Aber wir müssen das ganze Geld auch noch vor Mama verstecken."

Im Flur bekam er noch einen Kuss von Lara und ein flüchtiges „Ciao, Papa."

Mit Paola an der Hand ging er durch die Heidestraße und landete, nachdem er mindestens einhundert Fragen in fünf Minuten beantwortet hatte, am Kindergarten. Auf dem Weg zur Direktion wuchs wie jeden Donnerstag die Achtung vor Kerstin und ihrem Organisationstalent. Sie dirigierte mit den Augen, sagte alles nur einmal, und Widerreden gab es nicht.

Aber heute wanderten seine Gedanken schnell weiter, zu dem Zettel, den ihm der Direktor des Hermann-Hesse-Gymnasiums zugesteckt und der ihm in der letzten Nacht einen unruhigen Schlaf eingebracht hatte. Er hatte Angst um seine Töchter. Am Steintorturm bog er nach links ab und blieb an der Schleuse stehen. Vier Motorboote wurden gerade angehoben, und der Schleusenwärter winkte ihm lässig zu. Manzetti sah auf die Boote und las deren Namen. „Schöne Susi" und „Lucie" konnte er entziffern. Die beiden anderen Namen waren von Fendern teilweise verdeckt. Anhand der Namen erkannte er die Boote manchmal wieder, wenn er ihnen auf dem Beetzsee oder dem Breitling begegnete. Als der Schleusenwärter die schwere Metallwand hochzog und die Boote freigab, überlegte Manzetti kurzzeitig, ob er sich besser krankmelden und mit seinem alten Holzboot für einige Stunden das Weite suchen sollte, um dann klarer zu sehen. Er ging aber weiter und vertagte sein Vorhaben.

In der Direktion suchte er Sonja und fand sie in der Kantine. Sie saß mit verheulten Augen allein an einem Tisch, und vor ihr standen fünf Plastebecher, die ehemals heißen Kaffee beherbergten.

„Was ist los?", fragte er.

„Er ist weg", antwortete Sonja und schnaubte in ein Taschentuch.

„Wer? Wer ist weg?"

„Oliver." Sie brach beim Aussprechen des Namens in ein ohrenbetäubendes Geheul aus, und jeder Fremde hätte vermutet, dass sie in den nächsten Sekunden in eine tiefe suizidale Depression verfallen würde. Aber Manzetti besaß genügend Erfahrungen mit vergleichbaren Situationen und blieb ausgesprochen ruhig.

„Sonja, das wird schon wieder."

Wie eine Sirene, die mit tiefen Tönen begann und in schrillsten auslief, jammerte sie ihm ein lang gezogenes „NEIN" entgegen.

„Am besten gehst du für heute nach Hause. Wir sehen uns dann morgen früh in alter Frische."

Sonja stand von ihrem Stuhl auf und verließ mit gesenktem Kopf die Kantine. „Mein Bericht liegt bei Frau Freitag", heulte sie ihm noch zu, ohne auch nur für kurze Zeit ihr Schluchzen zu unterbrechen.

Zwei Etagen höher drückte Frau Freitag Manzetti die drei Seiten in die Hand und fragte dann besorgt: „Was hat sie?"

„Oliver", lautete seine nüchterne Antwort.

„Ach so. Ich dachte, es wäre was Ernstes", urteilte die Sekretärin und blätterte wieder in ihren Unterlagen.

Jeder in der Direktion wusste, dass Oliver einmal im Vierteljahr auszog, um regelmäßig am nächsten Abend wieder zurückzukommen. Auch die Ausläufer dieses Ereignisses wiederholten sich, mit gleicher Intensität, Dauer und Lautstärke. Sie begannen immer in der Kantine, verlagerten sich über den unteren Flur und endeten wieder in der Kantine in jenem Dienstfrei, das Manzetti Sonja dann einräumte.

In seinem Büro las er den Bericht über Pfarrer Weinrich nur quer. Wenn Oliver schon gestern ausgezogen war, dann hatte sich nach aller Erfahrung der Streit schon am Tag zuvor abgespielt, und Sonja war also zu diesem Zeitpunkt schon nicht mehr bei der Sache gewesen. Genau das fand er durch die Qualität des Berichts bestätigt.

In großen Etappen hatte sie dort aufgeführt, dass der Pfarrer irgendwann und irgendwo geboren worden war, welche Schulbildung er bekommen hatte und dass er im Alter von zwanzig Jahren einem Priesterseminar in Cochem an der Mosel beigetreten war. Er überflog die Darstellung des weiteren Lebensweges, der kaum brauchbare Informationen enthielt, und las schließlich die letzten drei Sätze mit der Kernaussage, dass der Pfarrer im Alter von achtunddreißig Jahren ermordet aus der Havel gefischt worden war.

Manzetti musste sich also selbst darum kümmern. Er wollte gerade zum Telefon greifen, um sich einen Fahrer zu organisieren, der ihn an die letzte Wirkungsstätte des Geistlichen bringen sollte, als sein Handy klingelte.

„Ja, bitte."

„Manzetti, wo sind Sie?"

„In meinem Büro, warum?"

„Dann bis gleich. Ich ruf Sie übers Festnetz an, das ist günstiger." Bremer war offensichtlich sehr kostenbewusst. Es dauerte nicht lange, bis Manzettis Telefonapparat klingelte.

„Manzetti, ich habe den Penner etwas genauer untersucht. Sie wissen, was ich meine? Der arme Kerl ist jämmerlich draufgegangen."

„Sie machen mich neugierig. Aber ich vermute, dass es an einer Überdosis lag, oder?"

„Genau. Nur passt die nicht in sein Milieu, mein Lieber. Der hatte Eins-a-Koks im Blut, und die Spritze, die Sie mir mitgereicht hatten, enthielt dasselbe Zeug."

„Dann wäre ja die Todesursache geklärt. Was gibt es da noch zu wissen?", unterbrach Manzetti, weil er sich für diese Art von Unglücksfällen nicht zuständig fühlte.

„Es könnte einige Bedeutung für Sie haben. Der Mann gehörte zu denen, die am Rande der Gesellschaft leben. Und die haben nun wirklich nicht genug Geld, um sich das teuerste Kokain zu kaufen, das im Umkreis von tausend Kilometern aufzutreiben ist. Sein Pech, dass er sich den Koks nicht durch die Nase zog, sondern in die Venen jagte. Dafür war es dann doch zu hoch konzentriert."

„Wie hoch?"

„Qualitätsstufe vier, Reinheitsgehalt über neunzig Prozent."

Manzetti konnte nicht anders, als einen Pfeifton durch seine Lippen und damit auch durch die Telefonleitung zu schicken.

„Genau. Und das hat sein Körper nicht vertragen", kommentierte Bremer. „Aber woher er den teuren Stoff hatte, das müssen Sie natürlich rauskriegen. Haben Sie eine Vermutung?"

„Die drei haben ja den toten Pfarrer durchsucht, ihm auch die Münzen abgenommen. Vielleicht hatte der den Koks dabei? Ich werde dem nachgehen. Danke erst mal." Manzetti legte auf und überlegte. Falls Weinrich wirklich Kokain bei sich gehabt hätte, weil er es regelmäßig konsumierte, dann wären seine Schleimhäute in der Nase angegriffen gewesen oder er hätte mehrere Einstiche in den Venen gehabt. Beides hätte Bremer bei der Obduktion gefunden. Vielleicht hatte sich der Penner das Zeug irgendwo anders beschafft, und das hatte gar nichts mit dem toten Weinrich zu tun? Aber er musste sichergehen.

In Weinrichs Sachen brauchte er wohl nicht mehr nach Kokain zu suchen, denn das hatten die Penner ja gründlich erledigt. Aber er könnte in Beckers Hinterlassenschaft nachschauen, wenn er da etwas finden würde, müsste er Kontakt mit den Kollegen vom Drogendezernat aufnehmen, um in den beiden Mordfällen endlich weiterzukommen. Er rief also in der Asservatenabteilung an und bat darum, schon einmal die Kiste mit Martin Beckers Sachen herauszustellen, weil er die gleich bei ihnen unten im Keller durchsehen wolle.

Mit Gummihandschuhen ausgestattet, wühlte er wenig später in den Klamotten des getöteten Lehrers. Der Inhalt der Brieftasche lag in einer durchsichtigen Tüte und war nicht weiter von Relevanz. Ein paar Geldscheine, eine Kreditkarte der Brandenburger Bank, ADAC-Karte, die Karte der Signalkrankenversicherung und Quittungsbelege von Einkäufen, die auf nichts Außergewöhnliches schließen ließen. Beim Anblick eines Kondoms stellten sich aber Manzettis Nackenhaare auf. Hatte Becker es dabei, um es in unschuldige Kinder zu stecken? Angewidert legte er die Tüte in den Karton zurück.

Als Nächstes betrachtete er das Hemd mit den dunklen, eingetrockneten Blutflecken genauer. Es war blau und von Canda, der Hausmarke von C&A. Warum trug ein Mann, der fast eine Million Euro besaß, Hemden von C&A? Manzetti fühlte damit sein italienisches Halb-Ich herausgefordert und winkte innerlich ab. Deutsche Männer zogen sich nur dann vernünftig an, wenn entweder ihre Frauen ihnen die Sachen hinlegten oder sie einen Italiener nachahmen wollten. Beides ging in der Regel schief, weil man diesen Männern oft ansah, dass sie sich alles andere als wohl in dieser Kleidung fühlten.

Schuhe und Strümpfe des Lehrers hob Manzetti nur kurz an und legte sie wieder zurück. Die Hose, eine blaue Jeans, trug noch Anhaftungen, die vom Auffindeort der Leiche, also vom Strand am Beetzsee stammten, und sie enthielten nicht das, was Manzetti zu finden gehofft hatte. Er stützte sich auf den kleinen Tisch und stierte Löcher in die Luft. „Haben wir noch mehr von ihm?", fragte er schließlich den Beamten, der hinter dem Tresen darauf wartete, dass er die Kiste wiederbekam, um dann sein Kreuzworträtsel zu Ende bringen zu können.

„Nicht bei mir, Herr Hauptkommissar."

„Wissen Sie, ob wir noch woanders Sachen von ihm haben? In der Rechtsmedizin vielleicht?"

Der Mann, der seine Uniform ohne Schulterstücke trug, schüttelte den Kopf. „Der Karton kam ja aus der Rechtsmedizin", sagte er genervt. Gerne hätte er allen Kriminalisten vorgeschlagen, mögliche Beweisstücke doch besser erst zu untersuchen und sie dann zu ihm zu bringen.

Was nun? Manzetti nahm sich noch einmal Beckers Brieftasche vor. Er suchte nach geheimen Fächern oder nach solchen, welche die Kollegen einfach übersehen hatten. Ohne Ergebnis. Verdammt noch mal, da musste etwas sein!

Er legte die Tüte zurück und hob noch einmal die Hose an. Als er den Saum abtastete, fiel sein Blick auf einen der beiden Schuhe. In das Innenleder war ein Schriftzug eingebrannt, und daneben prangte ein Wappen. „English Style", stand da in geschwungener Schrift. Diese Schuhe waren verdammt teuer, und warum sollte ein Mann, der C&A-Hemden trug, bei Schuhen eine solche Ausnahme machen?

Manzetti nahm sich einen Schuh und drehte ihn in den Händen. Er war nagelneu. Nicht der kleinste Kratzer befand sich auf der Ledersohle. Das war schon merkwürdig, denn es bedeutete schlicht und einfach, dass mit diesen Schuhen noch kein Meter gelaufen worden war.

„Haben Sie mal ein Messer?", fragte er den Kollegen hinter dem Tresen.

Der bückte sich und legte ein rotes Taschenmesser vor sich hin. Manzetti nahm es und kratzte an der Verbindungsstelle zwischen Sohle und Oberleder herum. Auch hier fand er nichts. Dann stach er mit dem Messer zwischen Sohle und Absatz. Wieder ohne Ergebnis. Entmutigt gab er das Taschenmesser zurück und wollte den Schuh am Absatz zurück in den Karton legen. Plötzlich verharrte er in seiner Bewegung und nahm den Schuh wieder hoch. War da nicht etwas? Hatte er nicht soeben eine winzige Bewegung gespürt?

Er hielt den Schuh am Oberleder fest und wackelte am Absatz. Erst langsam und dann immer stärker, bis er ein kurzes Klicken hörte und sich die unterste Schicht des Absatzes zur Seite bewegte. Ein Grinsen erschien auf Manzettis Gesicht, als er mit Daumen und Zeigefinger ein Tütchen mit einer weißen Substanz aus einem kleinen Fach im Absatz nahm. Sein Gefühl sagte ihm: Kokain.

12

Manzetti ging am Gebäude der Stadtverwaltung vorbei und weiter durch die Klosterstraße, bis er das Wasser der Havel sah. Er lief nach rechts und hielt auf den großen Strauch zu, hinter dem er eine Bank wusste. Wie erwartet saßen zwei Männer darauf, neben sich Plastiktüten und eine ausgelegte Angel.

„Na, meine Herren, schon gefrühstückt?", fragte er und guckte in die erschrockenen Gesichter.

„Herr Kommissar, wat für'ne Ehre. Aber Sie dürfen uns nich so erschrecken, wa. Unser Herz tut die ganze Aufregung nich mehr so einfach wegstecken." Der Mann mit dem rauschenden Bart hob ihm seine Bierflasche entgegen und rief Manzetti ein kurzes Prost zu, bevor er die Flasche an seine Lippen setzte.

„Verträgt euer Magen auch feste Nahrung?" Er reichte den beiden eine Tüte, in der vier belegte Brötchen lagen, die er unterwegs bei einem Bäcker gekauft hatte.

Der Bärtige schaute in die Tüte und förderte ein Brötchen hervor, betrachtete es von allen Seiten und sagte zu Manzetti: „Dit is Bestechung, Herr Kommissar. Dit is strafbar, wa." Dann biss er mit dem noch verbliebenen Schneidezahn in die knackige Kruste. Sein Kumpel ließ es sich ebenfalls schmecken.

„Bestechung ist es, wenn ihr mir die Brötchen schenken und Forderungen stellen würdet."

Der hagere Mann winkte mit der linken Hand ab. „Ne, Herr Kommissar. Wir haben och Gesetze. Die sind zwar anders als die von Sie, aber in unsere Welt hält man sich manchmal sogar daran. Und ein Gesetz heißt, dass wir nischt von die Bullen nehmen." Und nachdem er sich kurz geräuspert hatte: „Ich meine, von so feine Herren, wie Sie einer sind." Trotz der großen Grundsätze kauten beide bereits am zweiten Brötchen, nachdem sie das erste quasi mit einem Bissen hinuntergeschlungen hatten.

„Bei Sie, Herr Kommissar", sagte der Bärtige, „machen wir aber eine Ausnahme. Wat können wir denn für Sie tun?" Er rutschte zur Seite und bot Manzetti einen Platz an.

„Beißen sie?", fragte er und nickte zur Angel.

„Nee. Aber müssen sie auch nicht."

Manzetti nickte wie zur Bestätigung und beendete damit das Thema. „Woher hatte euer Kumpel die Drogen?", wollte er wissen, als er sich setzte.

„Wat für Drogen?" Der Bärtige mimte die Unschuld vom Lande, wenn auch alles andere als überzeugend.

Blitzschnell griff Manzetti zu. Mit Daumen, Zeige- und Mittelfinger krallte er in das Knie des neben ihm sitzenden Mannes und drückte mit aller Kraft zu.

„Aua, Herr Kommissar! Aua, Aua", jammerte der Bärtige und schnellte mit dem Oberkörper nach vorne. Er versuchte, mit den Händen, deren Innenflächen die Samtheit eines Reibeisens hatten, den festen Griff des Polizisten zu lösen. Der Mann litt offensichtlich Höllenqualen. Manzetti aber drückte noch ein wenig stärker zu und spürte, wie sich der Mann ähnlich einer Riesenschlange um seinen Unterarm wickelte. Dann ließ er endlich los.

„Au, Au, Au", rief der Bärtige der Welt entgegen und rieb die schmerzende Stelle an seinem Knie. „Dit is Körperverletzung, wa. Sie wissen wohl nich, wie weh dit tut, Mann." Er rieb noch immer die schmerzende Stelle und probierte, sein Knie zu beugen.

„Woher hatte er die Drogen?"

„Vielleicht gekauft", antwortete nun der hagere Kerl mit unsicherer Stimme. „Woher sollen wir dit wissen?"

Manzetti stand auf und schob den Bärtigen zur Seite. Dann platzierte er sich zwischen die beiden. „Woher war das Zeug?"

Der Hagere legte in Windeseile die Arme um seine Knie und schielte zu Manzetti. Der griff dieses Mal mit Daumen und Zeigefinger das ihm dargebotene Ohrläppchen, zerrte daran und ließ es zwischen seinen Fingern herausschnippen. Der Schmerz, den dieser Griff verursachte, war kurz und wurde mit einem lauten Aua quittiert.

„Also", betonte Manzetti. „Letzte Chance. Woher hatte er die Drogen?"

Der Bärtige ergriff eilig das Wort und erklärte Manzetti, was der längst vermutet hatte. Sie hatten nicht nur die Euromünzen eingesteckt, die sie auf den Augen des toten Pfarrers gefunden hatten, nein, sie hatten auch noch andere schöne Dinge gebrauchen können. Dazu hatten sie den Toten untersucht und zuerst überhaupt nichts Vernünftiges gefunden. Dann war der Hagere auf die Idee gekommen, die eleganten Schuhe des Toten einzustecken, und damit es nicht so auffällt, hatten sie ihm ein altes Paar angezogen, das sie als Ersatz mit sich trugen. Allerdings bereute der Hagere diesen Tausch schon wenige Stunden später, denn die Schuhe waren aus hartem Leder und drückten fürchterlich. „Das waren ganz neue", sagte der Bärtige.

„Aber unsere Füße vertragen so'ne feinen Treter nich", ergänzte sein Kumpel.

„Und warum habt ihr mir das nicht gleich gesagt?", fragte Manzetti vorwurfsvoll.

Es folgte betretenes Schweigen, und die beiden starrten zu Boden, wie Kinder, die sich ihrer Tat schämten.

„Ich höre, meine Herren", forderte er mit Fingern, die wie die Scheren eines Krebses auf- und zuschnappten.

„Dann hätten Sie uns doch wieder mitgenommen. Wie bei die Münzen, wa. Und denn hätten wir wieder duschen müssen." Der Bärtige schaute zu Manzetti und setzte mit voller Überzeugung fort: „Jeden Tag duschen is nich gut für die Haut."

Manzetti schüttelte den Kopf: „Wer hat die Schuhe denn nun jetzt?"

Die beiden tauschten nervöse Blicke, die von Angst zu Hilflosigkeit und wieder zurückwechselten. Dann trat der Hagere hinter die Bank und kramte in seinem Gepäck. Er kam mit einer Alditüte zurück und reichte sie Manzetti. „Es tut uns leid, Herr Kommissar. Ich meine, dass wir Sie belogen haben. Aber Sie müssen uns doch och mal verstehen. Für die Treter könnten wir ein paar gute Euros kriegen."

Er nahm die Tüte und holte die Schuhe heraus. Es waren die gleichen, die er bei den Asservaten von Martin Becker gefunden hatte.

„Aber mit die Drogen haben wir nischt zu tun, Herr Kommissar. Dit is diesmal die Wahrheit", behauptete der Bärtige, und Manzetti glaubte ihm das sogar.

„Wie habt ihr das Fach gefunden?"

„Sie meinen, wo dit Pulver drin war?"

„Ja."

„Dit war eigentlich Zufall. Unser Kumpel hat sich die Schuhe als Erster angezogen, und dann wollte er hier", der Bärtige zeigte auf seinen Nachbarn, „auch mal probieren. Die beiden haben sich gestritten wie kleine Kinder und an dem Schuh gezerrt, als wäre der was zu essen. Da fiel plötzlich dit kleine Tütchen raus."

„Gut, Männer", schloss Manzetti die Unterredung. „Ich muss die Schuhe leider mitnehmen, aber weil ihr mir bei schwierigen Ermittlungen geholfen habt, sollt ihr eine Belohnung bekommen."

„Dit ist zwar gegen unser Gesetz", entgegnete der Hagere, „aber ein Zehner für jeden geht in Ordnung, wa."

Manzetti drückte dem Bärtigen zwanzig Euro in die Hand und sagte im Weggehen: „Aber wenn ihr mich nur noch einmal belügt, dann greife ich ganz woanders hin."

Die Hände des Hageren schnellten schützend zwischen seine Beine, als er antwortete: „Nie mehr tun wir lügen, Herr Kommissar. Nie mehr."

Manzetti packte den Schuh wieder in die Tüte und machte sich auf den Weg zur Direktion. Dort wurde er schon von Frau Freitag erwartet. „Herr Manzetti, der Chef möchte Sie dringend sprechen."

„Aha, wieder mal dringend. Ich gehe gleich zu ihm hoch", versprach er und war im Begriff, sein eigenes Büro aufzusuchen, um erst mal die Schuhe loszuwerden.

„Da ist ein Herr gekommen, ein Rechtsanwalt, der ein ziemlich böses Gesicht macht."

Kurz entschlossen drückte er der Sekretärin die Alditüte in die Hand. Auf dem Weg zu Claasen dachte er nach. War er irgendjemandem zu sehr auf die Füße getreten? Noch hatte er doch gar nicht mit tieferen Ermittlungen und den dazu gehörenden Vernehmungen begonnen. Die einzige Person, die sich echauffieren könnte, wäre Frau Becker, aber da müsste er sich wirklich sehr in ihr getäuscht haben.

Manzetti klopfte an die Tür zum Büro von Direktor Claasen. „Herein", sickerte es leise durch die Polster.

„Herr Direktor, Sie wünschen mich zu sprechen?" Manzettis Blick fiel auf einen Mann, etwa in seinem Alter und sehr modisch, für Brandenburger Verhältnisse zu modisch gekleidet. Er trug einen hellgrauen Anzug, dessen Stoff den hohen Anteil von eingewebter Seide in der Sonne glitzern ließ, dazu ein weißes Hemd und eine Krawatte in einem zartrosa Farbton. Alles in allem schätzte Manzetti den Wert der Kleidung auf weit mehr als tausend Euro. Der Haarschnitt des Mannes war an Akkuratesse nicht zu übertreffen.

„Das ist Rechtsanwalt Gutendorf", stellte Claasen seinen Besucher vor und trat beschützend neben seinen Gast.

Gutendorf, aha, dachte Manzetti. Aber was wollte der denn hier? Die Kanzlei Gutendorf & Partner war dafür bekannt, dass sie kaum Brandenburger vertraten, denn das Stundenhonorar bewegte sich etwa in der Größenordnung von Manzettis Monatsgehalt, und dafür fehlte in dieser Stadt die Kundschaft. Abgesehen von einigen stinkreichen Unternehmern konnte sich niemand die Dienste von Gutendorf leisten, und für die wenigen Fälle der Pflichtverteidigung, die er per Gesetz vom Gericht auferlegt bekam, hielt sich seine Kanzlei einen Wald- und Wiesenanwalt, der sein Engagement sicherlich als Sprungbrett zu höheren Weihen betrachtete. Aber Gutendorf selbst würde in solch einem Fall nicht persönlich erscheinen.

„Guten Tag", grüßte Manzetti den Juristen, der kaum sichtbar nickte. Sein Gesicht schien in der Stellung „Unfreundlichkeit" eingefroren.

„Manzetti", redete jetzt Claasen anscheinend im Auftrag seines Besuchers. „Waren Sie gestern in der Hauptstraße?"

Manzetti stutzte, weil er wirklich überlegen musste. „Kann sein, Herr Direktor. Aber was ..."

„Haben Sie dort einen Jugendlichen angetroffen?", schnitt Claasen dem Hauptkommissar scharf das Wort ab.

Jetzt dämmerte ihm, woher der Ärger kam, und er ahnte, dass dieser Jüngling, der ihm das Eis aus der Hand geschlagen hatte, von edlem Geblüt sein musste, wenn ein Anwalt wie Gutendorf in dieser Sache aktiv wurde. „Das habe ich, aber worum geht …" Claasen unterbrach ihn mit einer Handbewegung und nahm von seinem Schreibtisch eine Fotografie auf, die er Manzetti vor die Augen hielt. „Erkennen Sie den Jungen wieder?" Manzetti erkannte den Jungen natürlich wieder und registrierte sofort den aufgeklebten Pfeil, der auf die Wange des Knaben deutete. Er wusste aus langjähriger Erfahrung, dass jetzt noch weitere Fotos kommen würden, die Details zeigten und ebenfalls Pfeile hatten. Es war die Art von Fotografie, wie man sie in Strafakten vorfand. Und tatsächlich langte Claasen wieder hinter sich und zeigte einen weiteren Beweis in die Runde. Auf den Fünffingerabdruck von Manzettis rechter Hand, der die Wange des Jugendlichen zierte, deuteten sogar drei Pfeile.

„Sind Sie von allen guten Geistern verlassen?", empörte sich Claasen und fuhr ohne Luft zu holen fort. „Nicht nur, dass Sie einen netten Jungen schlagen, einen der wenigen, dem wir getrost das von unserer Generation Erbaute in die Hände legen können. Nein, Manzetti, Sie zerstören bei diesem Jungen auch noch das Vertrauen in den Staat und bringen unsere Direktion in Verruf. Ich müsste Sie eigentlich vom Dienst suspendieren." Claasen legte vertrauensvoll die Hand auf die Schulter von Gutendorf, der daraufhin auch aufstand und sich neben den Direktor stellte. Gutendorf war etwa zwei Meter groß und schlank und sah in seiner gepflegten Eleganz durch und durch seriös aus. Diesem Mann würde man sogar Grundstücke auf dem Mond abkaufen.

„Herr Direktor", begann Rechtsanwalt Gutendorf mit weicher Stimme und schaute auf den nur gut einen halben Kopf kleineren Manzetti herab. „Auch wenn einer der Ihnen unterstellten Mitarbeiter, der sich vermutlich auf einer niederen Ebene bewegt, in einer Ihrem Hause nicht angemessenen Art und Weise diesen bedauerlichen Vorfall verursacht hat, glaube ich, dass Sie nicht sofort zu solch harten Repressionen greifen sollten." Der Anwalt sprach zwar mit Claasen, hatte dabei aber Manzettis Augen fest im Blick, als ob er dem Hauptkommissar jedes einzelne Wort in dessen Gehörgang injizieren wollte.

„Verwarnen Sie Ihren Mitarbeiter gebührend und lassen Sie ihn zur Bewährung weiter an dem Mordfall arbeiten", empfahl Gutendorf zu Manzettis Überraschung, allerdings mit eiskalten Augen. „Ich glaube, dass ich meinen Sohn davon überzeugen könnte, von einer Strafanzeige abzusehen, auch wenn die Verletzungen, insbesondere die seiner zarten Seele, von erheblicher Natur sind." Gutendorf drückte Claasen die Hand und erteilte ihm einen letzten Rat. „Halten Sie Ihren Mitarbeiter während seiner Bewährung unter Kontrolle, lieber Claasen. Er wird Ihnen und Ihrem grandios geführten Haus, wenn ich das sagen darf, ansonsten zu einer steten Gefahr." Dann verließ er den Raum, im Bemühen, die Anwesenheit Manzettis in offensichtlichster Form zu ignorieren.

Claasen, der durch die Lobhudelei des Anwalts mit geschwollener Brust dastand, schickte einen sehr bösen Blick in Richtung Manzetti. „Sie müssen verrückt sein, Sie mit Ihrem italienischen Blut. Kriegen Sie sich denn nie in den Griff?"

„Herr Direktor, ..."

„Hören Sie auf, Manzetti. Ich will nichts mehr hören. Jedenfalls nicht von Ihnen und schon gar nicht in dieser Angelegenheit."

„Aber, das ..."

„Nichts aber. Sie können von Glück reden, dass der verehrte Anwalt Gutendorf auch Mitglied im rotarischen Klub ist und vielleicht deshalb aus Rücksicht auf meine Stellung von einem Eklat absieht."

„Aber das hat sich wirklich ganz anders abgespielt."

„Manzetti, jetzt hören Sie mir mal gut zu", brüllte Claasen los und machte einen Schritt nach vorne. „Auch wenn Ihr Vater ein deutscher Diplomat war und Ihre Mutter dem italienischen Adel angehört, so haben Sie doch wenig von diesen Möglichkeiten profitiert. Sie benehmen sich zum Teil wie ein sizilianischer Dorftrottel und zeigen nicht die notwendige Achtung vor dem Erfolg anderer."

Dann setzte er sich wieder hinter seinen Schreibtisch, ließ Manzetti aber dieses Mal stehen. Ein Fehler, wie sich herausstellen sollte, denn jetzt sprach Manzetti zu ihm herab, so wie es Gutendorf vorhin mit ihm getan hatte.

„Vor dem Erfolg anderer habe ich schon Achtung, wenn auch nicht vor jeder Tätigkeit und schon gar nicht, wenn das Ergebnis dieser Tätigkeit ab und zu auf meinem Tisch landet. Aber dieser Jüngling schlug mir ein Eis aus der Hand." Er unterbrach sich, denn das war sicherlich der falsche Zungenschlag. Und Claasen griff den auch prompt auf: „Wegen einem Eis?", trompetete der heraus.

Manzetti dachte in diesem Moment nur, dass offensichtlich auch in der sogenannten ehrenwerten Gesellschaft der Dativ dem Genitiv sein Tod war. „Wegen einem Eis haben Sie den Jungen geschlagen? Ich sollte Sie wirklich suspendieren, Manzetti. Wirklich. Danken Sie Herrn Gutendorf dafür, dass es vorerst nicht dazu kommt. Vorerst, Manzetti." Claasen trommelte mit den Fingerspitzen auf seinem polierten Schreibtisch herum und winkte dann mit einer Hand zur Tür. „Und jetzt gehen Sie. Ich kann Sie nicht mehr sehen. Gehen Sie endlich."

Manzetti öffnete die Tür und sah nur kurz zu Frau Freitag, bevor er auf den Flur trat. Er war in Rage und musste die schleunigst loswerden, weil er ansonsten zu unüberlegten und vielleicht wirklich süditalienischen Reaktionen neigte. Nicht der Umstand, dass man ihn für die Ohrfeige anklagen wollte oder ihn sogar suspendieren könnte, ärgerte ihn, sondern diese eigenartige Vorstellung von einem Rechtsstaat, in dem selbst hochrangige Vertreter dem Beschuldigten kein Gehör einräumten, weil es offensichtlich darum ging, ihre eigenen Interessen zu vertreten. Justitia, hier muss deine Augenbinde verrutscht sein.

13

Manzetti fuhr mit der Straßenbahn bis zum Packhof und lief von dort zu einem kleinen Hafen. Hinter den Häusern, in denen sich wunderschöne Lofts befanden, fühlte er sich schnell unsichtbar und wunderbar allein. Allein mit sich und seinem Gram über Gutendorf und Claasen.

Trotz der fast dreißig Grad fröstelte es ihn und er schlug das Sakko enger um den Körper. Auf dem Steg kramte er sein Schlüsselbund hervor und suchte nach dem Schlüssel, der sein Boot freigab. Nur hier konnte er in die ersehnte Einsamkeit eintauchen, konnte sich auf das Niveau holen, das es ihm erlaubte, später wieder mit anderen Menschen in Kontakt zu treten.

Schon in frühester Kindheit galt er als Sonderling, als jemand, dem es eher schwerfiel, mit anderen Menschen umzugehen. So sahen das jedenfalls seine Eltern ab jenem Tag, als sie ihn in ihren Streit hineinzogen. Für ihn aber war es, als stoße man den Nichtschwimmer Andrea Manzetti genau in der Mitte zwischen Italien und Tunesien ins Meer. Jede Entscheidung in eine Richtung zu schwimmen, wäre die falsche gewesen.

Der kleine Andrea war zuerst Wunschkind seiner Eltern, jenes Diplomaten, der für die Bundesrepublik in Rom gearbeitet hatte, und der italienischen Journalistin, die in Diensten des Fernsehsenders RAI gestanden hatte, um vom internationalen Parkett der Hauptstadt zu berichten.

Angela Manzetti, einzige Erbin eines alten italienischen Adelsgeschlechts, hatte den Deutschen aber nicht geheiratet. Vielleicht hatte sie frühzeitig gemerkt, dass zwei willensstarke Persönlichkeiten, wie seine Eltern es waren, nicht miteinander harmonieren könnten. Sie hatten es immerhin mit einer „wilden Ehe" versucht. Und mit dem ihnen eigenen Willen hatten sie verbissen an dem Lebensplan eines gemeinsamen Lebens mit eigenem Kind festgehalten.

Aber es hatte nicht funktioniert. Andrea hatte also mit ansehen müssen, wie sich seine Eltern, die er gleichermaßen zu lieben glaubte, in steten Streitigkeiten ergingen und an ihm zerrten und zogen, bis endlich die kleine Kinderseele gebrochen war.

Dann kam dieser Morgen, der sich unlöschbar in seine Gehirnrinde eingebrannt hatte. Die Eltern hatten den zehnjährigen Andrea schon auf dem morgendlichen Weg zur Toilette abgefangen und ihm die unglaubliche Frage gestellt: „Möchtest du bei deinem Vater oder bei deiner Mutter leben?"

Ausgesprochen hatte es nur der Vater, aber es war ihre gemeinsame Frage, das hatte er ihren erwartungsvollen Gesichtern angesehen. Damit überforderten sie ihn, einen nicht einmal in der Pubertät befindlichen Jungen derart, dass er alle Konzentration aufbringen musste, um wenigstens den Inhalt der Frage zu verstehen. Er war immer wieder Wort für Wort durchgegangen, Vater oder Mutter, Mutter oder Vater, bis seine kleinen Füße in einer warmen Pfütze standen, die abstoßend nach ihm selbst gerochen hatte.

Von da an passierte ihm das immer wieder, wenn auch nicht auf Fluren, aber in den Nächten, im Bett, wenn er Besuch bekam von den Geistern, die immer und immer wieder in den Träumen nach seinen kleinen Kinderarmen griffen. Es waren die beiden Frauen, die Gouverneursfrau und Grusche, denen er begegnet war, als er in den Ferien im Bücherregal seines Großvaters gestöbert hatte und ihm Bertolt Brechts „Der kaukasische Kreidekreis" in die Hände gefallen war. Von da an kamen Brechts Hauptfiguren wieder und wieder, und es hatte immer mit einem nassen Laken geendet.

In seinen Träumen lag er inmitten jenes Kreidekreises und fühlte, wie die Gouverneursfrau und Grusche an ihm zerrten. Aber es endete nicht wie bei Brecht, wo Grusche losließ und damit die Liebe zu dem Kind belegte. In seinen Träumen hörten beide nicht auf zu zerren, sie zogen so stark, dass der Junge erbärmliche Schmerzen litt und seine starren Augen flehend an den Richter Azdak heftete. Doch der griff nicht ein.

In seinen Träumen hatte Azdak das Aussehen und die Stimme seines deutschen Großvaters. Doch anders als der Richter im Traum hatte Großvater von Gneuen dem kleinen Andrea geholfen, er hatte ihn in seine Obhut genommen und ihn auf ein deutsches Internat geschickt. Die Wochenenden aber, die konnte er auf Wunsch des Großvaters bei Herbert Jahn verbringen, seinem Patenonkel, und bei dessen Frau Irene. Der weise Großvater wollte das so, weil er nicht nur mit Herbert befreundet war, sondern weil die Jahns drei Kinder hatten, für die Andrea der große Bruder sein konnte.

Auch heute fand sich Manzetti immer mal wieder hin- und hergerissen, schrie in Gedanken nach seinem Großvater, schrie nach Gerechtigkeit und fühlte sich machtlos, zu keiner Bewegung fähig, weil mehrere Kräfte zur gleichen Zeit an ihm zerrten und zogen. Dann musste er mit sich allein sein. Wie auch morgens, wenn er unausgeschlafen aufwachte, weil ihn brüllende Träume von erholsamem Schlaf abgehalten, seine Zähne lautstark aneinander gerieben und Unmengen Schweiß sein Laken durchtränkt hatten. Dann musste er in seine Einsamkeit, in die ihn Kerstin seit geraumer Zeit auch entließ.

Am Ende des kleinen Havelarms lenkte er den glänzenden Bootskörper nach Steuerbord und hielt auf den Beetzsee zu. Die Seen um Brandenburg waren das Gold seiner Heimatstadt, und wie so oft hatte es leider sehr lange gedauert, bis den Stadtoberen das klar geworden war. Nun buhlten sie mit anderen Orten der Mark Brandenburg um die verlorenen Touristen, um die Wassersportler und Freizeitkapitäne aus Berlin und Potsdam.

Als er die Fahrrinne des Silokanals passierte, stellte er den Elektromotor aus und setzte das weiße Segel. Die Wellen plätscherten gegen den Bug, und das strenge Knattern des Segeltuches im Wind vertrieb seine düsteren Gedanken. Mit jedem Meter, den sich der schlanke Bootskörper durch das nervöse Wasser schnitt, entfernte er sich von Claasen und Gutendorf, von deren Gesichtern, von deren Gedanken, von ihrem Streben nach Macht und vor allen Dingen von ihren Rechtsvorstellungen und kehrte zu seinen eigenen zurück.

Als er die Pinne umlegte, schlug das Segel um, und das Boot neigte sich so weit, dass seine Hände ohne Mühe ins Wasser greifen konnten. Er war jetzt wieder besser drauf und konnte ohne

Probleme zurückfahren. Kurz vor dem kleinen Hafen, in dem die „Königin der Nacht", wie Kerstin und er ihr Boot in Anspielung auf Mozart getauft hatten, ihren Liegeplatz hatte, zog er das Schwert ein und holte sein Handy aus der Tasche. Er wählte die Nummer der Direktion. Dort orderte er einen Fahrer des Dauerdienstes und verabredete sich in der Hammerstraße.

Manzetti musste nicht lange warten, schon bald fuhr ein VW-Passat vor und hielt neben ihm. „Wohin soll's gehen, Herr Hauptkommissar?", fragte Köppen, mit dem er schon einmal in diesem Fall zu tun hatte. Er ließ das Auto langsam vorwärtsrollen, ohne sich dabei in den fließenden Verkehr einzuordnen.

„Erst nach Potsdam, und da entscheiden wir dann weiter." Manzetti wollte in das Pfarramt, sich dort mit Mitarbeitern unterhalten und die Vita von Fred Weinrich aufdecken. Er überlegte, wie er seine Vermutung formulieren konnte, ohne die Kirchenvertreter, die schreckhaft genug waren, vor den Kopf zu stoßen. Aber irgendwo in seinem Hirn nistete der Glaube, dass auch sie einen ähnlichen Brief erhalten hatten wie der Schulleiter Dreher.

„Autobahn oder Landstraße?", fragte Köppen weiter, er musste sich für eine Richtung entscheiden.

„Autobahn", antwortete Manzetti. „Das geht wohl schneller." Dann vertiefte er sich wieder in seine Gedanken, suchte nach einem roten Faden für die zu führenden Gespräche.

Als der Passat am Mühlentorturm ankam, wandte sich Manzetti erneut an Köppen. „Wenn Sie Drogen beschaffen müssten, an wen würden Sie herantreten?"

„Kommt drauf an, welche Sorte ich bräuchte." Der Beamte antwortete, ohne lange zu überlegen.

„Ist das von solcher Bedeutung?"

„Das und die Menge."

Manzetti dachte kurz nach und formulierte dann präziser. „Kokain und eine kleine Menge für einen Abend. Sagen wir für eine Party mit netten Freunden."

Köppen sah Manzetti leicht befremdet an.

„Nicht für mich, Kollege Köppen. Aber ich frage mich, wo es hier reines Kokain gibt."

„Haben wir noch einen Moment Zeit?"

„Wofür?"

Ohne auf eine Antwort zu warten, wendete Köppen den Passat auf der Kreuzung. Er fuhr am Dom vorbei, über Grillendamm und die Hohmeyenbrücke, bis er nach circa zehn Minuten im Stadtteil Hohenstücken ankam. Es war jene Trabantenstadt, die uniforme Straßenzüge aufwies und wo es weder größere noch kleinere Gewässer gab, was für Brandenburg ganz außergewöhnlich war. Es ging vorbei an grauen Betonklötzen, die, je weiter sie zum Kern von Hohenstücken vordrangen, immer mehr mit schlechten Graffiti beschmiert waren. In einer Sackgasse hielt Köppen an und zeigte mit der linken Hand auf ein Haus. „Hier bin ich groß geworden, und meine Eltern leben noch immer im vierten Stock."

Manzetti verstand diesen kleinen Ausflug nicht und wollte schon die Weisung geben, nun endlich nach Potsdam zu fahren, als Köppen fortfuhr. „Hier wohnt auch ein ehemaliger Schulkamerad von mir, mit dem ich beim BSC Süd in Kinder- und Jugendmannschaften Fußball gespielt habe. Bis Axel auf die schiefe Bahn kam und im Jugendarrest landete."

„Lassen Sie uns weiterfahren", bat Manzetti, dem für solche Kindheitserinnerungen im Moment nicht der Sinn stand.

„Nur fünf Minuten, Herr Hauptkommissar. Meine Eltern sagten mir, dass Axel mal wieder draußen ist, und der kann Ihnen erzählen, wo man an welche Drogen kommt."

Nun willigte er natürlich ein und folgte Köppen zum Eingang und weiter in den Hausflur, dessen Tapeten ebenfalls durch Graffiti ersetzt waren. In der zweiten Etage drückte der Kollege den Knopf einer Klingel ohne Namensschild. Aus dem Inneren war Kindergetrappel zu vernehmen, und dann öffnete sich auch schon die Tür. Ein blonder Kinderkopf guckte schnell durch einen Spalt hervor und schrie dann in die Wohnung, dass zwei Männer da seien. Hinter ihm erschien nach kurzer Zeit ein sehr muskulöser und überaus stark tätowierter Mann, der etwa im Alter von Köppen sein musste. Manzetti schloss daraus, dass es sich um den besagten Axel handelte.

„Was willst du?", fragte der mit rauchiger Stimme und festem Blick auf Köppen, ohne sich auch nur ein Wort der Begrüßung abzuringen.

„Hallo, Axel."

„Was willst du? Ich bin erst drei Tage wieder draußen, kann also keine Dinger gedreht haben."

„Wir wollen nur mit dir reden. Ganz privat."

Erst jetzt sah Axel auch zu Manzetti und musterte ihn von oben bis unten. Manzetti spürte jedes Gramm der Abneigung, mit der Axel ihm begegnete.

„Ihr Bullen kommt nie privat. Jedenfalls nicht zu einem von uns." Axel ging in die Wohnung und ließ die Tür offen. Das war vermutlich die Aufforderung zum Eintreten, also folgten sie ihm. Der enge Flur war vollgestopft. Manzetti musste über einen leeren Eimer steigen, um am hüfthohen Schuhschrank vorbeizukommen. Mitten im Flur standen sie plötzlich wieder vor dem kleinen blonden Jungen.

„Wo ist dein Papa?", fragte Köppen in kindgerechtem Ton, obwohl Manzetti nicht davon überzeugt war, dass der hier angemessen sei. Hier wurden Kinder sehr schnell erwachsen. Der Junge wies mit dem Kopf auf eine Tür, hinter der das Wohnzimmer zu liegen schien. Man sah ihm an, dass seine Haut nicht täglich mit Wasser in Berührung kam.

Eine halb geöffnete Tür zu ihrer Linken gab den Blick frei in die Küche und raubte Manzetti für die nächsten Stunden jeden Appetit. In dem Raum, aus dem der Geruch von alten Essensresten und anderen Dingen strömte, türmten sich Töpfe und angefangene Wurstpackungen, bei denen auch ohne Gammelfleischskandal mehrere Verfallsdaten verstrichen waren.

Manzetti unterdrückte ein erstes Würgen und folgte Köppen schnell weiter ins Wohnzimmer. Dort roch es nur unwesentlich besser, allerdings nicht nach Fäulnis, sondern nach kaltem Zigarettenrauch.

Axel saß auf einem Sofa, auf dem Schoß einen Säugling und hielt eine Flasche an dessen Lippen. „Das hier ist jetzt meine Welt", sagte er. „Keine krummen Dinger mehr und keine Bullen.

Also, was wollt ihr?"Sein Gesicht war ruhig, ohne jede Spur von Erregung. Er gab dem Säugling zwar die Flasche, aber Manzetti wurde das Gefühl nicht los, als erledige Axel nur einen Job: Er gab jemandem zu essen. Er musste sich erst einlassen auf dieses Baby. Auf sein Baby? Und wenn das erforderte, dass er die warme Flasche an die winzigen Lippen hielt, dann tat er das eben. Nur durfte nach seinem Knastaufenthalt keiner erwarten, dass er gleich umstieg und voll auf kuschelige Familie machte.

„Ist das Ihr Kind?" Manzettis Frage klang hölzern.

„Was denkst du denn, Mann? Den habe ich im offenen Vollzug fertiggebracht. Oder glaubst du, dass ich fremde Bälger fütter? Ihr hättet solche Scheiße mal während der verdammten Reso fragen sollen." Axels Augen waren Anklage genug. Nicht wegen seiner Verurteilung, aber er fragte sich genau wie viele andere, was die Resozialisierungsprogramme ihm eigentlich brachten.

Manzetti vermied es, darauf einzugehen, denn er wusste zur Genüge, dass man Resozialisierung nur als riesiges Läuterungswerk verkaufte, um damit die eine oder andere besorgte Seele zu beruhigen. Beruhigte, wohlgemerkt, nicht befriedigte.

„Axel ...", mischte sich Köppen jetzt ein. „Wo kriegen wir Kokain?"

Der Angesprochene musste laut lachen, und sofort kam sein blonder Junge ins Zimmer gestürzt. Das Lachen erstickte und wurde von einer barschen Weisung ersetzt: „Raus!" Als sie wieder unter sich waren, antwortete er Köppen mit einer Frage: „Ihr Bullen seid wohl komplett verblödet, oder?"

„Kann schon sein", gab sich Manzetti jovial. „Aber die Frage interessiert uns tatsächlich, und wir behandeln Ihre Antwort streng vertraulich."

„Eure Vertraulichkeit kenne ich. Die brachte mir vier Jahre ein. Nichts da. Von mir nicht. Ich habe keinen Bock mehr auf Knast, und euch traue ich nicht einmal so weit, wie ich euch sehen kann."

Manzetti sah sich in dem Zimmer um, konnte aber nichts entdecken, was zu verwenden war, um den Mann ein bisschen zu erpressen. Stattdessen sah er ein junges Mädchen in der Tür stehen. Sie war etwa 20, aber ihr Gesicht schien schon gezeichnet, als hätte sie die Lebenserfahrungen ihrer Großmutter. Ihre Augen drückten nicht freudvolle Erwartung an ein aufregend-schönes Leben aus, sondern eher vergangenes Leid.

„Axel!" Sie sprach schwer, als seien ihre Lippen von klirrender Kälte gelähmt. „Du hast gesagt, dass jetzt Schluss ist. Dann mach das auch."

„Halt dich da raus", blaffte er die junge Frau an, die vermutlich die Mutter der beiden Kinder war.

„Dann pack deine Sachen und geh zu deinen Kumpels, die dich immer wieder in den Knast gebracht haben. Soll auch die Kleine ohne ihren Vater aufwachsen?"

„Verpiss dich", schnauzte Axel und stellte die Milchflasche auf den Tisch. Resigniert, ohne ein weiteres Wort nahm sie das Kind und ging hinaus.

„Wozu wollt ihr das wissen?", räumte Axel plötzlich ein und zündete sich eine Zigarette an.

„Neugier", antwortete Manzetti.

„Du bist wohl ein ganz Schlauer, was? Aber gut, damit ich endlich Ruhe vor euch habe." Er stellte sich ans Fenster und blies den Rauch ins Freie. „Der Markt ist hier streng aufgeteilt. Das weiche Gelumpe geht meistens übers Asylbewerberheim. Da hängen alle mit drin. Libanesen, Afrikaner und auch Jugos. Die können dir auch harte Joints besorgen, Shit und so. Aber euer Kokain, das geht nur über Raffel. Der allein besorgt Koks und der allein teilt den zu und macht die Preise. Aber einen richtigen Markt gibt es dafür eigentlich nicht."

„Was heißt das?"

„Was das heißt? Na, dass es in dieser Stadt keinen richtigen Markt dafür gibt. Ist doch viel zu teuer, und die paar Anwälte und Jungunternehmer werfen nicht genügend Profit ab. Das macht Raffel nur als Service. So nebenbei quasi."

„Und da tanzt keiner aus der Reihe?", fragte Manzetti weiter.

„Du kannst es ja mal probieren. Raffel lässt dich einmauern, und dann bist du das Fundament für das nächste schöne Gebäude, das der Bürgermeister einweiht."

„Wer kauft denn hier in Brandenburg Kokain?"

„Keine Ahnung, Mann. Ich bin doch nicht lebensmüde." Axel hatte die Lust an der Unterhaltung verloren. Sicher waren auch seine Erfahrungen der letzten Jahre im Knast einer Unterhaltung mit der Polizei nicht gerade förderlich.

Manzetti verabschiedete sich und drängte nach draußen, wollte an die frische Luft, um tief einzuatmen.

Im Auto fragte Köppen dann: „Jetzt zu Raffel?"

Er schüttelte nur den Kopf, denn Magnus Raffel war die Unterweltgröße schlechthin, und jeder Versuch, ihn hinter Schloss und Riegel zu bringen, scheiterte im Büro seines Anwalts. Und von dem hatte Manzetti erst einmal genug. Zwei Mal am Tag wollte er nicht mit Herrn Gutendorf zusammentreffen.

14

Es war bereits fünfzehn Uhr, als sie in Potsdam eintrafen. Dank des Navigationssystems fand Köppen das Pfarramt sofort, und auch ein freier Parkplatz bot sich unweit des Hauses, vor dessen Eingang Manzetti nun stand. Er wollte alleine hineingehen; es sollte nicht aussehen, als käme die Polizei immer in Überzahl. Er klingelte und wartete an der schweren Holztür.

Eine kleine und gedrungene Frau öffnete schließlich nach einiger Zeit. Er glaubte zu erkennen, dass ihr das Alter übel mitgespielt hatte. Davon zeugten die Säcke unter den Augen und die dünnen, blutleeren Lippen. Sie schaute ihn mit unendlich traurigen Augen an. „Was kann ich für Sie tun?", fragte sie in ortsüblichem Dialekt mit schleppendem Ton. Und ihre Stimme klang gepresst, so als müsste sie jedes Wort einzeln an der Zunge vorbeischieben.

„Guten Tag. Mein Name ist Manzetti, und ich komme von der Polizei aus Brandenburg."

Die Frau trat zur Seite und ließ ihn ohne weitere Fragen hinein. Wortlos ging sie vor ihm her und öffnete eine Tür auf der linken Seite des Flures. Sie selbst setzte ihren Weg einfach geradeaus fort.

Er fand sich mitten in einem Raum wieder, der eine Art Arbeitszimmer war, das verrieten die vielen Bücherregale und ein zum Schreibtisch umfunktionierter Esstisch. Über der Tür und an der gegenüberliegenden Wand hing jeweils ein Kreuz, ansonsten waren die Wände kahl bis auf das Bild vom Papst. Der schaute mit freundlichen Gesichtszügen auf alles hinab, so wie der Bundespräsident im großen Beratungsraum von Claasen.

Dann fragte er sich, ob er in diesem Raum gerne arbeiten würde, und kam zu einem nüchternen Ergebnis. Wohlfühlen könnte er sich hier sicherlich nicht, denn Wohnlichkeit oder wenigstens ansatzweise vorhandene Gemütlichkeit vermittelte das Zimmer überhaupt nicht. Aber das wollte er dann doch nicht zu seinem Problem machen.

Ein großer Stuhl fiel ihm auf, der irgendwie einsam in einer Ecke postiert war, gleich einem frechen Jungen, den der Pfarrer vielleicht zur Strafe dorthin gestellt hatte. Der Stuhl war mit einem grünen, abgewetzten Stoff überzogen, hatte zwei Arme, die auf Hochglanz poliert waren, und eine Lehne, an deren Ende links und rechts zwei geschnitzte Kugeln prangten, die aussahen wie kleine Lautsprecher einer Stereoanlage. Was könnte dieser Stuhl, der vermutlich sein Leben lang in dem Pfarramt gestanden hatte, nicht alles erzählen. Aber würde Manzetti, der Atheist, das überhaupt verstehen?

Als er vom Schreibtisch eine Mariafigur in die Hände nahm, kam ein etwa sechzigjähriger Mann herein. Manzetti stellte Maria wieder hin und trat auf den Mann zu, reichte ihm die Hand. „Mein Name ist Manzetti und ich komme von der Polizei aus Brandenburg", wiederholte er seine Vorstellung von vorhin.

„Guten Tag, Herr Manzetti", erwiderte der Mann den Gruß und ergriff mit einer weichen und kraftlosen Hand die des Polizisten, während er sich selbst vorstellte. „Hartung. Ich bin hier der Pfarrer."

Damit hatte Manzetti nicht gerechnet. Hätte er die Auskunft von Köppen überprüfen sollen? War er in dieser Gemeinde falsch, gehörte Pfarrer Weinrich gar nicht hierher? „Sie sehen mich überrascht, Herr Pfarrer." Manzetti machte aus seiner Verwirrung kein Hehl und stierte mit vor Peinlichkeit geweiteten Augen auf den Geistlichen.

„Überrascht? Warum? Kommen Sie nicht wegen des Todes von Fred Weinrich?"

Manzetti war erleichtert, diesen Namen hier zu hören. „Doch, doch. Ich glaubte nur, dass Herr Weinrich der Pfarrer wäre."

„Nein. Weinrich war Diakon. Er war dabei, sich hier die letzten Sporen zu verdienen, um es in Ihrer Sprache auszudrücken, bis er die Ordination zum Priester erfahren sollte."

Diakon, dachte Manzetti. Wenn er sich richtig erinnerte, dann bekamen zwar Diakone auch so etwas wie eine Weihe, aber die war wohl nur eine Vorstufe zum Priesteramt. Weinrich hatte also in der kirchlichen Hierarchie noch ganz unten gestanden.

Hartung schien die Gedanken Manzettis zu lesen, denn er kam dessen nächster Frage zuvor. „Diakon Weinrich stand wirklich kurz davor, die Priesterweihe zu empfangen. Er sollte sie wegen seiner außerordentlichen Leistungen aber im Petersdom erhalten. Nur deshalb war er noch Diakon. Aber setzen wir uns doch." Er deutete auf den Stuhl am Fenster, so dass Manzetti seinen Kopf zwischen den beiden „Lautsprechern" postieren konnte, und setzte sich selbst auf den kargen Holzstuhl an der Wand. Über ihm prangte das Kreuz mit dem blutverschmierten Jesus.

„Ich habe mir erlaubt, eine Erfrischung bereiten zu lassen", sagte Hartung, nachdem das Knarren des Stuhls verklungen war. „Ich hoffe, Sie mögen kalte Limonade?"

Manzetti nickte, obwohl das glatt gelogen war, denn alle Getränke mit viel Zucker waren ihm widerlich. Er konnte aber nicht den Mut aufbringen, nach kaltem Rosé zu fragen, und ersparte sich deshalb eine Entgegnung.

Dazu war es in diesem Moment sowieso zu spät, denn die Tür öffnete sich erneut, und ein etwa fünfunddreißigjähriger Mann in Soutane trug ein Tablett herein. Eigentlich hatte Manzetti hierzu die alte Frau erwartet.

„Guten Tag", sagte der zweite Geistliche und jonglierte das Tablett ungeübt und steif zum Schreibtisch. Erst jetzt registrierte Manzetti, dass Hartung zivile Kleidung trug.

„Das ist Pater Johannes", stellte Hartung den jungen Mann vor und erklärte ihm: „Herr Manzetti kommt von der Polizei aus Brandenburg. Er untersucht den Tod von Diakon Weinrich." Dann griff er nach einem Glas und forderte die anderen beiden auf, es ihm nachzutun.

„Buon giorno", wiederholte Pater Johannes seinen Gruß auf Italienisch. Er taxierte Manzetti von oben bis unten, zwang sich ein kaum sichtbares Lächeln ab und setzte sich auf den einzigen noch freien Stuhl.

„Pater Johannes ist viel in der Welt herumgekommen und nunmehr beim Heiligen Vater in Rom", erläuterte Hartung. „Deshalb spricht er Ihre Sprache. Ich dagegen bin aus diesem Land nie herausgekommen. Aber kommen wir zu Ihnen, Herr Manzetti. Was können wir für Sie tun?"

„In der Tat untersuche ich den Mord an Fred Weinrich", begann er. „Da ist es natürlich erforderlich, dass ich mich auch mit dem

Leben der Opfer vertraut mache. Was können Sie mir über Fred Weinrich sagen?"

„Nicht viel, Herr Manzetti", antwortete Pater Johannes und richtete einen kalten Blick auf Pfarrer Hartung. Er schien ihm zu sagen, dass an dieser Stelle seine Kompetenz endete und die weitere Konversation mit den staatlichen, also weltlichen Stellen von ihm, dem Vertreter des Vatikans, geführt würde.

Hierarchien sind etwas ganz Schreckliches, dachte Manzetti, egal, wo sie anzutreffen waren, und schaute auf das Bild vom Papst, bevor er, um einen möglichst freundlichen Ton bemüht, mit der Befragung fortfuhr. „Einiges werden Sie doch aber wissen. Er stand schließlich kurz davor, Priester zu werden, also das Amt zu bekleiden, das in der katholischen Rangfolge unmittelbar vor dem des Bischofs steht. Da wird es doch eine Personalakte geben, oder?" Ein leises Lächeln unterstützte seine kleine Anspielung auf die sicherlich auch in der Kirche anzutreffenden Ausläufer weltlicher Bürokratie.

Pater Johannes lächelte jetzt sichtbar, wenn auch etwas zu steif. „Ihr Religionsunterricht scheint einige Tage zurückzuliegen, Herr Manzetti. Formal haben Sie Recht, aber nicht jeder Priester wird Bischof, wenn Sie mir die kleine Korrektur erlauben. Bei Ihnen wird doch auch nicht jeder Kommissar irgendwann Polizeipräsident."

Punkt eins, wurde es Manzetti plötzlich klar: Lass dich nicht auf philosophische Betrachtungen mit Geistlichen ein, denn da sind sie dir hoffnungslos überlegen. Punkt zwei: Hüte dich vor Vertretern des Vatikans!

Manzetti wurde also vorsichtiger und begab sich wieder auf die Sachebene. „Es wird doch aber irgendwelche Unterlagen geben, in denen der Werdegang des getöteten Diakons nachzulesen ist."

„Die gibt es natürlich. Aber Diakon Weinrich sollte seine Priesterweihe in Rom erhalten, und so lagern seine Akten momentan beim Heiligen Stuhl." Dem wollte er offensichtlich nichts mehr hinzufügen.

Unüberwindbare Mauer. Manzetti zog es vor, sich an Pfarrer Hartung zu wenden. „Können Sie die Akte anfordern?"

Der schaute müde zu ihm und dann mit einem schläfrigen Augenaufschlag zum Vertreter des Vatikans. „Ich werde es versuchen, Herr Manzetti", versicherte er, als von dem Pater keine Reaktion kam.

„Wie lange war er denn schon hier bei Ihnen?" Hartung schloss die Augen und überlegte. „Vielleicht ein Jahr. Oder auch weniger."

„Und was machte er an dem Tag, als er ermordet wurde?"

„Das weiß ich nicht. Er bat um einen Tag Urlaub und verließ uns bereits am Vorabend. Das war schon ungewöhnlich, denn seit dem letzten Jahreswechsel ging er nicht mehr aus dem Haus, außer zur Messe oder wenn seelsorgerische Pflichten es erforderten. Er saß nur noch in seiner Kammer und las."

Manzetti wunderte sich. Hatte es bislang nicht geheißen, dass Weinrich das Pfarramt erst in den Morgenstunden verlassen und dass es einen Termin mit dem Bischof gegeben hatte? Er ging vorerst aber nicht darauf ein.

„Woher kam Diakon Weinrich, als er vor einem Jahr bei Ihnen seinen Dienst begann?"

„Das steht dann alles in den Akten. Wir wissen das nicht in jedem Fall, Herr Manzetti." Die Antwort von Pater Johannes war scharf vorgetragen, wie mit einem Stilett. Bei Manzetti keimte ein merkwürdig irdisches Gefühl. Er wähnte sich in einem Spiel, das da lautete: Der Vatikan gegen den Rest der Welt.

„Wie lange sind Sie schon in Potsdam, Pater?" Er wusste nicht, was er mit der Frage bezweckte, aber sie drängte sich ihm förmlich auf.

„Seit gestern."

„Hatte Fred Weinrich Feinde?" Manzetti benutzte absichtlich den bürgerlichen Namen des Ermordeten, ohne Titel. Es sollte eine Anspielung darauf sein, dass die, nach denen er fragte, auch außerhalb der Kirche Spuren hinterlassen hatten.

„Wohl eher nicht", antwortete wieder Pater Johannes.

„Herr Hartung", fragte Manzetti gezielt. „Haben Sie einen Brief erhalten, der irgendwie mit dem Tod des Diakons in Verbindung stehen könnte?"

„Nein. Wir haben alle Post durchgesehen und bei dem geringsten Verdacht hätten wir uns an die Polizei gewandt." Obwohl die Frage eindeutig an Hartung adressiert war, sprang wieder Pater Johannes in die Bresche. Das machte sogar einem Laien deutlich, warum der Vatikan diesen Priester nach Potsdam entsandt hatte. Für Manzetti waren jetzt alle Fragen nebensächlich. Ihn interessierte nur noch, was Rom vor ihm zu verbergen suchte. Aber das würde er hier in diesem Zimmer nicht klären können. Deshalb stand er auf und bereitete seinen Abgang vor.

Auf seine Bitte hin ging man mit ihm noch in das Zimmer des Diakons. Der kleine Raum im Dachgeschoss war sehr ordentlich und merkwürdig aufgeräumt. Wo man auch hinsah, alles war an seinem Platz. Selbst die Ordnung der Bücher folgte einer Komposition, die ohne Disharmonien auskam.

Pater Johannes redete mit Manzetti, ohne auf Pfarrer Hartung zu achten, der teilnahmslos auf der Türschwelle stand. Seine Worte glichen einer Eloge auf den ermordeten Diakon, auf sein leuchtendes Beispiel christlicher Tugend, auf das von vorbildlichem Fleiß erfüllte Leben und auf seine liebende Sorge um das seelische Wohl eines jeden.

Manzetti schaltete ab und richtete seine Aufmerksamkeit erst wieder auf Pater Johannes, als der ihn direkt ansprach. Bis dahin fragte er sich, wie oft der Priester diesen routinierten Vortrag über einen Kollegen schon gehalten hatte und ob er überhaupt noch wusste, was er da sagte.

„Herr Manzetti. Das wird Sie vielleicht interessieren. Diakon Weinrich war stets bemüht, die heutige Welt mit der unsrigen zu verbinden", schwärmte der Pater, und Manzetti fiel der Versprecher sofort auf, denn er hatte damit ungewollt zugegeben, dass seine Welt von gestern war.

„Wie meinen Sie das?", fragte er deshalb wirklich interessiert.

Pater Johannes bat ihn, ans Fenster zu treten, und zeigte auf den Innenhof des Pfarrhauses. „Sehen Sie das Kreuz?"

Er sah es. Schwarz, etwa drei Meter hoch, war selbst auf die Entfernung zu erkennen, dass es windschief, also modern, und aus Dutzenden kleiner Zylinder zusammengesetzt war.

„Ist das von Diakon Weinrich?"

„Ja", bestätigte Pater Johannes und machte kein Geheimnis aus seinem Stolz über so viel Engagement und Großzügigkeit.

„Und wie finden Sie das, Herr Pfarrer", wollte Manzetti nun von Hartung wissen.

Der hatte aber für den Kunstakt seines ehemaligen Diakons nur ein etwas verärgertes Schnauben übrig. „Meiner Meinung nach hätte er sich besser nicht so viel mit derlei halbweltlichen Dingen beschäftigen sollen. Vielleicht wäre er dann schon Priester geworden. Aber wer weiß schon, was in einem Menschen alles vorgeht und warum Gott manches eben so einrichtet, wie er es einrichtet?"

Wie war das eben? Sollte Weinrich seine Ordination nicht wegen besonders guter Leistungen im Petersdom erhalten?

Nach einem raschen Blick über den weiteren Innenhof verabschiedete sich Manzetti und drängelte sich an Pfarrer Hartung vorbei. „Sie brauchen mich nicht zu begleiten, meine Herren. Ich finde selbst hinaus", sagte er im Bemühen um weltlichen Realismus und ging die knarrende Treppe hinunter.

Wieder im Auto, bat er Köppen, noch nicht loszufahren. Er griff zu seinem Handy und wählte eine Nummer aus dem internen Speicher. Nach dem vierten Klingeln meldete sich eine freudig-erregte Stimme. „Andrea, bist du das?", und schon hatte Manzetti den Anruf ein wenig bereut.

„Ja, Jochen. Ich bin's und ich bin in Potsdam. Warum sollten wir uns also nicht mal wieder treffen?"

„Wir beide und ganz allein? Das ist ja reizend, mein Lieber. Wann und wo? ... Ich bin schon ganz aufgeregt ... Und Kerstin ist auch wirklich nicht dabei?" Jochen schien vor Glück fast zu zerspringen.

„Sagen wir in einer Viertelstunde im Holländerviertel. Such du ein Lokal aus. Irgendwo, wo man auch etwas essen kann. Ich habe furchtbaren Hunger."

Nach einem kurzen Schweigen schlug Jochen vor: „Im Café Heider. Es ist doch schon Zeit für ein Käffchen und ein bisschen Sünde aus süßer Sahne. Aber nicht in fünfzehn Minuten. Das schaffe ich beim besten Willen nicht. Ich muss mich doch erst noch in einen neuen Fummel werfen."

„Ich bin sehr glücklich verheiratet, Jochen. Da reicht auch eine Jeans und ein T-Shirt." Manzetti war die Bemerkung vor Köppen ein wenig peinlich, deshalb warf er für ihn einen scheinbar verzweifelten Blick an die Autodecke. Aber er wollte alle Hoffnungen schon im Keim ersticken. Jochen war mit seiner Fantasie meist meilenweit von der Realität entfernt, und da spielten ihm seine Wunschvorstellungen mitunter üble Streiche.

„Was heißt schon glücklich verheiratet. Nichts ist für die Ewigkeit, mein Lieber. Bis in einer halben Stunde. Ich freu mich."

Manzetti steckte mit einem Grinsen und doch mit einer gewissen Vorfreude auf das Treffen das Handy wieder weg und bat Köppen, ihn zum Café Heider zu fahren. Bevor er aus dem Wagen stieg, erteilte er ihm noch den Auftrag, sich im Polizeipräsidium in irgendeinen Computer einzuloggen und dort alle Dateien nach Fred Weinrich und Martin Becker durchlaufen zu lassen. Anschließend, spätestens aber nach zwei Stunden, sollte er Manzetti wieder abholen.

Dann ging er durch die Tür des wohl bekanntesten Cafés in der Potsdamer Innenstadt und bekam wie jeder andere Gast einen herben Schlag auf die Lunge. Er sehnte augenblicklich italienische Verhältnisse herbei, die mittlerweile Raucher aus jedem Lokal verbannten. Aber Deutschland war nicht Italien, und hier musste alles gründlich durchdacht und immer wieder diskutiert werden, und das dauerte eben.

Er suchte einen Tisch am Fenster, mit Aussicht auf das Nauener Tor. Das Café war sehr voll, wie eigentlich an jedem Tag. Viele Mitarbeiter der verschiedensten Ministerien saßen hier, sicherlich in tiefsinnige Arbeitsgespräche vertieft, denn ansonsten müssten sie den Besuch als Freizeit buchen. Dazwischen hockten Studenten an den Tischen und daneben Künstler jedes Genres.

Beim vorbeihetzenden Kellner bestellte Manzetti einen offenen Rotwein und sah wieder auf den kleinen Platz, der zwischen dem Nauener Tor und dem Café lag, als ein Taxi unweit entfernt hielt. Ein Mann von graziler Gestalt entstieg dem Auto und warf in gekonnter Manier das eine Ende seines weißen Seidenschals über die Schulter, bezahlte mit einer weltweit gültigen Geste, die besagte, dass der Rest für den Taxifahrer sei, und ging dann mit dezentem, aber trotzdem unübersehbarem Hüftdreh in Richtung Café Heider.

Dieses Kunstwerk hieß Jochen Kern. Studierter Pädagoge und jetzt als Innenarchitekt tätig, noch dazu der angesagteste der Region. Zu seinen Kunden gehörten neben namhaften Fernsehmoderatoren auch Größen aus Politik und Wirtschaft. Jochen kam dabei zugute, dass Potsdam mehr und mehr Prominente aufnahm, die die Ruhe der kleineren Stadt mit all den Schlössern und Gärten suchten und trotzdem schnell in Berlin sein wollten.

Mit einem ausladenden Winken machte Jochen deutlich, dass er Manzetti längst gesehen hatte. Drinnen ließ das Winken an Intensität nicht nach, vielleicht nicht mehr mit so ausschweifender Amplitude, aber dafür etwas aufgeregter.

„Andrea, mein Lieber", schrie Jochen und drückte ihm einen dicken Kuss auf die Wange, ohne dass Manzetti in der Lage gewesen wäre, diesen Überfall abzuwehren. „Ist das eine Aufregung", fuhr er fort, ohne Luft zu holen und in der ihm eigenen Sprache, die auf zwei auffälligen Säulen stand: Die Stimme und die Bewegung der Hände hatten den gleichen Anteil an der Konversation.

„Wieso denn?", fragte Manzetti.

„Ist sie wirklich nicht mitgekommen?" Jochen drehte sich verstohlen um, versuchte, in jeder Ecke Kerstin zu entdecken.

„Sie ist wirklich nicht hier. Glaub mir doch", bat Manzetti peinlich berührt.

„Ich traue ihr nicht", sagte Jochen und fuchtelte wild mit den Händen neben seinem Gesicht.

„Harte Töne für die beste Freundin, oder?" Manzetti mahnte ihn lieber sofort, sich zurückzuhalten, um zu verhindern, dass er sich zu sehr auf seine Frau einschoss.

„Beste Freundin … tss … ich weiß ja nicht. Beste Freundinnen tun sich das nicht an." Er ließ eine Hand durch sein langes Haar gleiten und warf dann den Kopf nach hinten.

„Sie hat dir nichts angetan, und außerdem konnte aus uns beiden nie etwas werden. Ich bin nicht schwul. Akzeptiere das doch endlich."

„Niemand ist vollkommen, Andrea, Liebling", entgegnete Jochen. Er legte beide Hände mit gespreizten Fingern auf seinen Brustkorb. „Bist du etwa gar nicht wegen mir hier?"

„Doch, sonst hätte ich dich wohl nicht angerufen."

„Ich meine das anders. Es ist also kein Date?"

„Das wohl nicht. Aber ich freue mich trotzdem, dich zu sehen."

„Na, wenigstens was", sagte Jochen und drückte seine von einer dicken Schicht Pflegemittel überzogenen Lippen so schnell auf die Wange von Manzetti, dass der wieder keine Chance hatte, sich zur Wehr zu setzen.

Seit über zwanzig Jahren, seit jenem Tag, als seine beste Freundin Kerstin ihm die große Liebe vorgestellt hatte, lebte Jochen in jener Ambivalenz, die zwischen Freude über das Glück der beiden Jungverliebten und tosender Eifersucht pendelte. Musste ausgerechnet Kerstin ihm diesen stattlichen Italiener vor der Nase wegschnappen? Auch nach so langer Zeit konnte Jochen nicht die Augen vom Objekt der Begierde nehmen. Als Manzetti den Lippenstift von seiner Wange abwischte, erschien auch endlich der Kellner wieder, und er bestellte eine Tomatensuppe sowie Cotoletta di agnello con crosta di timo, was so viel hieß wie Lammkoteletts mit Thymiankruste. Jochen dagegen orderte Kuchen, Latte macchiato und eine Portion Sahne extra.

„Für den Kummer", kommentierte er Manzettis fragenden Blick und legte dabei den Kopf etwas schief, ganz in der ihm eigenen kokettierenden Manier. „Und in Sahne ist wenigstens kein Alkohol", ergänzte er und deutete mit seinem dünnen Zeigefinger auf das Rotweinglas von Manzetti.

Der trank einen Schluck des süffigen Weins und ging auf die Bemerkung des erklärten Antialkoholikers gar nicht ein.

„Was willst du denn von mir, mein Lieber? Du kommst doch als Polizist?", fragte Jochen.

„Auch", versuchte Manzetti zu trösten. „Auch, aber ich wollte natürlich mal wieder sehen, wie es dem Patenonkel von Lara geht."

„O Gott", rief Jochen in einer Lautstärke aus, die beide urplötzlich in den Mittelpunkt des Cafébetriebs rückten. Manzetti war sich nicht sicher, ob der Ausruf Ausdruck des Entsetzens über sein eigenes Verhalten war, weil er sich zu lange nicht um sein Patenkind gekümmert hatte, oder ob Jochen auf diese Art mal wieder um die Aufmerksamkeit aller buhlte.

„Die niedliche Prinzessin. Sie muss ja gewachsen sein, die Kleine. Es ist schon so lange her, dass ich sie sah. Drück sie von mir, bitte." Dann nestelte er in seinen Taschen und förderte einen Hunderteuroschein zutage. „Sie soll sich was ganz Schickes kaufen. Sagst du ihr das?"

Manzetti nickte und fand, dass er Jochens momentane Verlegenheit ausgezeichnet nutzen konnte, um sein eigentliches Anliegen anzusprechen. „Jochen, du warst doch mal Lehrer."

„Erinnere mich nicht daran", schrie er heraus und fing die Worte mit ausgebreiteten Armen gleich wieder ein. „Eine grausame Zeit, aber Gott sei Dank nur kurz."

„Du warst doch zu der Zeit auch im Bildungsministerium beschäftigt, oder?"

Nach dieser Frage wurden Jochens Handbewegungen noch intensiver und ausladender, seine Stimme wurde jedoch leiser. „Das war noch viel schlimmer", säuselte er, denn jeder Nachbartisch konnte Ministeriumsmitarbeiter beherbergen, und einige von denen bildeten seine potenzielle Kundschaft. „Die Kinder waren zwar ungehorsam, aber wenigstens kreativ. Die anderen waren nur langweilig", behauptete er und blickte sich despotisch im Café um.

„Egal", beharrte Manzetti. „Ich brauche einige Informationen über einen Lehrer."

„Und wie heißt der?"

„Martin Becker."

„Ist das dieser Kinderschänder, den man bei euch hingerichtet hat?" Jochens Gesicht sah aus, als hätte er auf ein Kilo Zitronen gebissen.

„Kinderschänder? Woher weißt du das?", fragte Manzetti verblüfft.

„Ich weiß so ziemlich alles, mein Lieber. Außerdem pfeifen das die Spatzen von den Dächern."

„Das ist aber bislang noch nicht in der Presse verlautbart worden", sagte Manzetti, obwohl er sich sicher war, dass es nun nur noch Stunden dauern würde, bis man das nachholen würde.

„Die Presse, die Presse. Warum habt ihr denn immer so viel Angst vor der Presse? Euer Problem ist, dass im Moment keine Saison ist, Andrea. Ich meine, dass all die Joops und Jauchs und so weiter gerade nicht in der Stadt sind, und da versuchen die Möchtegern-VIPs, sich in den Vordergrund zu spielen. So sickert schon mal die eine oder andere Information aus dem einen oder anderen Ministerium durch. Man muss sich interessant machen. Schließlich will man in der nächsten Saison ja auch mal eine Einladung erhalten, oder?"

„Okay", kapitulierte Manzetti und merkte, dass Potsdam ganz anders tickte als Brandenburg. „Was weißt du über diesen Lehrer?"

„Nichts", entschuldigte sich Jochen. „Wirklich nicht."

„Der war mal in Afrika", schob Manzetti ein. „Wie kommt man dahin als Lehrer?"

„Das ist eigentlich ganz einfach", behauptete Jochen. „Trotz mieser Pisa-Ergebnisse leistet sich Deutschland jedes Jahr den Luxus, Hunderte Lehrer ins Ausland zu schicken und die auch noch großzügig zu bezahlen. Manch einer der ehrwürdigen Pädagogen macht von dieser Art bezahltem Urlaub in den schönsten Regionen der Welt redlichen Gebrauch."

Manzetti schüttelte leicht entrüstet den Kopf.

„Du brauchst dich nur zu bewerben, und dann schlagen sie dir drei Länder vor. Mindestaufenthalt drei Jahre. Unterkunft frei und Zuschüsse für Umzug und so weiter. Wenn du es geschickt anstellst, dann verdienst du sogar mehr als hier und machst einen Aufenthalt in einem Land, für den andere eine Menge Geld bezahlen müssen. Namibia zum Beispiel ist so eine Adresse."

„Kannst du dich nicht ein bisschen genauer erkundigen?"

„Martin Becker, sagtest du?"

Manzetti nickte bestätigend.

„Wie soll das gehen?", wehrte Jochen ab.

Manzetti überlegte kurz und hatte dann eine Antwort parat. „Wenn du einem dieser Ministeriumsmitarbeiter anbietest, dass du ihm die Stehlampe im Wohnzimmer an den richtigen Platz stellst", buhlte er und legte seine Hand auf die von Jochen, „dann kann dir doch keiner widerstehen." Der dazugehörige Augenaufschlag könnte bei oberflächlicher Betrachtung auch den Eindruck erwecken, dass er im Begriff war, den Pfad des Heterolebens doch noch zu verlassen.

„Überredet, mein Lieber", hauchte Jochen und versprach, sich in den nächsten Tagen telefonisch zu melden.

Als Köppen vor dem Café Heider vorfuhr, war Jochen nur ganz kurz traurig, denn er hatte seit einiger Zeit Blickkontakt mit einem jungen Mann aufgenommen, der drei Tische weiter saß. Dadurch sank auch seine Konzentration für Manzetti, der sich die Frage stellte, ob wirklich nur Frauen mehrere Dinge zur gleichen Zeit erledigen konnten.

15

Köppen lenkte den Wagen in Richtung Autobahn und berichtete von dem mageren Ergebnis seiner Recherchen im Polizeipräsidium. Martin Becker und Fred Weinrich hatten beide keine Spuren in polizeilichen Dateien hinterlassen. Das bedeutete, dass ihnen zu Lebzeiten kein strafrechtsrelevantes Handeln nachgewiesen worden war. Weder über den einen noch über den anderen gab es also einen Eintrag. Vollkommen sauber, nannte man das wohl, obwohl es natürlich nur besagte, dass niemals gegen sie ermittelt worden war oder ein dringender Tatverdacht gegen sie bestanden hatte. Vielleicht waren sie einfach nur nicht erwischt worden.

Aber Weinrich und Becker tauchten auch nicht als Opfer einer Straftat auf, und selbst für die Fahnder des Finanzamts waren sie unbeschriebene Blätter. Becker hatte seine Million also ganz legal zusammengetragen, hatte dabei gegen keine Gesetze verstoßen, und das in einem Land, wo man mehr Gesetze erfand, als nötig waren.

Köppen sah in den Rückspiegel und erkannte, dass der Hauptkommissar mit den Gedanken ganz weit weg war. „Nach Hause, Herr Manzetti?", fragte er über den Spiegel Blickkontakt suchend.

„Ja", antwortete Manzetti und machte dabei immer noch den Eindruck, als befände er sich in einer anderen Welt. „Für heute reicht es. Also nach Hause." Dann tauchte er wieder in seine eigenen Gedanken ein, und Köppen konzentrierte sich auf den Straßenverkehr.

Was hatte er bis jetzt? Da waren die zwei Männer, die anscheinend außer den Morden kaum etwas gemein hatten. Der eine war Lehrer, und der andere bereitete sich auf ein katholisches Priesteramt vor. Beide hatten mit einer kontinuierlich schrumpfenden Klientel zu tun. Darüber hinaus sah Manzetti nur noch wenige Gemeinsamkeiten. Die Männer waren fast im gleichen Alter, und beide stammten ursprünglich aus dieser Region des Landes Brandenburg.

Was wusste er noch über sie? Becker lebte mit seiner Frau, Weinrich hatte sich durch das Zölibat zum Alleinsein verpflichtet.

Becker hatte ein, zumindest für einen Lehrer, ziemlich großes Vermögen. Weinrichs Besitzverhältnisse kannte er nicht. Manzetti zog sein Notizheftchen aus der Sakkotasche und schrieb sich ein knappes Stichwort auf. Weinrich-Geld-Konten?

Je länger er nachdachte, desto klarer wurde ihm, dass die beiden Männer mehr Gemeinsamkeiten haben mussten als ihre grausame Todesart und die Inszenierungen ihrer Ermordung, die sich bis ins letzte Detail glichen, so dass man wirklich nicht von einem Zufall ausgehen konnte. Er war davon überzeugt, dass er im Pfarramt belogen worden war und dass auch dort ein Brief eingetroffen war, der auf eine pädophile Neigung Weinrichs anspielte. Es konnte gar nicht anders sein.

Dann schloss er die Augen und wurde von einer schrecklichen Vision verfolgt, in der sowohl Becker als auch Weinrich wiederauferstanden waren. Sie waren in seiner Wohnung, in den Zimmern seiner Töchter!

Sein Blick fiel durch den Türspalt in Paolas Zimmer, aus dem Bekker ihn mit einem dreckig-triumphierenden Lächeln anschaute. Dann sah er, wie Weinrich mit dem Hacken die Tür zu Laras Zimmer zustieß, und augenblicklich war Manzetti von Dunkelheit umgeben. Doch dann sah er sich aus seiner Lethargie erwachen. Er sprang los, gleich einem angreifenden Tiger, einen Stuhl umreißend, durch die Essdiele seiner Wohnung, hin zu den Zimmern seiner Töchter.

„Ich muss sie beschützen", nuschelte Manzetti ganz leise, aber mit geballten Fäusten.

Köppen schien ihn nicht zu hören und fuhr ihn wie verabredet zu seiner Wohnung.

„Papa, kommst du endlich?", begrüßte ihn Lara ganz so, als hätte sie Jahre auf ihn warten müssen. Sie saß im Wohnzimmer vor dem Fernseher, lauschte den neuesten Hits bei Viva und machte dabei nicht den Eindruck, als hätte sie großes Interesse an den dazu ausgestrahlten Videos. Vielleicht kannte sie ja alle bereits zur Genüge.

Er drückte seine große Tochter und küsste sie auf die Stirn. „Wie geht es dir? Alles in Ordnung?" In seinen Worten schwang Besorgnis mit.

„Ja, Papa", antwortete Lara und legte das Buch zur Seite, in dem sie gerade gelesen hatte.

„Wo sind Mama und Paola?", wollte er wissen, da ihm aufgefallen war, dass es in der Wohnung ungewöhnlich ruhig war.

„Pa braucht eine neue Hose." Das schien für seine Tochter schon Erklärung genug zu sein, denn sie fügte dem nichts mehr hinzu.

„Und da wolltest du nicht mit?", wunderte er sich.

„Papa!", protestierte Lara. „Ich kaufe mir meine Sachen alleine oder nur mit Mama. Das müsstest du aber wissen. Pa nervt doch nur."

Da erinnerte er sich an die einhundert Euro und drückte sie Lara in die Hand. „Von Jochen. Du sollst dir etwas Schickes kaufen."

„Danke", sagte Lara und steckte den Geldschein gleich in eine Tasche ihrer Jeans.

Manzetti ging in die Küche und suchte nach einer offenen Flasche Wein. Seiner Meinung nach müsste irgendwo noch ein angefangener Barolo stehen. Da er ihn jedoch nirgends entdecken konnte, kehrte er ins Wohnzimmer zurück und nahm sich aus dem Weinregal eine noch geschlossene Flasche.

„Papa?" Im Unterton ihrer Frage erkannte er sofort, dass sich eine schwerwiegende Bitte anschließen würde.

„Was brauchst du?", fragte er deshalb.

„Warum denkt ihr Erwachsenen immer, dass wir etwas brauchen, wenn wir mal mit euch reden wollen?" Lara legte all ihre Enttäuschung in den Satz, den Jugendliche formulieren, wenn sie ertappt werden.

„Nenn es Erfahrung, mein Schatz", entgegnete Manzetti nüchtern. Mit einem leisen Plopp zog er den Korken aus der Flasche und goss sich ein großes Glas fast voll.

„Hast du Ärger?", fragte Lara ehrlich besorgt und stellte sich neben ihren Vater, legte sogar den rechten Arm um seine Taille.

„Wie kommst du darauf?"

„Dein Glas. Es ist sehr voll, und es ist Rotwein."

Manzetti trank und hielt dann das Glas gegen die Nachmittagssonne. Der Wein schimmerte tiefrot. „Kein Ärger. Nur das Verlangen nach einem guten Roten", sagte er und strich seiner Tochter über die Haare.

„Darf ich dich etwas fragen?" Lara stellte sich so hin, dass sie ihm hätte in die Augen blicken können. Sie hielt aber den Kopf etwas gesenkt. „Das kannst du immer, Lara. Das weißt du doch."

„Vorgestern hattest du aber nur Zeit für Pa. Für mich hat es dann nicht mehr gereicht."

Manzetti erinnerte sich an den Abend, als er eigentlich mit beiden Töchtern reden wollte und lediglich eine Reihenfolge festgelegt hatte. Mit dem unguten Gefühl desjenigen, der wieder mal sein Versprechen nicht eingehalten hatte, wurde ihm bewusst, dass Lara dann leider keine Gelegenheit mehr zu einem Gespräch bekommen hatte, weil er weggerufen worden war.

„Entschuldige. Jetzt bin ich nur für dich da, versprochen. Leg los!"

„Du kennst doch die Jennifer?"

„Paola hat mir davon erzählt und auch von diesem Jungen, um den es geht."

„Ach Papa. Die heißt Lisa." Lara schüttelte verständnislos den Kopf. „Außerdem interessiert mich dieses vorpubertäre Kindergeheul überhaupt nicht. Ich meine die Jennifer, die mit mir in der Reitmannschaft ist."

Manzetti erinnerte sich dunkel, dass Lara mit diesem Mädchen in einer Mannschaft ritt, seitdem sie vor gut einem Jahr eine Altersstufe höher zu den Junioren aufgerückt war. Lara hatte wohl nicht nur Talent. Sie hatte auch mit viel Fleiß trainiert und sich diesen Erfolg verdient. Und er war damals sehr stolz auf sie gewesen und war es auch heute noch. Dass sie allerdings nun ständig mit älteren Jugendlichen zusammen war, konnte auch Probleme mit sich bringen.

„Ach diese Jennifer. Ja, ich glaube, ich weiß, wen du meinst."

„Also, die Jennifer ...", sagte Lara, ließ sich aber vom Klingeln des Telefons unterbrechen.

„Was ist mit ihr?", forderte Manzetti seine Tochter auf, einfach weiterzureden.

Sie schaute ihn allerdings nur abwartend an und traute dem Frieden nicht. Aber Manzetti machte keine Anstalten, an den Apparat zu gehen. Deshalb fragte sie vorsichtshalber nach. „Willst du nicht wissen, wer da anruft?"

„Nein, will ich nicht."

„Wirklich nicht?"

„Wenn es wichtig ist, dann kann dieser Jemand ja eine Nachricht auf dem Anrufbeantworter hinterlassen, oder?" Manzetti versuchte, überzeugend zu klingen.

Lara nickte und machte einen neuerlichen Versuch. „Also, die Jennifer ist doch so etwas wie meine Freundin und sie wird heute achtzehn." Sie fügte eine Pause ein, um die alles entscheidende Zahl auf ihren Vater wirken zu lassen. Achtzehn, davon war sie wohl überzeugt, das musste auch in seiner Jugend ein besonderer Geburtstag gewesen sein.

Manzetti blieb jedoch völlig ruhig und fast desinteressiert, was sie schon ein bisschen als Niederlage empfinden musste. Lara konnte nicht ahnen, dass ihr Vater auf das fünfte Klingeln und den dann anspringenden Anrufbeantworter wartete.

Vater und Tochter trauten sich nicht, irgendeine Bemerkung zu machen. Bei Lara lag es daran, dass sie jedes Wort mit Bedacht wählen und sehr viel Pathos mitschwingen lassen wollte, und Manzetti konzentrierte sich eben auf das Telefon. Diese inneren Anspannungen trennten beide wie eine spanische Wand.

Nach dem fünften Klingeln sprang endlich die Bandansage an, und dann ertönte das erlösende Piepen. „Manzetti, Bremer hier. Ich habe die Isotopenanalyse durchgeführt. Afrika. Beide waren im südlichen Afrika. Rufen Sie mich zurück. Ich bin noch etwa eine Stunde im Institut." Dann knackte es, und Manzettis aufmerksamer Blick stellte sich wieder auf das hübsche Gesicht seiner Tochter ein. „Achtzehn wird sie also heute. Und da bist du noch hier?", fragte er und sah sich bemüßigt, eine Bemerkung anzufügen. „Bei uns war das ein ganz besonderes Ereignis. Achtzehn wird man schließlich nicht alle Tage."

Darauf hatte Lara offensichtlich gelauert. Schnell umschlang sie mit beiden Armen ihren Vater und kuschelte sich ganz fest an seine Brust. „Ich wusste, dass du mich verstehst, Papa", sagte sie überschwänglich. Mit diesem Lob wollte sie ihn ködern, und sie glaubte, ihn schon so gut wie am Haken zu haben. Deshalb formulierte sie den folgenden Satz wie die logische Folge ihres Gesprächs, und als sei alles Weitere eine reine Formsache. „Nicht heute. Jennifer will erst am nächsten Samstag feiern, und ich könnte bei ihr schlafen."

„Was sagen ihre Eltern dazu?"

„Die sind einverstanden. Außerdem sind sie an dem Wochenende in Warnemünde zu irgendeinem Ärztekongress." Lara musste jetzt eigentlich nur noch den Übergang zu der Stelle finden, wo ihrem Vater ein eindeutiges Ja abzuringen war, und dann hätte sie Zeit, um sich zu überlegen, was sie anziehen würde.

Sie konnte allerdings nicht ahnen, dass Manzetti, der nichts gegen eine kleine Geburtstagsfeier einzuwenden gehabt hätte, meilenweit davon entfernt war, seiner Tochter eine Erlaubnis für eine Party mit achtzehn- oder zwanzigjährigen Jugendlichen zu erteilen. Er malte sich nämlich gerade aus, wie das ablaufen könnte, und er war sich sicher, dass seine vierzehnjährige Tochter dort ohne Aufsicht noch nichts zu suchen hatte.

Außerdem, und das war der eigentliche Grund für seine Bedenken, erfüllte rasende Angst sein Innerstes. Angst, dass seine Tochter Gefahren nicht erkannte, die ihm selbst beim kurzen Einnicken im Auto durch den Kopf gejagt waren. Er wollte Lara nicht zu dieser Party gehen lassen, hatte aber auch Schwierigkeiten mit ihrem einnehmenden Charme. Mit dieser Ambivalenz lebte er nun schon seit ihrer Geburt.

Manzetti griff zu dem einzig probaten Mittel. „Was sagt Mama dazu?"

Lara ließ ihn sofort los und setzte sich offensichtlich verbockt aufs Sofa. „Ich wusste, dass du mir nicht helfen willst."

„Wieso will ich dir nicht helfen?", fragte er naiv. „Aber wir können Mama nicht einfach übergehen."

„So heißt das also", prustete Lara heraus. *„Wir können Mama nicht übergehen.* Wie nennst du es, wenn sie entscheidet, ohne dich zu fragen?"

Manzetti überlegte kurz, fand aber keine Erklärung, die ihm half, die Wahrheit zu umschiffen. Er blickte hilflos auf Lara, die wie eine Diva mit angezogenen Beinen auf dem Sofa saß. „Lara, das ist etwas anderes. Mama ist nun mal der Chef hier, und es geht uns doch gut mit dieser Variante, oder? Wenn sie dich lässt, dann hast du auch meinen Segen."

Begeisterung sprach nicht aus ihrem Gesicht, aber sie kannte ihre Eltern und musste sich eingestehen, dass sie an dieser Stelle nicht weiterkam. Bevor sie wieder in ihrem Buch zu lesen begann, fragte sie ihn mit einem resignierten Ausdruck um die Mundwinkel.

„Kannst du wenigstens ein gutes Wort für mich einlegen?"

„Das mache ich", konnte Manzetti leichten Herzens versprechen, wohl wissend, dass es nichts ändern würde. „Was liest du da eigentlich?"

Lara sah auf das Buch in ihrer Hand, als sie antwortete. „Das ist dieses Buch von der Tagesschausprecherin über die Rolle der Frau in Beruf und Familie."

Manzetti hatte einiges darüber gehört und, ohne es gelesen zu haben, lehnte er die Schlussfolgerungen der Autorin ab. „Wo hast du denn das her?", fragte er verblüfft.

„Von Oma Angela. Sie hat es mir geschickt. Wir sollten es mal Mama geben, hat sie gesagt. Dann wärst du der Chef hier."

„Von Oma Angela?" Ihm fiel es schwer, das zu glauben, denn seine Mutter war alles andere als konservativ. Sie war eher eine Anhängerin der italienischen Sozialisten und kämpfte für die Gleichberechtigung der italienischen Frau, was kein einfaches Unterfangen war.

„Das soll dir Oma Angela geschenkt haben?" Manzetti konnte es noch immer nicht fassen.

Lara klappte den Einband auf und hielt das Buch so ihrem Vater hin. Der erkannte die Handschrift seiner Mutter und las die Erklärung. „Alles Quatsch, mein Schatz", stand dort mit schwarzer Tinte in der ihm so vertraut geschwungenen Eleganz.

Wieder beruhigt, zog er sich ins Arbeitszimmer zurück und wählte die Nummer von Bremer. Nach kurzem Klingeln nahm der Rechtsmediziner ab. „Bremer, vielen Dank für Ihre Mühe."

„Es war keine Mühe, Manzetti", erklärte Dr. Bremer. „Ich habe nur eins und eins zusammengezählt und nach Isotopen gesucht, die im südlichen Afrika anzutreffen sind."

„Wie kamen Sie aber auf diesen geografischen Raum?", fragte Manzetti und bereute die dilettantische Frage gleich wieder, denn die Antwort lag klar auf der Hand, auch wenn Bremer nicht mit im Hermann-Hesse-Gymnasium gewesen war.

„Sie haben mir doch erzählt, dass Becker sich eine Frau aus Namibia mitgebracht hat, oder? Da lag es nahe, dass wir damit anfangen, Sie Kriminalist." Bremers kleiner Ellbogencheck klang hart, war aber die gerechte Quittung für Manzettis unüberlegte Frage.

„Was Sie aber mehr interessieren wird", setzte Bremer, offenbar in Eile und deshalb ohne Unterbrechung fort, „sie waren nicht zur selben Zeit dort. Mit ein bisschen Fantasie könnte man von der Übergabe eines Staffelstabes reden."

„Wie meinen Sie das?", unterbrach Manzetti neugierig.

„Die Isotopeneinlagerungen in den Körperzellen von Weinrich sind älter als die in Beckers Körper. Ich kann bei den Zeiträumen, um die es hier geht, nicht ganz exakte Eingrenzungen vornehmen. Aber es könnte sein, dass der Aufenthalt Weinrichs in Afrika endete, als der von Becker begann."

Manzetti überlegte kurz, was mit dieser Information anzufangen war, und fragte dann nach: „Wie lange waren beide denn ungefähr dort?"

„Ich würde sagen so fünf bis sieben Jahre, und das ohne große Unterbrechungen. Also deutlich länger als ein normaler Urlaub. Auch Weinrich scheint dort gelebt zu haben."

„Haben Sie noch etwas?", stocherte Manzetti weiter.

„Nicht in dieser Angelegenheit." Dr. Bremer machte eine Pause, um die nächste Frage von Manzetti zu provozieren, die der auch prompt stellte.

„In welcher Angelegenheit hätten Sie denn noch was?"

„Gut dass Sie fragen, Commissario. Was mache ich mit der Leiche des Obdachlosen?", fragte Bremer und benutzte wie immer, wenn er etwas von Manzetti brauchte, die italienische Bezeichnung seines Dienstgrades.

„Den benötige ich nicht mehr, Bremer. Ich werde bei der Staatsanwaltschaft anrufen und um die Freigabe bitten. Dann kann der Leichnam bestattet werden."

„Danke, Manzetti."

„Ich danke Ihnen. Damit haben Sie einen Wunsch offen bei mir."

„Ich komme bei Gelegenheit darauf zurück, mein Guter."

Dann legte Dr. Bremer auf, und Manzetti versuchte, Fragen zu formulieren, die er dringend an Frau Becker richten musste.

16

Als die Tonbandstimme die Haltestelle Kanalstraße ankündigte, stand Manzetti schon an der Tür. Er trat auf den Gehweg und war augenblicklich wieder von schwüler Hitze umhüllt. Deshalb ging er nicht oben auf dem gepflasterten Weg weiter, sondern lief unten am Stadtkanal entlang, wo die riesigen Weiden genug Schatten boten. Außerdem konnte er so den Booten zuschauen und neidisch auf die Besitzer sein, denn die waren wie viele andere Brandenburger zu dieser Tageszeit bereits auf dem Wasser.

Martin Becker. Wenn er wirklich ein Kinderschänder war, und davon musste er ausgehen, dann konnte er nicht ausschließen, dass ein wütender Vater Polizei und Justiz misstraute und den Lehrer umgebracht hatte. Das gleiche Schicksal hatte wohl auch Weinrich getroffen, davon war Manzetti mittlerweile überzeugt. Aber wo war die Verbindung nach Afrika und warum die Münzen und das Rauschgift in den Schuhen? Er stellte sich diese Fragen immer wieder und in schneller Folge, und bei jedem geistigen Umlauf kamen andere hinzu.

Endlich stand er an der Wohnungstür der Beckers. Er hatte Glück, denn Frau Becker öffnete ihm, mit einem strahlenden Lächeln. „Kommen Sie rein, Herr Manzetti. Darf ich Ihnen etwas zu trinken anbieten?", fragte sie mit einladender Geste.

„Ein kaltes Wasser vielleicht", antwortete er und trat an ihr vorbei in den Flur.

Verena Becker überholte ihn und wies ihm einen Platz im Wohnzimmer zu. Sie selbst verschwand in der Küche, von wo dann lautes Geklapper zu vernehmen war.

„Was kann ich für Sie tun?", fragte sie, als sie Manzetti nach wenigen Sekunden ein Glas Wasser hinhielt.

Aber der war schon wieder verunsichert. Diese Frau war ihm immer noch ein Buch mit sieben Siegeln und sie erreichte, dass der erfahrene Ermittler vollkommen aus dem Konzept kam. Dann rettete ihn ein Gedanke. Endlich fiel ihm ein, was er neulich bei ihr vermisst hatte. Es war nicht nur die fehlende Trauer. Es war auch die nicht gestellte Frage, die normalerweise alle Angehörigen von Mordopfern interessierte. Deshalb hakte Manzetti genau da nach. „Interessiert Sie gar nicht, wer Ihren Mann getötet hat und warum?"

Sie sah ihn mit äußerst wachen Augen an. „Schon. Aber Sie sind doch noch nicht hier, um mir das mitzuteilen, oder?" Wie konnte sie das wissen? Manzetti sah auf ihre Hände, die eine Zigarette aus einer Schachtel fingerten. „Es stimmt. Das haben wir noch nicht ermitteln können. Aber wir sind auf dem besten Weg", sagte er schließlich.

Frau Becker nickte zustimmend, was Manzetti noch nervöser machte. Sie aber strich seelenruhig die Asche in ein silbernes Gefäß.

„Darf ich Ihnen einige Fragen stellen?"

„Bitte", sagte sie trocken.

„Kennen Sie einen Mann mit dem Namen Weinrich?"

Sie schaute kurz zur Zimmerdecke und antwortete mit sicherer Stimme: „Nein. Habe ich nie gehört. Wer soll das sein?"

„Der erste Tote in diesem Fall. Auf die gleiche Weise umgebracht wie Ihr Mann."

Wieder nickte sie. „Kenne ich trotzdem nicht", sagte sie noch einmal und drückte die Zigarette in dem silbernen Aschenbecher aus.

„Besteht die Möglichkeit, dass Ihr Mann Weinrich kannte?"

„Das ist also die Richtung, in die Sie augenblicklich ermitteln?", fragte Verena Becker plötzlich.

Manzetti musste sich auf die Zunge beißen, um nicht mit einer unbedachten Äußerung zu antworten. Frau Becker beendete unterdessen die kurze Pause mit einer weiteren Frage. „Woher sollte er diesen Weinrich kennen? War der auch Lehrer?" Ihre letzte Frage klang künstlich.

„Nein, aber er lebte wie Sie einige Zeit in Namibia." Manzetti legte ein Foto auf den Tisch, auf dem Weinrich eine schwarze Soutane trug und unbeteiligt in die Kamera schaute. Er hatte es aus dem Pfarramt mitnehmen dürfen.

„Namibia ist groß, Herr Manzetti", sagte sie ohne nachzudenken und mit der nächsten Zigarette zwischen den Lippen. Die Antwort kam schnell, und Manzetti hatte das Gefühl, als sei sie darauf vorbereitet gewesen.

„Wir wohnten in Windhoek und dann im Okahandjabezirk. Wo soll denn dieser Weinrich gelebt haben?", fragte sie und reichte das Foto wieder zurück.

Manzetti musste zugeben, dass er dazu nichts sagen konnte. Wie denn auch. Es war reine Spekulation, dass Weinrich sich dort aufgehalten hatte, und er stützte sich lediglich auf die Isotopenanalyse von Bremer. Und das Ergebnis kannte er erst seit ein paar Minuten. Also zog er die Schultern nach oben.

„Wissen Sie, Europäer haben komische Vorstellungen von afrikanischen Verhältnissen. Namibia ist das beste Beispiel. Alle glauben, dass bei nicht einmal zwei Millionen Einwohnern jeder jeden kennt, und bei der Handvoll Weißen müsste das dann ja überhaupt kein Problem mehr sein."

„Das habe ich nicht gesagt", verteidigte er sich und trank aus dem Wasserglas.

„Namibia ist mehr als zwei Mal so groß wie die Bundsrepublik. Da kann man nicht dauernd mit jedem zusammentreffen."

„Hatte Ihr Mann Feinde? Gab es irgendwelche Leute, die ihm gedroht haben?" Manzetti sprang mehr von Frage zu Frage. Es war keine in sich schlüssige Vernehmung.

„Eigentlich nicht." Sie war sich wieder recht sicher und lehnte sich im Sessel ganz nach hinten. Es sah so aus, als würde sie alles Wichtige gesagt haben und nun Manzetti kommen lassen wollen.

„Woran ist Ihre Ehe gescheitert, Frau Becker?"

Auch darauf schien sie gewartet zu haben.

„Es waren wohl unsere Berufe. Er war Lehrer und ich Tierärztin. Er also an einen Ort gebunden und ich dauernd unterwegs. Ich pendelte zwischen den verschiedenen Farmen und kümmerte mich auch noch um den Wildbestand."

„Hm", machte Manzetti. „Dann haben Sie sich also schon in Namibia auseinandergelebt?"

„So kann man es sagen, aber wir haben es dort gar nicht so richtig wahrgenommen und geglaubt, hier würde alles besser."

„Frau Becker ... die nächste Frage stelle ich Ihnen mit einem unguten Gefühl. Ich muss sie aber stellen", druckste Manzetti.

„Nur zu", forderte sie und lächelte ermunternd.

„Hat Ihr Mann Ihre häufige Abwesenheit vielleicht genutzt, um sich sexuell anderweitig umzutun?"

Sie schloss die Augen und nahm einen tiefen Zug. Vor ihrem Mund leuchtete die Glut hellrot auf, als sie mit einer Gegenfrage antwortete. „Sie meinen, ob er mich betrogen hat?"

„Ja."

„Das weiß ich nicht."

„Kann es sein, dass er sich an kleinen Mädchen vergangen hat?" Diese Frage beantwortete sie nicht wie aus der Pistole geschossen. Ihr Blick wurde abwesend. Verena Becker versank in sich selbst. Ihr Lächeln verschwand zwar nicht, aber es erstarrte.

„Haben Sie meine Frage verstanden?"

Dann kam sie urplötzlich zurück. Sie sah Manzetti hoch konzentriert ins Gesicht und setzte sich sehr aufrecht auf die vorderste Kante des Sessels. „Wie kommen Sie darauf?" Die Frage klang nicht so, wie es Manzetti erwartet hätte. Es war keine Entrüstung darin, kein Protest. Es war Interesse, pure Neugier, die darin mitschwang.

„Wir haben einen Brief, eine Art Bekennerschreiben. Es könnte vom Mörder stammen, und darin steht, dass Ihr Mann ... dass er ..." Manzetti suchte nach den richtigen Vokabeln.

„Sie meinen, dass er es mit Kindern getrieben haben soll?"

„Ja", bestätigte er.

Wieder trat eine Pause ein. Eine Weile schwieg sie und dachte nach. „Also gut, ja, er hat es mit Kindern getrieben. Und weil ich nicht protestiert habe, weil ich nicht so richtig eifersüchtig reagierte, hat er sich wohl keinerlei Zwang auferlegt."

„Empfanden Sie das nicht als ziemlich widerlich?"

„Sie haben wirklich keine Ahnung von Afrika."

„Dann erklären Sie es mir."

„Die dunkelhäutigen Mädchen dort sind anders als die Gleichaltrigen hierzulande. Sie sind mit dreizehn nicht nur geschlechtsreif, wie übrigens unsere auch, nein, sie sind auch erwachsen. Und damit heiratsfähig. Also beginnen sie zu werben oder lassen sich umgarnen, und Martin tappte in die ausgelegten Netze. Er konnte dem Werben eines schwarzen Mädchens nicht mehr widerstehen."

„Wie meinen Sie das?"

„Hier würde man sagen, dass sie ihn angebaggert hat. Und Martin hat sie gevögelt. Ganz so, wie es in Afrika üblich ist."

„Sie meinen, dass daran niemand Anstoß nimmt?"

„Stellen Sie sich doch nicht so an, Herr Manzetti. Was glauben Sie denn, warum dort diese enorm hohe Aidsrate herrscht? Selbst in Namibia, dem für afrikanische Verhältnisse weit entwickelten Land, sind dreißig Prozent der Menschen an Aids erkrankt, und von diesen sind vierzig Prozent jünger als fünfundzwanzig Jahre. Ich war mal zu einem Begräbnis auf einem Friedhof in Katutura, einem Vorort von Windhoek, in dem nur Schwarze leben. Er war etwa so groß wie der Gördenfriedhof in Brandenburg ..."

„Windhoek hat aber auch wesentlich mehr Einwohner als Brandenburg. Da kann es doch sein, dass ein Friedhof groß ist."

„Kann es normalerweise nicht, denn dort war der Friedhof erst drei Jahre alt. Daran können Sie ermessen, wie hoch die Todesrate ist."

„Was hat das aber nun mit Ihrem Mann zu tun?"

„Ach ja. Die jungen Mädchen sind in Sachen Sex nicht so verbissen oder so prüde wie hierzulande, auch wenn es in Deutschland einigen älteren Damen mit dem Treiben unserer Jugend schon viel zu weit geht. Es haben also immer mehr Mädchen versucht, sich an ihn heranzumachen. Und er hat sie alle genommen. Junge, ganz junge und auch Kinder."

„Haben Sie deshalb Afrika verlassen?"

„Nein. Er musste zurück. Das stand so in seinem Vertrag. Aber irgendwann wollte er wieder hin."

„Und Sie?"

„Ich auch", antwortete Verena Becker gequält, obwohl sie offensichtlich ihren Rhythmus wiedergefunden hatte und damit auch ihre Sicherheit.

„Als Tierärztin, nehme ich an. Aber gibt es hier nicht auch Tiere, um die Sie sich kümmern könnten?"

„Das mache ich doch, wie Sie ja wissen. Aber dort sind die Tiere bedroht. Hier nicht."

„Was verstehen Sie unter bedroht, Frau Becker?" Manzetti ließ es zu, dass sie vom Thema abkamen, und fragte wirklich interessiert. „Was ich bislang durch das Fernsehen mitbekam, ist alles andere als eine Bedrohung. Es ist sogar vorbildlich", behauptete er und dachte an verschiedene Projekte, in denen sogar riesige Nashörner umgesiedelt wurden. Er schaute Verena Becker herausfordernd an und erschrak.

Sie war knallrot angelaufen, und ihre Halsadern drohten zu bersten. Wie von der Tarantel gestochen sprang sie auf und wuchs auch körperlich über sich hinaus. Sie schoss auf Manzetti zu wie eine Speikobra, ihr Gift immer zielsicher versprühend. Ihr Lächeln war längst erloschen. „Vorbildlich. Habe ich das richtig verstanden? Sie alberner Macho nennen das vorbildlich? Sie kaufen Ihrer Frau einen Nerz und finden das vorbildlich? Sie kaufen eine Krokotasche und finden das vorbildlich?"

Verena Becker schrie in immer schrilleren Tönen, und immer schneller folgte ein Vorwurf dem nächsten. Manzetti, der noch nie einen Pelz gekauft hatte, fühlte sich ungerechtfertigt angegriffen. Gerade er, der sich dem Naturschutz verbunden fühlte und der als junger Student dafür selbst auf Demos herumgelungert hatte, sollte nun schuld an allem sein? Nein, das ging entschieden zu weit.

Aber er fand keine Gelegenheit, sich zu rechtfertigen. Verena Becker hatte ihre Schimpfkanonade noch nicht beendet. Sie steigerte sich sogar noch, ihre Stimme überschlug sich, Manzetti konnte sie nicht einmal mehr verstehen, und sie sah aus, als würde sie jeden Augenblick handgreiflich. Sie baute sich vor dem noch sitzenden Manzetti auf und gestikulierte bedrohlich nah. Nur Zentimeter trennten ihre wütenden Finger von seinem Gesicht.

Erst als er aufstand, einsfünfundachtzig groß und fast hundert Kilo schwer, beruhigte sie sich etwas.

„Raus", sagte sie noch immer sehr laut. „Gehen Sie und kommen Sie nie wieder."

Vor der Wohnungstür atmete er tief aus. Zwei in dunkle Höhlen gebettete Augenpaare blickten ihn durch einen Türspalt gegenüber an. „Habe ich Ihnen nicht gesagt, dass sie wild ist?"

Manzetti ging wortlos die Treppe hinunter und spürte die überlegenen Blicke von Anna Ratzmann im Nacken.

17

Nach dem Abendessen teilte Kerstin Manzetti die Familie wie immer in zwei Teile. Einer, und dazu hoffte Manzetti regelmäßig nicht gehören zu müssen, beschäftigte sich mit dem Abräumen des Tisches sowie dem Abwasch. Heute waren Lara und Paola dran, während er sich mit seiner Frau ins Arbeitszimmer setzte bzw. von Kerstin dorthin zitiert wurde. Es gab offensichtlich in Abwesenheit der Kinder einiges zu besprechen. Allerdings nahm Kerstin der Situation geschickt mit zwei Grappagläsern in der einen Hand sowie einer Flasche Ronergrappa in der anderen die Bissigkeit. Die lockere Atmosphäre tat ihm gut.

Der Südtiroler Grappa aus dem Hause Roner gehörte zu Manzettis Lieblingsgetränken, unter anderem, weil er bis zur Reife im Holzfass gelagert wurde und dadurch seine goldgelbe Farbe annahm. Er schmeckte noch dazu seidenweich.

„Hat Lara schon mit dir gesprochen?" Kerstin sah zu ihrem Mann.

„Hat sie, wenn du ihren Partywunsch meinst", antwortete er etwas unwirsch und setzte jenes jungenhafte Lächeln auf, das an ihr Verständnis für seine Lage appellieren sollte.

„Den meine ich. Und, wie hast du dich entschieden?" Ihre Augen löschten jede Hoffnung auf Vertagung des Themas. Somit zwang sie ihn, wohl oder übel Farbe zu bekennen.

„Was meinst du, mein Schatz? Sollten wir sie gehen lassen?" Vor Gericht würden beide Fragen mit dem Sammelbegriff „untauglicher Versuch" überschrieben. Hier bedurfte es aber keiner erklärenden Definitionen. Kerstins auf der Stirn aufgetürmtes Faltengebirge forderte seine Stellungnahme ein. „Ich habe mich noch nicht entschieden", beichtete er schließlich und fügte verharmlosend hinzu: „Solche wichtigen Dinge entscheiden wir doch gemeinsam, oder?"

„Machen wir das, Andrea?" Kerstin sah ihren Mann an, als wäre der in einem Alter, das zwischen ihren Kindern lag. Sie tat sich schwer: Sollte sie ihm böse sein oder besser über ihn lachen? „Ich kann mich nicht erinnern", fuhr sie sachlich fort, „dass wir je so gehandelt hätten. Du hast mir alle aus deiner Sicht unangenehmen Entscheidungen überlassen und bist, jedenfalls nach deiner Logik, der gute Vater geblieben, wogegen ich die unpopulären Urteile selbst kundtun musste."

„Aber ...", flackerte keimender Widerstand in ihm auf.

„Kein Aber! Andrea, ich glaube es ist an der Zeit, dass du deinen egoistischen Schutzmantel abwirfst und Verantwortung für deine Tochter übernimmst. Sie ist vierzehn und wird langsam eine richtige kleine Frau."

„Das weiß ich doch", verteidigte er sich. „Ich laufe doch nicht blind durch die Gegend."

Kerstin schlug leicht pikiert ein Bein über das andere und lehnte sich zurück, obwohl das Kreuzverhör noch gar nicht begonnen hatte. Noch während sie sich einen weiteren Grappa eingoss, schoss sie die erste Frage auf ihren Mann ab. „Wann war sie das letzte Mal beim Frauenarzt?"

Er blätterte schnell sein fotografisches Gedächtnis durch und suchte nach den letzten Seiten des Familienkalenders, der in der Küche an der Wand hing. „Vor zwei Wochen", platzte er mit triumphierender Miene heraus.

„Da war sie beim Zahnarzt", konterte sie.

Er überlegte kurz oder tat jedenfalls so, um sein Lotteriespiel zu übertünchen. „Dann vor vier Wochen."

„Du weißt es also nicht", entlarvte sie ihn trocken und setzte sich ziemlich aufrecht hin. „Andrea, es ist auch deine Tochter, und wir sollten wirklich gemeinsam über das Wohl und hoffentlich nicht Wehe unserer Kinder entscheiden. Dazu gehört auch, dass du Lara nicht ausweichst."

„Das habe ich nicht getan", protestierte er. „Wirklich nicht."

Kerstin stand auf und setzte sich neben ihn, ergriff seine im Schoß liegenden Hände und gab ihm jene Zuwendung, die er brauchte, um sich nicht in seine eigenen Gedanken zurückzuziehen und gesprächsbereit zu bleiben.

„Hast du doch", sagte sie und erstickte mit ihrem rechten Zeigefinger, den sie ihm auf die Lippen legte, liebevoll jeden Widerspruch. „Du wolltest vor zwei Tagen mit Lara sprechen, aber dann hat das Telefon geklingelt, und es gab keine Zeit mehr. Jedenfalls bis heute Nachmittag nicht, und jetzt bist du mit der Situation überfordert."

„Was soll das denn nun wieder heißen?", fragte er und fühlte sich übermäßig bedrängt.

„Was das heißen soll?" Sie führte ihre Hände an seinen Hinterkopf und wartete, bis ihr Fingerspiel bei ihm ein leises Grunzen auslöste. „Du würdest ihr den Partybesuch gerne verbieten, aber dazu fehlt dir der Mut, nicht wahr?", fragte sie und registrierte das winzige Nicken seines Dickschädels.

„Dich plagen deine Fantasien, die sich mittlerweile mit den Ängsten um deine Töchter gepaart haben und in deinem Kopf eine unheilvolle Allianz bilden."

„Was redest du da, Schatz? Ich allein bin Herr meiner Gedanken", säuselte er genießerisch mit geschlossenen Augen.

Kerstin füllte ihm noch einen Grappa ein und erklärte mit einfachen Worten, was sie schon seit Tagen spürte. Sie wusste, dass der Brief, den der Schulleiter ihm in die Hand gedrückt hatte, sofort auch große Sorgen um seine Töchter ausgelöst hatte. Sie kannte ihren Andrea und seinen weichen Kern, den er gern hinter seiner ihm angeborenen südländischen Fassade verbarg. Es gehörte auch nicht viel Kunst des Kaffeesatzlesens dazu, um zu erraten, dass er Lara am liebsten nirgendwo mehr hinließe, bevor er alle Kinderschänder höchstpersönlich hinter Schloss und Riegel gebracht haben würde.

„Aber du willst sie doch auch nicht zu der Party gehen lassen, oder?"

„Das wollte ich in der Tat zunächst nicht. Aber inzwischen habe ich mit Jennifer und auch mit ihren Eltern gesprochen", erklärte sie ihm und ließ diesen Satz so nebensächlich wie möglich klingen. „Lara ist auf dieser Party sehr sicher, und dafür würde selbst ich meine Hand ins Feuer legen."

Manzetti antwortete nicht. Er war von jenem Ja, das sowohl Kerstin als auch Lara jetzt von ihm erwarteten, noch meilenweit entfernt. Was war schon sicher? Aus seiner Sicht war Lara nur sicher, wenn er mit ihr gemeinsam auf diese Party ginge, und das wäre absurd.

„Es ist nicht nur die Party", sagte er deshalb.

„Was dann?"

„Es ist die gesamte Situation. Du glaubst gar nicht, was ich heute alles erlebt habe."

Kerstin strich ihm noch immer durch die Haare, als sie fragte: „Was denn?"

„Deine angebliche Freundin Verena Becker zum Beispiel. Die hat nicht alle Tassen im Schrank. Glaub es mir."

„Wie kommst du denn darauf?", fragte sie und hielt ihre Finger still.

„Ich habe ihr heute gesagt, dass ihr Mann möglicherweise ein Kinderschänder war. Das hat sie völlig kalt gelassen. Sie hat ihn sogar noch verteidigt. Der Arme konnte ja gar nichts dafür, weil sich ja in Afrika die wilden Mädchen an wehrlose erwachsene Männer ranmachen."

Kerstin unterbrach ihren Mann ungläubig. „Das soll sie gesagt haben?"

„Hat sie. Die haben ihrem Mann nachgestellt, und ich hatte das Gefühl, dass sie ihn und nicht die Kinder zum Opfer machte. Aber wenn jemand sich beschwert, weil Verena Becker einen fremden Wellensittich freilässt, dann droht sie mit Mord und Totschlag. Das ist doch nicht normal. Die schwarzen Mädchen taten ihr nicht mal leid." Manzetti setzte sich halb auf und drückte seinen schweren Kopf in den weichen Busen seiner Frau.

„Das kann doch aber unseren beiden nicht passieren. Oder glaubst du das?"

„Lass uns morgen noch mal darüber reden", bettelte er und schob mit nachdenklicher Stimmlage hinterher: „Bitte."

Kerstin küsste seinen Mund, wobei er das intensive Aroma des Grappas auf ihren Lippen zu schmecken glaubte, und stimmte zu. „Am besten am Wochenende, ganz in Ruhe", schlug sie vor und verunsicherte ihn erneut.

„Da ist es doch schon zu spät, Schatz."

„Wieso zu spät?", fragte sie.

„Sie will doch schon am Samstag zu Jennifer", stammelte er und merkte in diesem Augenblick, dass er wieder mal nicht richtig zugehört hatte.

„Am nächsten, Andrea. An diesem Samstag sind wir bei Irene und Herbert zum Grillen eingeladen."

„Hm", machte er nur und vergrub sich wieder bei seiner Frau. Eine Weile hingen beide ihren Gedanken nach. Schließlich brach Kerstin das Schweigen. „Verena war schon immer unberechenbar. Jedenfalls als Kind", erzählte sie ihm. „Sie hat mal bei mir im Kinderzimmer einen Hamster befreit und sich dann gefreut, als ihn die Katze der Nachbarn fraß. Das sei echte Natur, hat sie lediglich gesagt und war schwer begeistert von ihrer Tat."

„Die spinnt doch", brabbelte er in den Ausschnitt ihres T-Shirts.

„Manchmal schon. Aber ansonsten ist sie nett. Und klug. Sie ist mal auf einen Jungen aus unserer Schule losgegangen, nur weil der mit seltenen Zierfischen auf dem Schulhof gehandelt hatte. *Profitgeier* hat sie gebrüllt, als sie ihm das Gesicht zerkratzte. Dafür ist sie von dem ordentlich verprügelt worden. Sie hat sogar einen gebrochenen Arm davongetragen. Alles Opfer für die armen Tiere, hat sie das dann kommentiert."

„Ich sag doch, die spinnt."

Kerstin war sich da nicht so sicher, setzte das Gespräch aber nicht fort, sondern sah nach den Kindern und ließ ihren Manzetti allein im Arbeitszimmer zurück.

Tausende Gedanken durchliefen alle möglichen Winkel seines Gehirns und quälten ihn. Es war nicht nur der Fall, an dem er arbeitete. Er stellte sich auch Fragen zu seinem Privatleben. Was wusste er wirklich über seine Kinder, was wusste er über seine Frau, über seine Familie? Was bedeutete ihm sein Beruf, der ihn mehr und mehr in Anspruch nahm und weiter von seiner Familie entfernte, als ihm lieb war? Manzetti fühlte sich wie an einen Marterpfahl gefesselt, um den Dutzende Ganoven, kleine Straßenkriminelle und leider auch große Schwergewichte ihren merkwürdigen Reigen tanzten und immer mehr Pfeile der Kriminalität auf ihn abfeuerten.

Als er aufstand, um ins Wohnzimmer zu gehen, hielt ihn das Klingeln des Telefons zurück. Er guckte den Apparat an und wollte ihn zuerst ignorieren, nahm dann aber doch ab.

„Hallo", sagte er im Bemühen um eine möglichst gleichgültige Tonlage.

„Herr Manzetti?", fragte eine Männerstimme, die irgendwie müde, aber doch bittend klang.

„Ja", antwortete Manzetti, der nicht wusste, mit wem er eigentlich sprach.

„Ich möchte Sie bitten ... wenn es Ihnen nichts ausmacht, natürlich nur, dann möchte ich Sie bitten, dass wir uns vielleicht treffen könnten." Der Mann sprach nicht nur in bittendem Ton, sondern auch mit sehr großer Vorsicht.

„Und mit wem sollte ich mich treffen?" Manzetti wollte endlich erfahren, mit wem er gerade telefonierte.

„Ich möchte meinen Namen nicht nennen, aber wir haben uns heute bereits einmal gesehen ..." Endlich sah Manzetti klar. Es handelte sich um Pfarrer Hartung. Da er hoffte, durch ihn an weitere Informationen zu gelangen, ging er auf die Geheimnistuerei ein.

„Okay. Wann und wo wollen wir uns treffen?", fragte er und sah auf seine Armbanduhr, die fast zwanzig Uhr dreißig anzeigte.

Nach einer längeren Pause schlug Hartung Ort und Zeit vor. Er war kaum zu verstehen, denn mittlerweile flüsterte er auch noch. Manzetti wiederholte deshalb noch einmal laut und deutlich den Vorschlag des Pfarrers. „Also in zwei Stunden an der Hinterpforte der Kirche *Heilige Dreifaltigkeit.*"

Manzetti legte auf und dachte noch eine Weile darüber nach, warum Hartung solche albernen Spielchen mit ihm trieb. Ob er vor irgendjemandem Angst hatte? Dann nahm er sich ein Buch und las. Es blieb ihm genügend Zeit, denn er würde keine zehn Minuten zum Treffpunkt laufen.

Er erhob sich rechtzeitig, um sein Sakko anzuziehen, entschuldigte sich bei Kerstin, die ihm versicherte, dass sie auf ihn warten würde. Dann verließ er die Wohnung, ohne erwähnt zu haben, wohin er wollte, überquerte die Sankt Annenbrücke und bog auf der anderen Seite des Stadtkanals auf die Sankt Annenpromenade ein, genau gegenüber dem Haus, in dem seine Frau gerade vor dem Fernseher saß. An dem Anlieger waren einige Boote vertäut. Nur wenig Licht drang durch die vorgezogenen Vorhänge vor den kleinen Fenstern, und auf einem Achterdeck standen sogar noch zwei einsame leere Weingläser. Davon inspiriert, reifte in ihm der Entschluss, morgen mit seinen drei Frauen segeln zu gehen.

Nach vierhundert Metern erreichte er die Holztür, hinter welcher der Campus der Kirchengemeinde lag. Seit Hartungs Anruf waren exakt zwei Stunden vergangen. Manzetti drehte sich hin und her, konnte aber keine Menschenseele entdecken. Nur ein paar Enten trieben in der Mitte des Kanals im schwachen Strom. Nach wenigen Sekunden verschwanden sie allerdings in der bereits über der Stadt liegenden Dämmerung. Warum hatte Hartung ihn hierher zum Hintereingang bestellt? Warum traf man sich nicht einfach auf der anderen Seite am Haupteingang in der hell erleuchteten Neustädtischen Heidestraße? Die mächtige und jahrhundertealte Mauer gab der Situation zusätzlich einen unangenehmen Beigeschmack, denn selbst für den groß gewachsenen Manzetti war es nicht möglich, darüber hinwegzuschauen. Nach seiner Schätzung war sie mindestens vier Meter hoch. Manzetti begann, leicht zu frösteln, was nicht an den noch immer sehr milden Temperaturen lag. Situationen, die er kaum überschauen konnte, machten ihn nicht nur misstrauisch.

Das Klacken eines Schlosses ließ ihn dann ruckartig herumfahren, und aus der Macht der Gewohnheit ging er sogar ein wenig in die Hocke. Nachdem sich seine Muskeln wieder entspannt hatten, sah er sich noch einmal um, und als er noch immer niemanden entdecken konnte, drückte er die Klinke herunter. Hinter der Mauer umfing ihn völlige Dunkelheit. Seine Augen benötigten einige Zeit, um sich vom Laternenlicht der Promenade auf die Finsternis im Schatten der riesigen Kirche einzustellen. Hinter ihm wurde die Tür wieder geschlossen und der Verriegelungsmechanismus zwei Mal bewegt.

„Danke, dass Sie gekommen sind, Herr Manzetti. Danke." Er drehte sich um und erkannte die Umrisse eines Mannes, der etwa seine Größe hatte. Die flüsternde Stimme gehörte zu Pfarrer Hartung.

„Keine Ursache, Herr Pfarrer, aber was soll die Geheimnistuerei?" Auch Manzetti flüsterte nun. Er wurde das Gefühl nicht los, sich in einem drittklassigen amerikanischen Agentenfilm zu befinden.

„Es dient lediglich der Vorsicht, Herr Manzetti", versuchte Hartung zu beruhigen. „Man weiß heutzutage nie, wer einen beobachtet oder wer zuhört. Kommen Sie", sagte er und zog Manzetti am Arm weiter.

Der folgte seinem Führer willig an der dunklen Kirche vorbei und schüttelte fast unmerklich den Kopf. Er konnte noch immer nicht glauben, in welch grotesker Situation er sich befand, denn die Befürchtungen Hartungs waren einfach absurd. Trotzdem ersparte er sich anstandshalber den sarkastischen Hinweis, dass der da oben ja sowieso immer dabei sei.

„Ich vertrete häufig den Pfarrer dieser Gemeinde und habe daher einen Schlüssel. Ich schließ sofort auf. Warten Sie bitte." Hartung blieb an einer kleinen Tür des Kirchengebäudes stehen und klapperte kaum hörbar mit dem Schlüsselbund. Schließlich öffnete sich auch diese Pforte, und der Pfarrer schritt voran, verharrte dann aber auf der Schwelle.

„Tragen Sie eine Waffe, Herr Manzetti?"

„Nein", antwortete er wahrheitsgemäß.

„Das ist gut so. Ansonsten müsste ich Sie bitten …"

„Ich weiß, Herr Pfarrer", unterbrach Manzetti und zog hinter sich die Tür zu.

In der Kirche strömte angenehm kühle Luft auf ihn zu, auch wenn sie etwas muffig roch. Die langen Jahrhunderte des ehrwürdigen Gebäudes schienen einzeln in die Nase des Polizisten zu kriechen.

„Kommen Sie weiter, Herr Manzetti", forderte Hartung und ging jetzt nicht mehr ganz so vorsichtig. Er folgte den hallenden Schritten des Geistlichen, bis vor ihm ein Streichholz aufblitzte.

Im Schein eines kargen Kerzenlichts sah er dann das erste Mal an diesem Abend in das Gesicht von Hartung.

„Warum diese Umstände, Herr Pfarrer?", fragte er noch einmal.

„Reine Vorsicht. Man kann nie wissen."

„Vor wem haben Sie Angst?"

„Vor niemandem", sagte Hartung, aber sein ganzes vorheriges Gehabe hatte die Glaubwürdigkeit dieser Aussage in Frage gestellt. Manzetti beabsichtigte, nicht weiter darauf einzugehen, und fragte deshalb in eine andere, hoffentlich ergiebigere Richtung. „Was wollen Sie von mir, Herr Pfarrer?"

„Wir haben Ihnen heute Nachmittag nicht ganz die Wahrheit gesagt", beichtete Hartung und legte eine Pause ein. „Ich hoffe, Sie können darüber hinwegsehen."

„Ich schon", sagte Manzetti. „Was sagt aber Ihr Chef dazu?" Er konnte sich jetzt diese Bemerkung, die er mit einem neuerlichen Blick zum Dach der Kirche begleitete, nicht mehr verkneifen.

„Der weiß Bescheid und er ist barmherzig, glauben Sie mir."

Es hätte Manzetti interessiert, ob ihn wirklich keine Gewissensbisse seinem Herrn gegenüber quälten, und hätte deshalb gerne seine Mimik und seine Augen gesehen. Der Schein der Kerze reichte hierfür aber nicht aus. „Und was ist nun die Wahrheit?"

„Hier", sagte Hartung und seufzte. Seine Hand schob sich in die Brusttasche seiner Jacke und entnahm ihr einen gefalteten Zettel, den er die ganze Zeit über wie seinen Augapfel gehütet haben musste.

Manzetti faltete ihn auseinander und strich ihn an der kalten Wand glatt. Dann hielt er ihn direkt neben die Kerze. Sofort erkannte er Buchstaben unterschiedlicher Schriftgröße, die offensichtlich auf dem Original aufgeklebt waren. Er dagegen hielt lediglich eine Kopie in der Hand.

Hartung kam seiner Frage zuvor. „Das Original ist noch bei Pater Johannes."

„Weiß er von unserem Treffen?"

„Nein, und das darf auch niemals passieren."

„Warum nicht?"

„Der heilige Stuhl."

„Deshalb also dieses ganze Spektakel, oder?" Manzetti begann, langsam aber sicher zu begreifen, dass er nicht nur Claasen gegenüber vorsichtig agieren musste, sondern dass er jetzt auch noch die besonderen Empfindlichkeiten des Vatikans berücksichtigen musste. Da Hartung nicht antwortete, las er sich die Botschaft des kopierten Zettels durch.

WIE WEINRICH WIRD ES ALLEN KINDERFICKERN GEHEN!

Haargenau der gleiche Wortlaut wie bei Becker. Also doch. Alles andere hätte ihn auch gewundert.

„Wann kam die Nachricht?", wollte Manzetti wissen.

„Sie lag vorgestern im Briefkasten."

„Wer hat sie gelesen?"

„Nur ich."

„Und dann?"

„Ich habe natürlich sofort den Bischof informiert, der unbedingtes Schweigen angeordnet hat."

„Und Pater Johannes entsandte", ergänzte Manzetti.

„So ähnlich. Das verstehen Sie doch, oder?"

„Sicher. Aber was soll er hier?" Die Frage war eigentlich überflüssig wie Sauna im Sommer, aber Manzetti wollte Hartungs Variante hören.

„Pater Johannes ist dichter dran am ehrwürdigen Vater und kann seine Interessen sicherlich direkter vertreten, Herr Manzetti." Der Tonfall des Pfarrers wechselte von der anfänglichen Verlegenheit wieder zur geschulten Rhetorik katholischer Geistlicher.

„Er soll also vertuschen, dass ein Diakon Ihrer Kirche in solch einen Schweinkram verwickelt war. Habe ich das richtig interpretiert?"

Hartung blieb stumm.

„Keine Antwort ist auch eine Antwort", dachte sich Manzetti und fuhr dann laut fort. „Warum legen Sie mir dann aber doch die Karten offen auf den Tisch?"

„Ich möchte Ihnen helfen", antwortete Hartung ohne Zögern. „Auch ich möchte, dass die beiden grausamen Morde aufgeklärt und gesühnt werden. Mehr nicht. Leider konnte ich Ihnen aber nur die Kopie beschaffen. Leider."

Manzetti glaubte nicht an das rechtsstaatliche Pflichtgefühl des Pfarrers, und er war sich auch nicht sicher, ob Hartung ahnte, dass ihm die Kopie als Beweismittel in einem späteren Gerichtsverfahren kaum von Nutzen sein würde. Er ließ dieses Thema aber erst mal beiseite.

„Was hätten Sie davon, Herr Pfarrer?"

„Wovon?", fragte Hartung naiv.

„Davon, dass die Morde aufgeklärt werden."

Hartung antwortete wieder nicht. Er senkte seinen Blick zum Boden, wirkte aber dennoch hoch konzentriert.

„Herr Pfarrer", redete Manzetti weiter in die nach seiner Meinung schon zu lange Pause. „Sehen wir es doch mal mit den Augen des Alten Testaments. Wenn Weinrich wirklich pädophilen Neigungen nachgab, dann wurde ihm doch die gerechte Strafe zuteil, oder? Zahn um Zahn. Eigentlich ist damit die Kirche aus dem Schneider und könnte sich beruhigt zurücklehnen. Das Aufspüren des Mörders ist nämlich mein Problem, eine reine weltliche Angelegenheit, mit der die Kirche sich nicht befassen muss."

Hartung hob seinen Kopf wieder und sah Manzetti an, beobachtete jede Regung in seinem Gesicht, blieb aber weiter schweigsam.

„Oder gibt es da noch mehr zu erfahren? Haben Sie etwa noch jemanden in Ihren Kreisen, der im Fadenkreuz unseres Mörders stehen könnte?"

„Wie kommen Sie auf solch abwegige Gedanken, Herr Manzetti?"

„Abwegig?", hakte Manzetti verständnislos nach. „Nein, die Menschen haben mich in meiner Laufbahn gelehrt, dass nichts unmöglich ist. Und das wissen Sie sicherlich genauso gut wie ich, Herr Pfarrer. Hätten Sie nicht noch vor einem Monat mit tiefster Entrüstung reagiert, wenn ich einen Ihrer Priester auch nur in eine marginale Verbindung zur Kinderschänderszene gebracht hätte?"

Hartungs Miene blieb unbewegt, aber Manzetti hatte das Gefühl, dass der Pfarrer ihn verstanden hatte. „Sie meinen, was einmal passiert ist, kann sich auch wiederholen?", fragte Hartung, und Manzetti nickte zur Bestätigung.

„Ich kann nur hoffen, dass Sie sich täuschen. Der Leibhaftige ist einmal bis in das Haus unseres Herrn vorgedrungen und fordert ihn damit heraus." Hartung schien nun sehr erregt. „Wir können und dürfen und werden dem Teufel nicht unser schützendes Heim, unsere heilige Kirche überlassen, Herr Manzetti." Die Worte hallten durch die riesige Kirche und durchliefen jeden Winkel.

Manzetti war überrascht, mit welchem Fanatismus Hartung diese Sätze aussprach. Er hatte den Pfarrer aus den Nachmittagsstunden ganz anders in Erinnerung. Deshalb beschloss er, schnell das Thema zu wechseln.

„Was können Sie mir über Pater Johannes sagen?"

„Ich kenne ihn nicht, und er scheint klare Anweisungen zu haben."

„Kann ich noch einmal mit ihm reden?"

„Sie können es versuchen. Er wird sich bis zum Abschluss Ihrer Ermittlungen in meinem Hause aufhalten." Nach einem kurzen Räuspern ergänzte Hartung. „Aber bitte verschweigen Sie ihm, dass wir uns getroffen haben. Ich bin bei Androhung von Strafe nicht befugt, mit Ihnen allein zu reden. Bitte, Herr Manzetti. Es wird auch für Ihre Ermittlungen von Vorteil sein, denn wenn Pater Johannes je erfährt, dass ich Ihnen den Zettel zugesteckt habe, dann können die Ihnen das Leben sehr schwer machen. Glauben Sie mir."

Manzetti glaubte das, auch wenn er nicht genau wusste, wer „die" waren.

18

In der Direktion passierte nicht viel an diesem Freitag, und das war noch übertrieben. Claasen war seit den frühen Morgenstunden in Potsdam, um dem Innenminister Bericht über die beiden Morde zu erstatten. Die hatten mittlerweile nicht nur Manzetti in Beschlag genommen, sondern auch Tag um Tag die Titelblätter der einheimischen und der überregionalen Medien beherrscht. Und da kein Politiker der Welt über die nötige Gelassenheit verfügte, darauf zu vertrauen, dass ein neues Ereignis, zum Beispiel ein unerwarteter Sieg Bochums über die Münchner Bayern und die dann unausweichlich folgenden Spekulationen über Trainerentlassungen die Medien beschäftigen würde, war der Direktor nach Potsdam beordert worden.

Claasen war es egal, nicht nur weil er von Fußball nichts verstand, sondern weil er so die Chance hatte, dem Herrn Minister in die Augen zu sehen, wenn er ihm versprach, dass er alles Menschenmögliche und selbstverständlich auch alles Menschenunmögliche tun würde, um eine schnelle Aufklärung der beiden Mordfälle herbeizuführen.

Ansonsten waren die Frauen in der Abteilung damit beschäftigt, der nun wieder anwesenden Sonja Brinkmann beizupflichten, dass Oliver nun die letzte, ja sogar die allerletzte Chance bekomme und dass der bei seinem nächsten Auszug bleiben solle, wo der Pfeffer wächst. Niemand, der an dieser unheiligen Diskussion beteiligten Damen zog auch nur für den Bruchteil einer Sekunde in Betracht, dass sie Oliver damit unter Umständen einen riesigen Gefallen tun würden, denn der Pfeffer anbauende Orient war nicht die schlechteste Gegend, und über die Rolle der Frau lässt sich dort bekanntlich nicht streiten.

Manzetti ließ Sonja zu sich kommen und hörte ihr zwar zu, sicherlich auch, weil er ihren Arbeitselan schätzte, aber ansonsten ermüdete ihn ihr lärmendes Treiben mit und ohne Oliver. Er war sich so sicher, dass Sonjas Auftreten diesmal genauso lärmend wie nach jeder anderen Rückkehr Olivers war, wie er sich sicher war, dass der neue Streit der beiden Hassliebenden nicht lange auf sich warten ließ.

Aus Manzettis Sicht gab es also einfachere und trivialere Gründe für Freude als die von Sonja an diesem Freitagmorgen allen vorführte: zum Beispiel ein gutes Essen, ein leckerer Wein oder ein abrundender Grappa, und das auf seinem Segelboot. Er erteilte Sonja also ein paar Aufträge und wollte selbst bald ins Wochenende aufbrechen. Möglichst bevor Claasen aus Potsdam zurückkam.

Sonja notierte in ihr Büchlein, dass sie etwas über die Geldangelegenheiten von Diakon Weinrich herausbekommen sollte und Licht in die Geldgeschäfte von Becker zu bringen hatte. Er ließ ihr großzügig bis Montag Zeit.

Das war vor zwei Stunden. Jetzt war es gerade zwölf Uhr, und durch das Fenster seines Büros lockte ihn die Frühsommerluft nach draußen. Warum sollte er also nicht einfach gehen? Überstunden hatte er zur Genüge, und außer Claasen war niemand in der Lage, ihn daran zu hindern. Er nahm sein Sakko vom Haken, warf es leger über die Schulter und kramte seinen Schlüssel aus der Hosentasche. Als er noch einmal einen prüfenden Blick durch sein Büro warf, klingelte das Telefon.

Manzetti zögerte. Sollte er noch rangehen? Oder sollte er flüchten? Es könnte ihm das ganze Wochenende, zumindest aber den Freitag verderben. Aber schließlich siegte doch der Polizist in ihm, und er schmiss den Schlüssel auf den Schreibtisch.

Nach dem dritten Klingeln nahm er ab und hörte eine Männerstimme: „Manzetti?"

„Hallo, Bremer." Er erkannte den Mediziner an dessen rauer Stimme sofort.

„Kommen Sie schnell in mein In ... Insti ..., kommen Sie her, Mann", stotterte Bremer, und Manzetti ahnte, dass er den Anruf besser ignoriert hätte. Die verwaschene Sprache, so nannten es die Kollegen der Verkehrspolizei, verriet ihm, was der Arzt intus haben musste.

„Was ist passiert, Bremer?"

„Etwas Furchtbares. Kommen Sie schnell", bettelte Bremer, der langsam zum Jammern überging.

„Also gut", versprach er. „Ich bin in fünf Minuten da."

Einer alten Sentimentalität frönend, hatte er eigentlich in spätestens einer halben Stunde in der Badewanne liegen und so mit einem Glas Rotwein in der Hand, ein paar Takten Puccini und Kerstin an seiner Seite das Wochenende einläuten wollen. Daraus würde nun wohl nichts mehr werden.

Die Flure der Rechtsmedizin waren schon leer, und so erzeugten seine Schritte ein deutliches Echo. Er fand Bremer erheblich schwankend in seinem Büro vor, und der Geruch nach Hochprozentigem durchflutete bereits jeden Kubikzentimeter des kleinen Zimmers.

„Wollten Sie mir nur vorführen, wie jämmerlich jemand aussieht, der schon mittags sturzbetrunken ist?"

„Keineswegs, Commissario. Keineswegs", entgegnete Bremer und gewann einigermaßen die Beherrschung über seinen Körper zurück. „Ich habe gesündigt", lallte er, denn das Sprachzentrum war nicht damit zufrieden, dass sich Bremer an seinem Tisch festhielt. „Gesündigt, und ich bereue ... ich bereue zutiefst."

„Bremer!" Manzetti war kurz davor, die Geduld zu verlieren. „Warum wollten Sie mich sprechen?"

„Gucken Sie sich das an", sagte der Arzt völlig ungerührt und zeigte großzügig kreisend auf seinen Schreibtisch. „Scheiße ist das, absolute Scheiße."

Manzetti suchte mit den Augen den Schreibtisch ab und fand sofort das, was Bremer gemeint haben musste. „Nicht auch noch Drogen, Bremer", sagte er und wischte die Spur des weißen Kokains vom Tisch.

Bremers Lachen erfüllte das kleine Büro. „Drogen? Ha, wenn es mal welche gewesen wären."

„Keine Drogen?", fragte Manzetti ungläubig, denn die weiße Pulverschicht, die er jetzt um Bremers Nase entdeckte, war zu verräterisch.

Bremer, der aufgehört hatte zu lachen, fluchte: „Nein, keine Drogen. Was haben Sie mir da für Zeug gebracht?"

Jetzt dämmerte es Manzetti: Bremer musste sich die Substanz, die er in den Schuhen von Becker gefunden und die er zur Untersuchung ins Institut gebracht hatte, selbst durch die Nase gezogen haben. „Weiß ich nicht. Was meinen Sie?"

„Kalk", antwortete Bremer, noch immer wütend. „Schnöder Kalk ist das."

Jetzt musste Manzetti wirklich schmunzeln und versuchte, das auch gar nicht erst zu verbergen. „Ich dachte, es wäre Kokain. Sie wohl auch, oder?"

„Manzetti, manchmal sind Sie ein ziemliches ..., egal, ich mag Sie trotzdem, auch weil Sie an einen Säufer wie mich glauben." Dann schwankte er zu Manzetti und umarmte ihn. „Und jetzt passen Sie mal gut auf, Sie kleiner Italiener. Der Onkel Doktor wird Ihnen mal was erklären", sagte Bremer und glitt in seinen Sessel.

Mit einem Blatt Papier in der Hand begann er seinen Vortrag. „Gut, dass der Obdachlose noch nicht verscharrt ist, Manzetti. Dem ist es wie mir gegangen. Der wollte sich das schöne weiße Pulver auch reinziehen und wird wohl auch bloß geniest haben."

„Dann ist er gar nicht an einer Überdosis gestorben?", unterbrach Manzetti.

„Doch, doch. Aber, wenn Sie sich erinnern, die hat er sich gespritzt, nicht geschnupft. Das, was er eingeschnieft hat, ist bestimmt auch bloß Kalk gewesen, aber wie bei mir ein ganz besonderer." Bremer hob beschwörend einen Zeigefinger in die Höhe.

„Hier", sagte er und reichte Manzetti das Blatt Papier, das der sofort zu lesen begann. Nach einer kurzen Pause musste er sich setzen. „Ist doch nicht wahr, oder?" Weiter konnte er dazu nichts sagen.

„Und ob das wahr ist. 59 % phosphorsaurer Kalk und ein geringer Anteil kohlensaurer Kalk, was die veraltete Bezeichnung für Calziumcarbonat ist. Daraus besteht das Zeug, und deshalb ist es sehr viel wertvoller als Kokain. Will man gar nicht glauben, aber das ist so." Bremer lachte laut auf.

Manzetti sah wieder auf das Blatt Papier und versuchte, seine Sinne beisammen zu halten.

„Viele nennen es auch das weiße Gold", ergänzte Bremer.

„Das heißt also, dass die beiden keine Drogen in den Absätzen ihrer Schuhe hatten, sondern pulverisiertes Elfenbein", fasste Manzetti zusammen.

„Genau", bestätigte Bremer. „Und zwar sehr gutes. Wenn meine Analyse stimmt, dann stammt es von afrikanischen Elefanten."

„Das kann man auch herausfinden?"

„Klar. Es gibt Analysen, die sagen Ihnen, ob es von Elefanten, von Nilpferden, Narwalen oder von Walrossen stammt. Übrigens ist das der Narwale das teuerste."

„Interessant, Bremer. Kann ich den Zettel mitnehmen?"

„Klar", erlaubte Bremer wie selbstverständlich. „Aber Sie verpfeifen mich nicht?"

„Ehrenwort", versicherte Manzetti, und sein Unverständnis für die Sauferei war der Hochachtung für das Genie in Bremer gewichen. Im Hinausgehen sah er noch einmal zurück, sah, wie Bremers Schädel auf dem Tisch lag, und fragte sich, wie viele Zentimeter dieses Genie noch vom Wahnsinn trennten.

Manzetti schlich sich durch einen Nebeneingang aus dem Klinikgebäude und befand sich unvermittelt in der gleißenden Sonne, die blitzartig durch sein dunkles Sakko stach und ihm fast schon schmerzhaft verdeutlichte, warum Sommerbekleidung zumeist beige oder weiß und gerne auch aus Leinen sein sollte.

Er hängte sich das Sakko über die Schulter und versuchte, nicht zu stark mit den Armen zu pendeln, um die Schweißflecken unter seinen Achseln vor neugierigen Blicken zu verbergen. Eigentlich müsste er viel Luft heranlassen, aber das ließ seine Eitelkeit nicht zu. Manzetti schlenderte am Salzhofufer vorbei und wählte hinter der Jahrtausendbrücke den Weg durch die Hauptstraße. Aber er nahm seine Umgebung kaum mehr wahr, sobald er sich in die neuen Erkenntnisse vertieft hatte.

Warum hatten beide Opfer braune Schuhe aus edelster englischer Produktion getragen, die ihnen nicht einmal richtig passten, und warum waren in beiden Schuhpaaren geringe Mengen Elfenbeinpulver versteckt? Was hatte Elfenbein mit der Kinderschänderszene zu tun?

War das ein weiterer Zug im Schachspiel mit seinem Gegner? Er hatte zu diesem Zeitpunkt noch immer mehr Fragen als Ansatzpunkte und nicht einmal die Richtung, in der das mögliche Tatmotiv lag. Ein Ende des Tunnels war nicht sichtbar.

Anfänglich hatte alles nach einem Racheakt oder einem Akt von Selbstjustiz ausgesehen, der mit der Pädophilenszene zu tun hatte. Und es gab auch jetzt noch keine andere Spur. Was aber hatte das alles mit Elfenbein zu tun? Oder anders: Wie konnte er Elfenbein, das schon fast in Geheimdienstmanier transportiert worden war, in seine Überlegungen einbetten?

Zwei Männern hatte man die Kehle durchschnitten. Beide waren nicht an den Fundorten getötet, aber beide waren sie hier in Brandenburg abgelegt worden. Zumindest Weinrich hatte nicht hier gewohnt, und seine Beziehungen zu Brandenburg waren auch noch nicht zu erkennen. Es musste aber welche geben, denn warum sonst hätte der Mörder die Toten gut sichtbar an die Havel legen sollen? Eine weitere Gemeinsamkeit war der Hinweis auf die griechische Mythologie, allerdings nur, wenn Manzettis Deutung stimmte.

Mehr hatte er bisher nicht, und das war verdammt wenig. Aber vielleicht konnten zwei Herren zumindest etwas Licht ins Dunkel der Drogen bringen. Manzetti ging an dem im Bau befindlichen Slawendorf vorbei und näherte sich leicht gebückt und durch dichte Sträucher gut versteckt der Parkbank. „Na, mein Herr", rief er dem Bärtigen zu und trat dann offensichtlich äußerst bedrohlich bis auf wenige Zentimeter an ihn heran. „Wo ist dein Kumpel?"

Der Mann zitterte wie Espenlaub, wahrscheinlich, weil er neben der Überraschung auch Unwohlsein beim Anblick des missgelaunten Hauptkommissars empfand. „Der holt … der … ich meine, der tut neue Pilsetten besorgen", stotterte er und flehte mit angsterfüllten Augen in Richtung Manzetti.

Der ließ Daumen und Zeigefinger der rechten Hand genau vor dem Gesicht des Bärtigen aneinanderschnippen und drohte weiter: „Aha. Und woher hatte der dritte von euch das Rauschgift?"

„Wer?", fragte der Penner für Manzettis Geschmack etwas zu unschuldig. Bis zum lauten Aufschrei des Bärtigen verging nicht einmal eine Sekunde, es war genau die Zeit, die Manzettis Hand brauchte, um an das linke Ohr seines Gegenübers zu schnellen und sich dort festzukrallen.

Als Manzetti seine Arme wieder vor der Brust verschränkte, wirkte er auf den Penner anscheinend noch beängstigender, denn dem kamen jetzt sogar Tränen. „Ich habe euch doch gesagt, dass ihr mich nie wieder belügen sollt. Woher hatte er also das Kokain?"

Mit der linken Hand hielt sich der Penner noch immer sein Ohr, mit der rechten griff er hinter sich und kramte in einer Alditüte. „Hier", sagte er mit erstickter Stimme und reichte Manzetti eine schwarze Brieftasche.

„Was soll ich damit?"

„Ditt is die Geldbörse von den Mann, den wir da drüben gefunden haben. Die iss aber leer, wa. Ditt war der fremde Kumpel, wissen Sie. Der hat die Kohle aus ditt gute Stück genommen und uns nur die leere Brieftasche gelassen, ditt Schwein."

Manzetti klappte die schwarze Geldbörse auseinander und zog eine Kreditkarte der Mittelbrandenburgischen Sparkasse heraus. „Und was ist das?", fragte er.

„Na eine Kreditkarte, wa. Aber watt soll ich denn damit. Mir geben sie nicht einmal ein Brot dafür, wie ich aussehe."

Ja klar, dachte Manzetti. In ihrer Welt zählte nur Bargeld und das hatte für sie eine verdammt geringe Halbwertszeit.

„Was hat der dann mit dem Geld gemacht?", wollte er schließlich wissen.

„Der iss in die Stadt gegangen und hat sich ditt Spritzengelumpe geholt. Die ganzen hundert Euronen hat der für zwei Gramm ausgegeben."

Damit war geklärt, woher das Kokain stammte, und dass zwei Gramm in die Vene des ausgezehrten Körpers eine Überdosis dargestellt hatten, wusste Manzetti auch ohne Nachfrage bei Bremer. Er griff in sein Sakko und gab dem Bärtigen zehn Euro. „Aber nicht für Bier."

Dem leuchteten die Augen, als er sagte: „Nee, klar doch. Davon kauf ich mir ein feines Stück Kuchen, wa. Danke, Herr Kommissar."

Dann ging Manzetti weiter und betrat einen Obst- und Gemüseladen. Manzetti nickte der dicken Verkäuferin zu und nahm abgepackte Äpfel hoch, von denen einer aussah wie die Kopie des anderen, legte sie aber wegen genau dieser Unnatürlichkeit wieder hin. Das Gleiche machte er mit einer Schale Erdbeeren und einem Kopfsalat, der zwar keinen Zwilling zu haben schien, aber ausschaute, als würde er sich hundert Jahre halten. Ohne die zänkische Bemerkung der dicken Frau zu erwidern, verließ er den Laden und trat auf den Katharinenkirchplatz.

Dort blieb er gleich am ersten Stand stehen und nahm sich eine Fünfhundert-Gramm-Schale mit Erdbeeren, in der die märkische Erde mindestens fünfzig Gramm ausmachte und die vermutlich nicht ganz so stark gedopt waren wie die geruch- und geschmackslosen Models aus holländischen oder spanischen Gewächshäusern.

„Noch Spargel?", fragte der Mann hinter den Kisten und hielt Manzetti zwei Hände voll weißer Stangen entgegen. „Nur zwei Euro das Kilo." Manzetti lehnte dankend ab, denn er hatte nur Lust auf Erdbeeren mit viel Schlagsahne, weil diese süße kulinarische Sünde ihm schon sein Leben lang beim Vertreiben von Depressionen und Misslaunen geholfen hatte.

Im Treppenhaus zu seiner Wohnung erkannte sein geschulter Blick, dass er die Erdbeeren doch teilen müsste und das Freitagsbad mit Kerstin heute wohl ins Wasser fallen würde, denn vor seinen Füßen verteilten sich völlig ungeordnet zwei Paar Schuhe. Zusammen mit einer Schulmappe stellten sie ein still lebendes Ensemble dar.

Manzetti hängte sein Sakko auf einen Bügel und war bereit, sich ins Getümmel zu werfen. Doch er stand wie angewurzelt und hatte noch die Türklinke in der Hand, als ihn drei Augenpaare anstarrten. Selbst Kerstin war zum Verband der Taubstummen übergetreten, und seine drei Frauen betrachteten ihn, als würden sie auf die Formulierung seines letzten Wunsches warten, um sich dann endlich bekreuzigen zu können.

„Was ist?", fragte er ausgestattet mit hochsensiblen Antennen und schloss hinter sich die Tür. Plötzlich bemerkte er auch, dass keine Gerüche nach Essen, nach Oregano und Basilikum durch die Wohnung zogen und dass alle drei Jeans und T-Shirt trugen sowie mit einer Umhängetasche ausgestattet waren.

„Wollt ihr weg? Gibt es gar nichts zu essen heute?", fragte er etwas unbeholfen.

„Kommst du nicht mit, Papa?" Es war Paola, die die Stille durchbrach und Manzetti die nächste Frage hervorlockte. „Wohin denn?" Kerstin löste sich aus der Troika und stellte ihre Tasche auf den großen Esstisch. „Andrea, hast du dein Handy nicht an? Wir sind schon heute bei Irene und Herbert eingeladen, weil beide morgen in ein Konzert wollen. Ich habe das alles auf deine Mailbox gesprochen." Sie stand unmittelbar vor ihm und nahm ihm die Erdbeerschale ab.

„Das Handy ..." Er musste nicht lange überlegen, bis ihm einfiel, dass er es vor dem gestrigen Treffen mit Hartung in der Kirche auf lautloses Vibrieren gestellt hatte und genau das bei Kerstins Anruf nicht spüren konnte. Er hätte das Sakko doch nicht über der Schulter tragen sollen.

„Dann kommst du eben mit dem Taxi nach, Papa", schlug Lara vor und erntete von ihrer kleinen Schwester eifrige Zustimmung.

„Ja, das wird das Beste sein. So kann ich noch duschen und mich umziehen." Zum Abschied küsste er eine nach der anderen und schnappte sich, nachdem die Tür ins Schloss gefallen war, die Erdbeeren, die er stolz und mit einem freudigen Lächeln in die Küche trug. Auf dem Weg dahin hörte er in Gedanken bereits, wie die Sahne zentnerweise aus der Sprühflasche quoll, und beschleunigte seinen Schritt.

19

Zufrieden saß Manzetti zwei Stunden später im Fond eines Taxis. Er hatte gebadet und jede Erdbeere tief in die Schüssel mit Schlagsahne gedrückt, bevor sie in seinen Mund gewandert war. Nun fühlte er sich so gut wie lange nicht und war weit genug entfernt von der Direktion und den dort herrschenden Problemen. Er konnte also ungestört ins Wochenende eintauchen.

Manzetti reichte dem Fahrer zwanzig Euro und schlenderte um das Haus der Jahns herum, dem großen Garten entgegen, denn aller Wahrscheinlichkeit nach saßen sowohl Herbert und Irene als auch seine drei Frauen dort auf dem Rasen oder zumindest auf der Terrasse. Die Jahns hatten sich an einem der zahlreichen Seen ein wunderschönes Haus gebaut. Es war riesig, eigentlich für die beiden viel zu groß, und so fühlten sie sich von Zeit zu Zeit in ihrem Palast etwas einsam. Da es Manzetti aber kaum zwei Wochen ohne Kontakt zu seinem Patenonkel aushielt, profitierten beide Familien von den häufigen Besuchen.

„Hallo", rief er schon aus einiger Entfernung und erntete fröhliches Winken.

„Hallo, Andrea", sagte Herbert und reichte Manzetti die Hand. „Den wunderbaren Kuchen von Irene hast du schon verpasst. Alles aufgegessen", offenbarte ihm der fünfundsechzigjährige Herbert Jahn und hob entschuldigend seine Hände. „Aber einen Kaffee kann ich dir noch anbieten."

Die beiden Männer drückten sich herzlich, bevor Manzetti auch den Kaffee ablehnte und um ein Glas Wasser bat. Dann umarmte er Irene, etwas vorsichtiger, weil Paola auf ihrem Schoß eingenickt war und er keinen Grund sah, schlafende Tiger zu wecken.

Herbert reichte ihm ein volles Wasserglas, an dessen Wand sich die glitzernden Perlen prickelnd nach oben arbeiteten. Schon nach dem ersten Schluck merkte er, wie sich die Kohlensäure in seiner Speiseröhre wieder in Richtung Ausgang drängte. Er bevorzugte eindeutig stilles, italienisches Wasser. Als er das Glas absetzte, fragte er: „Wo ist denn Lara?" Seine große Tochter war nicht zu sehen.

„Sie ist zum Reiten und wird zum Abendbrot zurückgebracht", klärte ihn Herbert auf.

Manzetti wollte sich gerade setzen, als Irenes Blick messerscharf in seine Augen stach. Schuldbewusst, weil ahnend, worum es gehen würde, flüsterte er immer noch, um Paoloa nicht zu wecken: „Was ist? Warum schaust du mich so böse an?"

„Ich denke, das weißt du ganz genau", schnaubte sie unfreundlich. „Wir reden nachher unter vier Augen darüber." Mehr sagte sie nicht, aber das war auch nicht nötig. Manzetti hatte zunächst seinen Ohren nicht trauen wollen, aber dann war ihm klargeworden, dass Lara ihrer geliebten Omirene, wie sie Irene Jahn nannte, längst von der gescheiterten Bitte berichtet hatte. Das hatte sie ganz bestimmt vorsätzlich getan und war vielleicht sogar von Kerstin initiiert oder zumindest unterstützt, denn jede der Manzetti-Frauen, selbst Paola gehörte schon dazu, wusste, dass er sich nur schwer gegen seine Patentante durchsetzen konnte. Jetzt hatte er es also mit vier Frauen zu tun.

Er machte aus Mangel an Alternativen gute Miene zum bösen Spiel und sah Irene mit leuchtenden Augen an. „Gerne können wir die Angelegenheiten *meiner* Tochter nachher besprechen, Irene", sagte er freundlich, aber mit leicht ironischem Unterton.

„Das können wir", entgegnete sie und entließ einen schweren Seufzer. „Vielleicht bringst du ja die gleichen Argumente vor wie ich, als du unbedingt in die Disco wolltest. Wie alt warst du da, Andrea?"

Vor Ärger über die erste und in dieser Sache sicherlich nicht letzte Niederlage lief sein Hals rot an, und er suchte Unterstützung bei Herbert, der amüsiert neben ihm saß. Aber der war nicht verrückt genug, um sich den Frauen zum Fraß vorzuwerfen, nur um seinen Patensohn aus einer brenzligen Lage zu holen, in die der sich auch noch selbst gebracht hatte.

„Herbert", flehte Manzetti erschrocken, als er erkannte, dass der alte Richter ihm nicht zur Seite stehen wollte.

Der wiederholte seinen eigenen Namen wie den einer eklig behaarten Raupe. „Herbert?" Dann schüttelte er den Kopf. „Tut mir leid, Andrea. Ich bin seit einem halben Jahr pensioniert und nicht mehr gewillt, Recht zu sprechen. Und bei dieser anwaltlichen Übermacht schon gar nicht." Er hatte seine Frau und Kerstin dabei fest im Blick, den er mit einem charmanten Lächeln begleitete.

„Angsthase", protestierte Manzetti ohne Erfolg. Er hatte die Auswegslosigkeit seiner Situation längst begriffen und bemühte sich, die Angelegenheit zu vertagen. „Du sprichst also kein Recht mehr, Herr Jahn", hetzte er. „Dann bist du auch nicht mehr an Beweislagen interessiert."

„Welche meinst du?"

„Die Münzmorde vielleicht."

Herbert strich sich über das Kinn. Ganz so, als störte ihn ein unangenehmer Gedanke, hielt er in allen Bewegungen inne und schwieg einen Augenblick. Dann funkelte er Manzetti neugierig an und machte mit dem Gesichtsausdruck eines Hausierers seinen Vorschlag: „Wir können ja so tun, als wäre ich Miss Marple."

Manzetti wusste, dass er Herbert damit immer wieder ködern konnte, denn seit seiner Pensionierung war der alte Richter von unbändiger Neugier nach allen die Justiz tangierenden Dingen getrieben. Willig folgte er Manzetti, der schon auf dem Weg ins Arbeitszimmer war und dort bereits den dicken Band eines langen Kommentars zum Erbrecht herauszog.

„Du auch?", fragte er Herbert, als der hinter sich die Tür schloss.

„Natürlich."

Manzetti nahm die hinter dem Erbrechtband versteckten Gläser und die Grappaflasche heraus und goss ein, bevor er den Band wieder ins Regal stellte.

„Was machen deine Werte?"

Herbert wiegte seinen Kopf hin und her. „Könnten besser sein. Aber der Zucker ist in Ordnung, und Cholesterin ist kein Thema mehr." Nach einer kurzen Pause reckte er den Kopf freundlich drohend in Richtung seines Grappaglases, das Manzetti immer noch in der Hand hielt. „Du wirst doch nicht?"

„Nein, nein", sagte Manzetti schnell und reichte Herbert das gefüllte Glas.

Sie ließen sich auf das schwere Ledersofa fallen, und Manzetti begann, Herbert auf den aktuellen Stand der Ermittlungen zu bringen. Der Richter unterbrach nicht ein einziges Mal, und lediglich ein kurzes Blitzen in seinen Augen verriet, wenn er sich im Geiste Notizen machte oder Fragen stellte. Erst nach Manzettis letzten Worten trank er einen Schluck des duftenden Grappa. Während der folgenden Momente des Schweigens sah Herbert auf Manzetti, als sähe er ihn zum ersten Mal. Er musterte ihn durchdringend. Was mochte er empfinden? Neid auf sein erfülltes Berufsleben, das ihm nun verwehrt blieb? Fühlte er sich auch deshalb wie Miss Marple, die von den offiziellen polizeilichen Ermittlungen immer ausgeschlossen war?

„Du bist wirklich ein Glückspilz", sagte Herbert.

„Wie bitte?", fragte Manzetti verdutzt.

„Du bist ein Glückspilz, und dein Gegenspieler begeistert mich märchenhaft." Um Herberts Mund legte sich ein Lächeln, das auch Wahnsinnigen zugeschrieben werden könnte.

„Herbert?", fragte Manzetti besorgt. „Ist alles in Ordnung mit dir?"

Der Richter trank sein Glas leer und ließ es dann wie den rotierenden Aufsatz einer Spieluhr zwischen den Fingern kreisen.

„Mit mir ist alles in Ordnung, mein Lieber. Mach dir bitte um mich keine Sorgen. Wirklich nicht. Aber weißt du, ich habe mir die Pensionszeit ganz anders vorgestellt, oder besser, ich habe mir eigentlich überhaupt keine Gedanken darüber gemacht, und nun sitze ich jeden Tag gelangweilt herum und beschneide die Blumen, die Irene zuvor markiert hat. Wirklich toll, oder? Ich habe Angst um mein Gehirn. Ich fürchte nämlich, dass es austrocknet und nicht mehr zu gebrauchen sein wird. So bleibt mir und leider auch meiner lieben Frau nur zu lernen, mit dieser neuen Situation umzugehen. Glaub mir, Junge, das ist alles andere als einfach."

Manzetti hob ganz leicht die Brauen. „Herbert, wie können wir dich dabei unterstützen?"

„Helfen, meinst du?" Herbert legte seine linke Hand beschwichtigend auf Manzettis Oberschenkel. „Das ist lieb gemeint, aber ihr könnt uns dabei nicht helfen. Ihr müsst euer eigenes Leben führen, und wenn ihr uns von Zeit zu Zeit daran teilhaben lasst, dann ist es Hilfe genug. Trotzdem danke, Andrea."

Manzetti nahm die Flasche und füllte beide Gläser bis fast zum Rand nach. „Und meine Ermittlungen? Soll ich dich damit ..."

„Um Gottes willen", stoppte Herbert Manzettis Gedanken. „Lass mich ja bei deinen Ermittlungen mitmischen. Das ist meine einzige Verbindung zur Außenwelt, wenn ich von den Einladungen zu langweiligen Vorträgen einmal absehe."

„Na gut. Dann lass uns die Dinge auseinandernehmen. Wir haben bislang also zwei Tote, beide mit Kehlschnitt, beide mit teuren Schuhen, in denen Elfenbeinpulver versteckt war, und beide trugen griechische Euromünzen auf den Augen ... Wenn ich mich nicht täusche, dann legte man die Münzen als Belohnung für den Fährmann zum Hades den Toten bei, oder? Außerdem wurden beide als Kinderschänder bezeichnet."

Begierig und hochkonzentriert lauschte Herbert, stand dann aber plötzlich auf und trat vor das riesige Bücherregal. Er fühlte sich längst nicht mehr wie ein Vogel mit beschnittenen Flügeln, er fühlte sich wie ein Adler mit weiten Schwingen und scharfem Blick.

Herbert Jahn zog eines seiner Speziallexika heraus und blätterte zielgerichtet darin, bis er die gesuchte Stelle gefunden hatte und seine Augen hinter der Lesebrille Zeile um Zeile abtasteten. „Dachte ich mir's doch."

„Was?" Manzetti sah seinen Patenonkel fragend an.

„Die Münzen. Da stimmt etwas nicht, denn ich glaube, dass sie nicht auf den Augen lagen, sondern unter der Zunge." Sein rechter Zeigefinger folgte einer Zeile von links nach rechts, und dann nickte er zufrieden. „Vielleicht ist dein Mörder noch viel intelligenter, als wir es derzeit vermuten?"

Manzetti verstand den Satz nicht gleich. „Das bisherige Ausmaß an Intelligenz reicht mir vollkommen."

„Nicht den Mut verlieren, Junge. Die Sache hört sich unter Umständen nur komplizierter an, als sie ist. Vielleicht kann man sie ganz einfach lösen, wenn wir den Anfang des Fadens erst einmal in den Händen halten und aufpassen, dass er nicht reißt."

„Wie meinst du das?"

„Es genügt nicht, Augen zu haben, man muss lernen, sie auch zu gebrauchen."

„Hört sich sehr philosophisch an."

„Sicher. Ist aber nicht von mir. Aber zurück zu deinem Fall. Hier steht, dass man den Toten einen Obolus unter die Zunge legte ..." Während einer kurzen Pause las er still weiter, um das Gelesene dann laut zu wiederholen. „Dann steht hier noch, dass der Obolus eine geringwertige Münze war und sechs Obolussen den Wert einer Drachme sowie sechstausend Drachmen den Betrag eines Talents ausmachten." Herbert blätterte die Seite um, ohne seinen Redefluss zu unterbrechen. Er war nun ganz in seinem Element. „Allerdings taucht da eine Frage auf? Findest du nicht?"

„Welche wäre das?"

„Den Toten wurde also in der griechischen Mythologie eine Münze unter die Zunge gelegt. Warum aber, und das ist für uns doch interessant, wird dieses Detail so verfälscht? Ist es Absicht oder nur Unwissenheit?"

Daran hatte Manzetti noch gar nicht gedacht.

„Nehmen wir einmal an, es ist Unwissenheit. Da fällt mir nämlich ein, dass ich einmal einen Film gesehen habe, in dem dieser Bestattungsritus genauso falsch dargestellt war. Da wurden Münzen für den Fährmann Charon auf die Augen gelegt, der die Toten dann über den Styx gebracht hat. Wenn der Mörder sein Wissen aber aus derselben falschen Quelle bezieht, dann irrt er noch in anderer Hinsicht. Es ist nämlich nicht der Styx, über den die Toten transportiert werden, sondern der Acheron."

„Ja, genau das habe ich auch geglaubt", musste Manzetti zugeben.

„Offensichtlich ist diese Version recht verbreitet. Gehen wir also mal davon aus, auch der Mörder hält sie für richtig, dann will er uns einen Hinweis auf den Styx geben ... Lies vor, was du zum Styx findest."

Manzetti, der mittlerweile das Lexikon in den Händen hielt, blätterte bis zum Buchstaben S und suchte dann auch mit dem Finger den Begriff „Styx". Sein halblautes, aber fast melodisches Brummen verriet, dass er die ersten Sätze überflog, da sie bereits bekannte Informationen enthielten. „Hier", rief er dann plötzlich aus wie Archimedes sein Heureka.

„Achilles", las er vor, „wurde von seiner Mutter Thetis im Styx gebadet, um ihn unverwundbar zu machen. Nur die Ferse, an der sie ihn festhielt, blieb angreifbar."

„Deshalb Achillesferse", folgerte Herbert. „Das heißt, dass die Achillesferse in unseren Blickpunkt geraten soll."

„Möglich", ergänzte Manzetti. „Vielleicht hat der Mörder uns wirklich auf diese Spur setzen wollen."

„Steht zur Ferse etwas im Obduktionsbericht?"

Manzetti überlegte kurz. „Ich glaube nicht", dämpfte er Herberts Erwartungen. „Aber warte. Was ist mit den Schuhen und ihren Fächern? Der Hacken, in dem das Elfenbein versteckt war, befand sich in unmittelbarer Nähe zur Achillesferse! Es geht vielleicht gar nicht um Kinderschänder, sondern um Elfenbein. Und vielleicht kommt der Hinweis auf die Kinderschändung von einer ganz anderen Person, die Interesse daran hat, von dem Elfenbein abzulenken. Eine absichtlich gelegte falsche Spur. Schließlich tauchten die Briefe erst später auf."

„Dazu passt auch, dass sich sowohl Becker als auch der Diakon …, wie hieß er gleich noch?"

„Weinrich", half Manzetti nach.

„… als auch Diakon Weinrich im südlichen Afrika aufgehalten haben", sagte Herbert im Hinsetzen und schlug sich stolz auf die Knie.

„Genial, oder?", lobte er sich dann noch einmal und forderte zur Belohnung einen neuen Grappa.

„Herbert, wir sind gleich betrunken."

„Egal."

Ihre Überlegungen schienen schlüssig. Aber Manzetti überlegte weiter: „Ich frage mich nur, warum sich jemand solche Mühe geben sollte?"

„Das weiß ich auch nicht", musste Herbert zugeben und fragte deshalb: „Wer erbt eigentlich die Million von diesem Becker und wie viel Geld hatte Weinrich?"

Es schien Manzetti durchaus richtig, weiter in diese Richtung zu denken, und im Grunde war ihm schon klar, dass er mit einer trügerischen Ruhe in sein Wochenende gestartet war. Er entschloss sich, die Dinge, die er eigentlich für Montag vorgesehen hatte, schon morgen zu erledigen. Er griff zu seinem Handy und wählte eine Nummer aus dem Speicher.

„Frau Becker?"

„Ja."

„Manzetti hier. Ich müsste Sie dringend sprechen. Es geht noch einmal um den Mord an Ihrem Mann. Vielleicht passt es Ihnen jetzt oder morgen?"

„Wollen Sie mich wieder beleidigen?"

„Nein, und wenn das der Fall war, dann entschuldigen Sie bitte."

„Morgen? Da müssen Sie aber in den Tierpark kommen. Bringen Sie doch einfach Kerstin und Ihre Kinder mit und klingeln mich wieder an, wenn Sie auf dem Gelände sind."

„Wann?"

„Ich bin den ganzen Tag im Park. Sie finden mich im Dickhäuterhaus."

Während Manzetti auflegte, wandte er sich wieder Herbert zu.

„Eine Frage habe ich noch."

„Und die wäre?"

„Was für ein Mensch ist Rechtsanwalt Gutendorf?"

Herbert fiel in sich zusammen, ja, er zuckte sogar einmal kurz, als überfielen ihn urplötzlich gewaltige Zahnschmerzen. „Finger weg, Andrea. Der Mann ist gefährlich."

„Zu spät", antwortete Manzetti und fühlte sich gar nicht mehr wohl.

20

Manzetti hatte beschlossen, für heute Abend all die Beckers, Weinrichs und Gutendorfs dieser Welt in Ruhe zu lassen, und folgte Herbert Jahn auf die Terrasse. Wenn es ans Grillen ging, war hier das Refugium des Hausherrn, und nur die kleine Paola durfte ihm bei dieser Arbeit, die er geflissentlich zur Wissenschaft aufwertete, zur Hand gehen. Ihr allein räumte der alte Richter ein, seine Lebensweisheiten zu Steak medium oder Riesengarnelen in Knoblauchmarinade abzuschöpfen.

Als Manzetti durch die große Tür aus dem Wohnzimmer trat, hatte seine kleine Tochter den wokartigen Grill schon aus der Garage über den Rasen bis vor die Rosensträucher gezerrt und präsentierte stolz ihre schwarzen, fettverschmierten Hände.

Herbert, der mitten auf der Terrasse stand, merkte man an, dass er von seiner jungen Assistentin sehr angetan war. Er stürmte auf Paola zu, hob sie hoch und drückte sie kräftig, während sich seine Lobesworte über ihren Einsatz fast überschlugen. Die Warnung seiner Frau, sich von Paola fernzuhalten, hatte er überhört, und nun zeichneten sich kleine schwarze Finger auf dem Rücken seines weißen Hemdes ab.

Manzetti nahm sich ein Glas Rotwein und stellte sich abseits. Er suchte Abstand, sehnte sich nach seinen Parallelwelten, in denen er abschalten und grübeln konnte. Ungestört und vielleicht sogar ohne Ergebnis. Er sah auf die sattgrünen Sträucher vor sich, auf die Dahlien, die gelb und blutrot kräftige Farbtupfer vor der geschlossenen Hecke bildeten, und er schaute über die Hecke hinweg bis hin zum einige Hundert Meter entfernten Birkenhain.

Sein Tunnelblick auf diese Idylle dämpfte auch die Geräuschkulisse im Hintergrund. Es wurde still um ihn, und er war bereit, in dieser Ruhe zu versinken, als eine ganz leise und zarte Berührung an seinen Hüften ihn in die Realität zurückholte. Zwei warme Hände schoben sich zu seiner Taille hoch, dann nach vorne und vereinigten sich über seinem Bauchnabel, genau in dem Moment, in dem Kerstins Brüste sich an seinen Rücken pressten.

„Ich liebe dich", sagte sie und schmiegte ihren Kopf an seine Schulter.

„Ich dich auch", antwortete Manzetti, und sie wusste, dass er zu einer üppigen Erwiderung im Moment nicht in der Lage war. Trotzdem hatten diese drei Worte nichts gemein mit der lapidaren Floskel, sondern bedeuteten tiefste, innerste Gefühle.

„Ich würde dir gerne helfen", sagte Kerstin und ließ ihre Finger von seinem Bauchnabel bis zur Brust tanzen, wo sie wieder verharrten.

„Ich weiß. Aber es ist besser, wenn ich dich dieses Mal nicht so sehr mit hineinziehe."

„Warum nicht, Andrea. Ich bin immer für dich da. Per sempre."

Jetzt drehte er sich um und nahm ihren Kopf zwischen seine Hände. „Und dafür bin ich dir sehr dankbar. Aber es ist bei diesen Verbrechen nichts wie sonst. Wir haben noch keine Vorstellung davon, was sich hinter diesen Morden verbirgt." Manzetti machte eine kurze Pause und wandte seinen Blick wieder zu dem Birkenwäldchen. „Es kann alles sein. Organisierte Kinderschänderszene, illegaler Elfenbeinhandel, Drogengeschäfte oder auch etwas ganz anderes. Ich glaube allerdings, dass wir uns auf dem Schlachtfeld der organisierten Kriminalität tummeln und dass jemand vielleicht die Seite wechseln und uns helfen will. Und …", sagte Manzetti plötzlich scharf, „… er ist noch nicht fertig. Es wird weitere Tote geben."

Kerstin drückte sich wieder ganz dicht an ihn, als sie fragte: „Und dich belastet, dass du die weiteren Morde nicht verhindern kannst?"

Nach einer weiteren Pause ließ Manzetti die Finger seiner Frau los und antwortete: „Das weiß ich nicht. Ich kann dir nicht einmal sagen, ob die bisherigen Opfer diese Bezeichnung überhaupt verdient haben."

Kerstin kannte ihren Andrea sehr lange und gut. Solche Situationen hatte sie schon mit ihm durchlebt und wusste, dass nun niemand mehr an ihn herankam. Auch sie nicht. Er hatte völlig umgeschaltet, war ganz woanders. Er würde tagelang nicht ansprechbar, launisch und mit allem unzufrieden sein, bis es niemand mehr mit ihm aushielt, weil er kaum noch Dinge zulassen würde, die ihn erfreuten.

Für ihn war es nämlich nicht irgendein Mordfall, irgendein Verbrechen, wie er es schon oft bearbeitet hatte. Hier fühlte er die eigene Bedrohung. Er hatte Angst. Angst um seine Töchter. Er wollte sie nur noch beschützen, und davon würde Andrea Manzetti von keiner Seele abzubringen sein. Die erste, die unter seiner Verbissenheit leiden musste, würde Lara sein. Es war nicht auszuschließen, dass er seinen Töchtern Hausarrest erteilen würde.

Nach dem leckeren Essen, für das die kleine Grillmeisterin alle Lobesworte einheimste, die der deutsche Duden und das italienische Wörterbuch kannten, wurde die Unruhe in Manzetti zu groß, und er bat darum, noch einmal für eine Stunde wegfahren zu dürfen. Herbert begleitete ihn, aber in den zehn Minuten, die sie bis zur Bäckerstraße benötigten, schwiegen beide. Nur der Diesel des Mercedes schnurrte gleichmäßig.

Erst beim Aussteigen fragte Herbert: „Was wollen wir hier?"

Noch während Manzetti antwortete, dass in diesem Haus der Vater von Martin Becker wohnte, drückte er auf die Klingel.

„Ja bitte." Der tiefe Bass klang warm und freundlich.

„Mein Name ist Manzetti. Ich komme von der Polizei ..."

Dann surrte der Türöffner. In der zweiten Etage stand die Wohnungstür offen. Manzetti trat ein, und Herbert folgte ihm. Schon im Flur empfing sie warme Luft, was sofort das Verlangen auslöste, die Fenster zu öffnen.

Der erste Eindruck war nicht der, den Manzetti von der Wohnung eines alleinlebenden älteren Mannes erwartet hatte.

Alles war wie geleckt, kein Staubkorn war zu finden. Hier bekam man wahrscheinlich ein schlechtes Gewissen und fühlte sich ertappt, wenn einmal die Haustür zu laut ins Schloss fiel oder man mit schmutzigen Schuhen hereinkam. Es war die Atmosphäre hochanständigen Kleinbürgertums, die im Vorgarten nach Gartenzwergen verlangte und die im Hausflur von einem Zettel getragen wurde, auf dem diktatorisch aufgelistet stand, was alles verboten war, Luftholen eingeschlossen.

Herbert folgte ihm, als er langsam und fast andächtig zur Wohnzimmertür ging. Herr Becker saß in einem Sessel und winkte seine Besucher herein. „Sie tun ihm Unrecht." Er zeigte auf eine Zeitung, die aufgeschlagen auf dem Tisch lag. „Lehrer verging sich an Kindern" stand dort in übergroßen Lettern. „Martin war dazu gar nicht fähig", fügte er hinzu.

Manzettis Blick richtete sich auf ein Wandbild, das sich bei genauerer Betrachtung als ein riesiges Foto entpuppte. „Ein Gepard", bemerkte Herbert kurz, der das Bild auch gesehen hatte.

„Hm", kam es knurrig von Becker. „Und eine Hyäne."

Manzetti erkannte jetzt die Frau, die neben dem Tier saß und offensichtlich sehr vertraut mit der Großkatze schmuste. Vater und Sohn Becker standen in freudiger Pose dahinter.

„Sie meinen doch nicht Ihre Schwiegertochter?", fragte er, obwohl es dazu kaum eine Alternative gab.

„Doch." Beckers Bemerkung klang schroff.

„Darf ich Ihnen einige Fragen zu Ihrem Sohn stellen, Herr Becker?" Manzetti schlug einen förmlichen Ton an.

„Wenn Sie nicht für den Quatsch da verantwortlich sind, ja", sagte er etwas leutseliger und blickte zum ersten Mal zu den beiden auf.

„Solche Schlagzeilen tun mir leid. Aber ich kann sie nicht verhindern", entschuldigte sich Manzetti.

„Schön. Dann setzen Sie sich." Es war unschwer zu erkennen, dass der Mann gebrochen war. In einer Stadt mit knapp achtzigtausend Einwohnern war sein Ruf mit solchen Überschriften unheilbar ruiniert. „Ich biete Ihnen aber nichts an, und es ist mir auch egal, was Sie davon halten."

„Macht nichts", sagte Manzetti knapp und setzte sich neben Herbert auf das Sofa. „Was für ein Mensch war Ihr Sohn?"

„Jedenfalls nicht so einer", schrie Becker und funkelte mit hasserfüllten Augen zur Couch.

Manzetti richtete seinen Oberkörper wie in Kampfeshaltung auf, wurde aber von seinem Patenonkel wieder sanft gegen die Lehne gedrückt. „Das glaube ich Ihnen gerne und deshalb schlage ich vor, dass Sie uns helfen", sprach Herbert dann in leisem und warmem Tonfall.

„Wobei?", fragte Becker und setzte mit starrem Blick nach einer kurzen Pause fort. „Meine Frau ist vor fast vier Jahren gestorben, und ich beneide sie darum. Gott hat gewollt, dass sie das alles nicht mehr erleben muss, und er hat gut daran getan."

„Und Ihr Sohn? Was war er, wenn das da falsch ist?" Manzetti nickte zum Tisch, auf dem noch immer die Zeitung lag.

„Er war ein guter Junge", antwortete er mit den Worten eines liebenden Vaters. „Er war ein guter Lehrer und er hatte Talent."

„Worin?", fragte Herbert und sah überzeugend neugierig aus. Becker stand auf und ging zu einer Vitrine. Er reichte Herbert Jahn eine kleine Figur. Es war eine trabende Antilope. „Es ist ein Oryx. Mein Lieblingstier. Er hat es mir zu meinem siebzigsten Geburtstag geschenkt."

„Es ist eine schöne Arbeit. Ihr Sohn hatte wirklich Talent", lobte Herbert und drehte die Figur hin und her.

„Er hat sie aus Elfenbein geschnitzt", sagte Becker, und seine böse Laune war verflogen. Dann griff er in eine Schublade und entnahm ihr einen Stapel Fotos. Schon auf dem ersten Bild erkannte Manzetti einen braungebrannten Martin Becker in Khakiuniform, der in Großwildjägerpose auf dem Kopf eines abgeschossenen Elefanten saß. Die Flinte hatte er dabei lässig auf die Hüfte gestützt.

„Ihr Sohn war Jäger?"

„Nein. Aber immer wenn ich ihn in Namibia besuchte, ging er mit mir zur Jagd. Er wollte mir eine Freude machen."

„Ist das denn erlaubt?"

„In Namibia nicht, aber in Botswana. Jedenfalls fuhr er mit mir dorthin."

„Das war bestimmt keine billige Unternehmung", fragte Herbert jetzt.

„Mein Sohn war großzügig. Er machte sich nichts aus Geld."

„Und er war vermögend. Wussten Sie davon?"

„Ja", antwortete er und setzte sich wieder in den Sessel. „Wollen Sie vielleicht doch etwas trinken? Es ist sehr heiß hier drin. Ich habe einen ausgezeichneten Weißwein. Für mich allein lohnt es ja nicht, die Flasche zu öffnen." Seine Augen spiegelten seine Warm-

173

herzigkeit, und er entschuldigte damit sein anfänglich schroffes Verhalten.

„Danke, nein", sagte Manzetti nun selbst stur, doch Herbert Jahn stimmte gerne zu. Als Becker ein volles Glas vor Herbert abstellte und die Flasche Pinot Grigio daneben, bereute Manzetti seinen Entschluss sofort.

„Woher hatte Ihr Sohn so viel Geld?", fragte Herbert, als er den ersten Schluck genommen und mit der Zunge über seine Oberlippe geleckt hatte. „Der ist übrigens ausgezeichnet."

Becker lächelte und prostete Herbert zu. „Er hat es geerbt. Eigentlich wollte meine Schwester ihr Vermögen an mich weitergeben. Ich habe sie davon überzeugt, dass sie Martin als Erben einsetzt. Was soll ich denn noch mit fast einer Million Euro?"

„Das ginge mir auch so. Aber die Kinder und Enkel können es noch gebrauchen, oder?" Herbert hatte Becker jetzt völlig eingewickelt. Manzetti staunte nicht schlecht.

„Ja, ja", murmelte Becker fast lautlos. „Und Martin ganz besonders."

„Er hatte doch hoffentlich keine Schulden?", sinnierte Herbert weiter und gefiel sich in seiner Psychologenrolle.

„Das nicht. Aber seine Frau hat ihm alles abgenommen."

„Deshalb Hyäne, aha. Wofür hat sie das Geld denn gebraucht?"

„Sie ist verrückt. Sie buttert alles in irgendwelche Tierprojekte. Jeden Cent. Mein Junge hat sie geliebt und ihr deshalb immer wieder Geld gegeben."

„Wenn sie viel Geld für Tiere ausgibt, war sie von Ihren Großwildjagden bestimmt nicht begeistert?"

„Begeistert? Sie verfolgt jeden Jäger. Die Frau ist besessen."

„Haben Sie noch Kontakt zu ihr?" Damit war Manzetti wieder mit von der Partie.

„Nachdem Martin wieder nach Deutschland gekommen ist, nicht mehr. Ich habe ihr das nie verziehen."

„Was?"

„Martin wollte mit dem Geld im Rücken aussteigen. Er wollte in Namibia bleiben und sich dort als Bildhauer etablieren. Aber diese Schlange hat ihm das Leben verdorben."

„Sie sagte zu mir aber, dass er zurück nach Deutschland musste, weil sein Vertrag ausgelaufen war", gab Manzetti zu bedenken.

„Schon. Aber er wollte aussteigen. Das sagte ich doch bereits."

„Warum hat er sich nicht von ihr getrennt?"

„Weil er sie geliebt hat. Außerdem ist er gezwungen worden, das Land zu verlassen."

„Gezwungen?", fragte Herbert verblüfft und gleichzeitig einfühlsam.

„Ja. Von der Regierung, glaube ich. Und daran war sie schuld."

Becker trank sein Glas leer. Er schluckte hastig.

„Etwa von der namibischen Regierung?"

„Ja, sicher. Sie hat auf Touristen geschossen. Auf ausländische Bürger, die nur ihren Urlaub dort verbringen wollten und auch noch Geld ins Land brachten", zischte er und zeigte zum ersten Mal so etwas wie Misstrauen. „Das müssten Sie doch aber alles wissen. Sind Sie wirklich von der Polizei?"

Manzetti reichte seinen Dienstausweis über den Tisch, und Herbert Jahn stellte schnell die nächste Frage. „Hat sie jemanden verletzt?"

„Das wohl nicht", meinte er sichtlich ruhiger. „Aber es waren Österreicher, die mit Genehmigung Kudus jagen wollten und dafür auch noch viel Geld bezahlt haben."

Manzettis Bild von Verena Becker nahm immer deutlichere Konturen an. Sie war für ihn der Inbegriff einer militanten Tierschützerin, die sicherlich auch über menschliche Leichen ging, um Tiere zu schützen. Wer auf Menschen schießt und dabei in Kauf nimmt, dass er sie verletzt oder gar tötet, der hat die höchste Schwelle bereits überschritten. Der überschreitet immer wieder Grenzen.

„Ihre Schwiegertochter lebte schon in Namibia, bevor sie Ihren Sohn dort kennenlernte?", fragte Manzetti nüchtern.

„Ja. Und Martin verliebte sich in sie. Anfangs war es auch gut so, und meine Frau war glücklich über diese Verbindung. Es war mal eine, die in sexueller Hinsicht wie er tickte, oder besser, die seine sexuellen Neigungen akzeptierte."

Manzetti horchte auf. „Welche waren das denn?"

Becker machte eine absichtliche Pause. Er sah beide an und holte tief Luft. „Keine", sagte er und war mit den überraschten Gesichtern außerordentlich zufrieden.

„Keine?", wiederholte Manzetti.

„Martin war impotent, und das seit seiner Kindheit. Ein Unfall mit dem Fahrrad. Die Ärzte haben uns gleich gesagt, dass er sein Leben lang darunter leiden würde. Martin machte sich also weder was aus Frauen, noch aus Männern und schon gar nicht aus Kindern." Becker entließ einen tiefen Seufzer und rutschte in dem Sessel nach vorn. Mit der nächsten Bewegung zerknüllte er die Zeitung und warf sie in eine Ecke.

Herbert ergriff als Erster wieder die Initiative. Er hatte die Geste Beckers als eine Art Schlusswort akzeptiert und wollte den armen Mann nicht weiter behelligen. Er verabschiedete sich und übergab unten auf der Straße das Kommando wieder gänzlich an Manzetti.

„Nun hast du dein Motiv, Andrea."

„Ich bin noch nicht ganz überzeugt. Sie muss mehr als eiskalt sein, wenn sie ihren Mann so abschlachtet, nur weil der aus Elfenbein Figuren schnitzt."

„Vielleicht steckt eine ganz andere Dimension dahinter."

„Das kann sein. Aber wie finden wir das raus?"

„Der zweite Tote", sagte Herbert. „Dessen Umfeld weiß bestimmt auch mehr, als sie bislang zugegeben haben."

„Schon möglich. Und du meinst", spann Manzetti den Faden weiter, „dass ihre Liebe zu Tieren größer ist als die zu Menschen und sie als Anwältin der afrikanischen Fauna selbst vor Mord nicht zurückschreckt?"

„Vielleicht nicht als Anwältin der Tiere, aber als Gegnerin des Elfenbeinhandels", sagte Herbert.

Manzetti erinnerte sich, dass er Ähnliches gedacht hatte, als er Kerstin von seiner Begegnung in der Wohnung von Verena Becker erzählt hatte. Diese Frau war wirklich besessen und zu allem fähig.

21

Manzetti hatte sich von Herbert gleich nach Hause fahren lassen. Er wollte nicht mehr mit zu den Jahns. Er wollte alleine sein und grübeln, all die neuen Erkenntnisse sortieren. Harte Fakten musste er von weichen Vermutungen trennen und für sich die weitere Vorgehensweise festlegen. Dabei trieb ihn eine zentrale Frage um: War es zu diesem Zeitpunkt schon gescheit, an Verena Becker heranzutreten und sie mit einem Tatvorwurf zu konfrontieren?

Er fand lange keine Antwort darauf und so war er dann auch äußerst unruhig eingeschlafen. Mindestens zwanzig Mal war er in der Nacht wach geworden und fast ebenso oft aufgestanden, bis er gegen fünf Uhr im Wohnzimmer auf dem Sofa liegen geblieben war. Er war sich sicher, dass Kerstin jede seiner Bewegungen, jedes Aufstehen bemerkt und sich nur schlafend gestellt hatte, um ihn nicht noch zusätzlich zu nerven.

Als Paola und Kerstin nach den ersten Sonnenstrahlen auch aus dem Bett geklettert waren, bot er sich an, zum Bäcker in die Sankt Annenstraße zu gehen. Bei der Gelegenheit konnte er kurz in die gegenüberliegende Buchhandlung Melcher schlüpfen und sich ein neues Buch gönnen, denn gelesen hatte er bestimmt schon zwei Wochen nicht, und das fehlte ihm.

Nach wenigen hundert Metern trat er an den Säulen des Eingangsbereiches vorbei auf den Teppichboden des Buchladens. Es gab mehrere Regale mit Kochbüchern, auf deren Einbänden die fast täglich über den Fernsehbildschirm flimmernden Jungköche lächelten, und Manzetti fragte sich, woher die in ihrem zarten Alter all die für einen Sternekoch notwendigen Erfahrungen hatten. Aber wahrscheinlich würde er seine Sendungen als Fernsehproduzent auch nicht anders machen. Die Köche mussten fotogen sein, jugendlich frisch wie alles im Fernsehen, und ob sie kochen konnten, das war für niemanden wirklich zu überprüfen.

Er nahm sich „Die Pest" von Camus und bezahlte.

Als er mit der Tüte voller noch warmer Brötchen zu Hause ankam, war er erstaunt, dass selbst Lara am Wochenende zu so früher Morgenstunde am Tisch saß.

„Du hier?", fragte Manzetti sie.

„Und nicht in Hollywood?", vollendete Lara den Satz. „Mama hat gesagt, dass wir vielleicht zu Jochen fahren und dann mit ihm shoppen gehen."

Manzetti sah zu Kerstin.

„Ich dachte, dass wir mit dir zusammen bis Potsdam fahren und du dann alleine zum Tierpark nach Berlin weiterfährst. Würde doch gehen, oder?"

„Ich habe umdisponiert und fahre heute nicht zum Tierpark", erwiderte Manzetti, obwohl er den Vorschlag seiner Frau gar nicht so schlecht fand. „Aber wir können alle zu Jochen fahren. Ich möchte sowieso mit ihm reden, und anschließend, wenn ihr einkaufen geht, fahre ich mit der Bahn nach Brandenburg zurück."

„Prima." Kerstin schob Paola die Müslischüssel dichter heran, denn einige Krümel lagen schon über die Tischdecke verstreut. „Du musst mit Jochen reden? Worüber denn?", fragte sie dann neugierig.

„Etwas Dienstliches", antwortete Manzetti, denn er wollte auf keinen Fall in der Gegenwart seiner Töchter darüber reden.

„Hat er was ausgefressen?", mischte sich nun Paola ein.

„Nein", beantworte Kerstin ihre Frage, und augenblicklich war das Interesse der Mädchen erloschen, denn eine Sensation war nicht mehr zu erwarten.

Kaum eine Stunde später fuhren sie durch Potsdam. Der Teil der Landeshauptstadt, in dem Jochens Haus lag, war eine teure Wohngegend, und der VW-Touran der Manzettis fiel allein deshalb auf, weil er in schleichender Fahrt über das holprige Pflaster stotterte. Die Steine waren weitaus noblere Autos gewohnt und vielleicht deshalb so widerborstig.

Kerstin steuerte das Auto schließlich in eine Einfahrt und stellte den Motor ab, während er bereits ausstieg und zur Haustür ging. Er drückte auf den obersten Knopf der Klingelleiste und wartete.

„Buon giorno", sagte er freundlich gestimmt auf ein mürrisches „Hallo", das aus der Wechselsprechanlage kam.

„Andrea, Liebling", surrten die Wörter jetzt nur so durch die Leitung, und Manzetti konnte sich schwerlich vorstellen, dass sie überhaupt durch die dünnen Drähte passten. So dick aufgetragen klangen sie.

„Du Schlampe", hörte er plötzlich dicht an seinem Ohr, denn Kerstin stand neben ihm, hatte alles mit angehört und reagierte in gespielt empörtem Ton.

Sofort summte der Türöffner ohne weitere Bemerkungen von Jochen Kern, und die Kinder schoben die schwere Tür auf und verschwanden im dunklen Hausflur.

„Bitte!" Manzetti hielt Kerstin die Tür auf. „Aber eines kannst du mir glauben: Irgendwann schneide ich ihr den Schwanz ab", ergänzte er, ohne es auch nur ansatzweise so zu meinen.

Trotzdem bekam er prompt eine Belehrung. „Jochen ist ein richtiger Mann, Andrea. Von ihm könnten sich noch einige andere Herren der Schöpfung eine Scheibe abschneiden." Sie verengte die Augen zu gefährlich anmutenden Sehschlitzen, die ihre Bereitschaft erkennen ließen, ihren alten Freund Jochen in jeder Lebenslage zu verteidigen.

„Das will er ganz bestimmt", antwortete Manzetti unterdessen völlig unbeeindruckt und schob Kerstin durch die Tür.

„Was will er?"

„Dass ich Hand an ihn lege, und sei es nur, um mir eine Scheibe abzuschneiden."

Oben an der Tür zum Penthouse wartete Jochen schon und bemühte sich, Kerstin länger und intensiver zu küssen als ihren Mann. „Kommt rein", forderte er mit der zu ihm gehörenden Gestik. „Die beiden Engelchen sind bereits im Arbeitszimmer." Während Jochen die Manzettis in den hallenartigen Wohnraum führte, fragte er mit einer Stimme, aus der echte Zuneigung klang: „Die Mädchen sehen gut aus. Ich hoffe, es geht ihnen auch so?"

Kerstin versicherte, dass es allen ausgezeichnet ginge, zumal ja Wochenende sei und man sich riesig auf den Einkaufsbummel freue, auch wenn Andrea nicht mitkommen könne.

„Was?", fragte Jochen mit lang gezogener Enttäuschung.

„Außerdem ist Paola verliebt", schob Kerstin schnell nach, um die Reaktion Jochens zu übergehen.

„Was?", fragte der Abgelenkte wieder.

Manzetti befürchtete zu Recht, dass sich beide nun längere Zeit in Kleinigkeiten ergehen und ihn die Langeweile erdrücken würde. Deshalb schlich er sich ins Arbeitszimmer und setzte sich zu den Kindern, die bereits von der hervorragenden Computeranlage des Innenarchitekten Besitz ergriffen hatten. Virtuell richteten sie ein Wohnzimmer ein, drehten es in dreidimensionale Ansichten und rückten Fenster, Stühle und Tische. Von ihrem Vater nahmen sie keine Notiz.

Als der nach einigen Minuten wieder in die Halle der Wohnung ging, standen zwei Espressotassen auf dem Glastisch, und die beiden hatten ihn kalt werden lassen. In ihrer munteren Unterhaltung hatten sie alles andere vergessen. „Darf ich euch kurz unterbrechen?", fragte er mit lauter und besonders tiefer Stimme.

„Aber immer, Liebling", sicherte Jochen zu und verzog kurz den Mund, als Kerstins kleine Faust seine Hüfte traf.

„Was hast du denn nun herausbekommen?" Manzetti ließ sich nicht beeindrucken.

„Du meinst sicher deinen Lehrer?", wollte Jochen wissen. In seiner Stimme klang schon ein wenig herausfordernder Triumph mit.

„Genau."

„Dann setz dich lieber hin. Das wird nämlich eine längere Geschichte. Möchtest du auch einen Kaffee?" Jochen wartete die Antwort von Manzetti gar nicht erst ab, und nur Augenblicke später dröhnte die Maschine in der Küche, die offen hinter einem Tresen mit Baldachin lag.

„Also", begann er, nachdem er sich wieder gesetzt hatte. „Dieser Martin Becker hatte sich für den Auslandspool der Lehrer beworben und als erstes Angebot Polen erhalten." Bei dem Wort rümpfte er die Nase, so als hätte Luft seinen Darm verlassen. Der drohende Zeigefinger Manzettis machte ihm seine Ausländerfeindlichkeit bewusst, und er beeilte sich mit der Entschuldigung. „Nicht wegen des schönen Landes, Andrea-Schätzchen. Da wollte er nicht hin, weil er die Sprache nicht beherrschte, so hat er jedenfalls seine Ablehnung begründet, und schon das zweite Angebot war Namibia, was ihm offensichtlich besser gefiel. Wohl auch, weil man dort unsere Sprache spricht."

Manzetti hörte interessiert zu und schlürfte seinen Espresso.

„In Namibia wurde er an die DHPS, die Deutsche Höhere Privatschule, nach Windhoek geschickt. Dort blieb er drei Jahre, und als sein Vertrag verlängert werden sollte, da hat er gekündigt und sich merkwürdigerweise an eine Schule im Norden versetzen lassen."

„Was ist daran so merkwürdig?", warf Manzetti ein.

„Erst einmal nichts, aber wenn man genauer hinsieht, eine ganze Menge. An der privaten DHPS ist er von Deutschland bezahlt worden und hat letztendlich mehr als hier verdient. Aber an der staatlichen Schule im Norden, wo hauptsächlich schwarze Kinder unterrichtet werden, hat ihn die Regierung von Namibia bezahlt, und sein Einkommen entsprach etwa der Hälfte dessen, was er zuvor bekam."

„Das ist doch dann aber hochlöblich", unterbrach jetzt Kerstin, die schon immer sehr beeindruckt war von solch selbstlosem Engagement.

„Das dachte ich auch, Liebes. Aber warum sollte ein solch ehrenwerter Märtyrer dann später eines der Opfer werden, die deinen Mann beschäftigen?"

„Das wirst du uns hoffentlich erzählen", ermutigte Manzetti.

„Da muss ich dich enttäuschen. Aber einiges war da in Namibia schon noch merkwürdig. Becker lernte nämlich eine Tierärztin kennen, übrigens eine wirkliche Deutsche, nicht nur mit deutscher Abstammung ..." Bei dieser Bemerkung sahen sich die Manzettis vielsagend an. „Und diese Dame war bis zu ihrer Ausreise alles andere als gern gesehen in diesem südafrikanischen Land. Manch ein weißer Farmer, der durch die Jagd auf Wildtiere den einen oder anderen Dollar nebenbei verdiente, hat sie gehasst wie der Teufel das Weihwasser. Sie gehörte nämlich dem schwer militanten Flügel des WWF an und ist mit härtesten Methoden gegen Wilderei und auch gegen jeden legalen Abschuss vorgegangen. Insbesondere gegen den von Elefanten."

Manzetti brummte zustimmend, und Jochen fuhr fort: „Apropos Weihwasser. Sie soll vorher übrigens ein äußerst pikantes Verhältnis gehabt haben, und dreimal dürft ihr raten, mit wem?" Da Jochen die Frage an sich selbst stellte, wartete er nicht, bis er eine Antwort erhielt. „Mit einem katholischen Geistlichen, der deshalb auch vom heiligen Stuhl zurückbeordert wurde. Ihr wisst schon ...", sagte Jochen, „... das Zölibat."

„Und der Geistliche hieß Fred Weinrich und hat Becker seine Geliebte überlassen", bemerkte Manzetti und spürte, wie sich wohlige Wärme in seiner Brust breitmachte. Als er gestern mit Herbert über Elfenbein und Afrika philosophiert hatte, und selbst nach den Hinweisen von Beckers Vater, war er sich noch nicht sicher. Jetzt sagte ihm sein Gespür, dass Verena Becker die Jeanne d'Arc der afrikanischen Savanne war und dass sie direkt mit den Morden zu tun hatte.

„Glaubst du mir etwa nicht?", brach es aus dem sensiblen Jochen heraus. Er glaubte wohl, dass Manzetti ihn auf den Arm nahm.

„Doch, doch. Ich danke dir sogar sehr. Und der Pfarrer, den du meinst, hieß wirklich Weinrich. Dessen bin ich mir sicher."

„Warum hieß?", fragte Jochen.

„Weil er das andere Mordopfer ist."

„Wirklich?"

Manzetti nickte. Damit schloss sich der Kreis, und wie eine Erleuchtung kam ihm der nächste Gedanke. Den galt es aber vor dem Aussprechen noch zu verifizieren, deshalb behielt er ihn lieber noch für sich und fragte stattdessen beiläufig: „Hast du noch mehr, Jochen?"

„Reicht das nicht? Ich hatte doch bloß ein paar Tage Zeit. Außerdem bin ich kein Polizist", gab er zu bedenken.

„So habe ich das nicht gemeint. Ich bin dir wirklich sehr dankbar, und du hast jeden Wunsch frei. Versprochen", sagte Manzetti und bereute seine Großzügigkeit sofort wieder. Wenn Jochen das nur nicht ausnutzte! „Buona fortuna für euren Einkauf", wünschte er deshalb schnell und ließ sich von Jochen ein Taxi bestellen.

„Wo willst du hin?", wollte Kerstin wissen, aber Manzetti rannte bereits die Treppe hinunter, ganz so, als wäre zu befürchten, das Taxi könnte ohne ihn abfahren.

22

Der Gedanke, dass er es mit einer Dreiecksgeschichte der besonderen Art zu tun hatte, einer Troika aus zweimal Becker und einmal Weinrich, beschäftigte ihn während der zehnminütigen Fahrt derart, dass er die Menschenmenge auf dem Luisenplatz ebenso wenig wahrnahm wie die immer wieder faszinierende Rückfront von Schloss Sanssouci. Als das Taxi hielt, bezahlte er mit einem Zehner und ließ dem Fahrer das Kleingeld. Dann stieg er aus und klingelte an der Tür, vor der er vor kurzem schon einmal gestanden hatte. Er hatte die Hand noch nicht wieder heruntergenommen, als ihm auch schon geöffnet wurde.

Es war Pfarrer Hartung selbst, der vor ihm stand. „Herr Manzetti?" Die Überraschung des Geistlichen war offenkundig.

„Guten Morgen, Herr Pfarrer", entgegnete Manzetti, ebenfalls ein wenig überrascht, da er eigentlich mit der älteren Haushälterin gerechnet hatte.

„Ach ja. Guten Morgen", erwiderte Hartung den Gruß und kam langsam zur Besinnung.

Manzetti bemerkte die Verwirrung in den Augen des Geistlichen, sprach ihn aber nicht darauf an, sondern hoffte, dass Hartung sie von sich aus erklären würde.

„Kommen Sie doch rein, Herr Manzetti."

Er folgte dem Geistlichen in das Arbeitszimmer, das er bereits kannte. Sogar derselbe Stuhl wurde ihm angeboten. Noch bevor Hartung das Gespräch eröffnen konnte, trat wie durch Zufall Pater Johannes ein und nickte Manzetti überaus freundlich zu. Er traf also auf dieselbe Gesellschaft wie beim letzten Mal. Selbst die Jungfrau Maria und der blutige Jesus waren anwesend. Rein äußerlich hatte sich also nichts verändert. Aber galt das auch für die anwesenden Menschen?

Die Freundlichkeit des Paters musste nicht unbedingt eine Botin des Guten sein. Auch Hartung wirkte anders auf Manzetti. Er war viel blasser und trug dunkle Ringe unter den Augen. Seine Hände schienen gealtert, seit Manzetti ihn das letzte Mal gesehen hatte. Trotzdem war er noch der Hausherr und fragte den Besucher, ob er etwas trinken wolle. Als Manzetti verneinte, kam Hartung schnell zum Kern. „Sie kommen bestimmt wegen des Kreuzes."

Jetzt lag die Überraschung wieder bei Manzetti, denn der konnte mit dieser Bemerkung überhaupt nichts anfangen. „Ein Kreuz?", fragte er deshalb und hob die Stimme bei der letzten Silbe so deutlich, wie es ein Erstklässler macht, dem gerade die Bedeutung des Fragezeichens erklärt wurde.

„Ja, unser Kreuz", erklärte Pater Johannes. „Sie erinnern sich vielleicht an das Kunstwerk, das Diakon Weinrich gestiftet hatte und das im Hof stand."

„Ja, natürlich. Was ist mit dem Kreuz?" Manzetti war verblüfft.

„Es wurde in der letzten Nacht gestohlen", kam es wieder von Hartung und mit ebenso großer Verblüffung. „Hat man Sie etwa nicht deshalb geschickt, Herr Manzetti?"

„Nein. Ich bearbeite noch immer den Mord an Diakon Weinrich. Wegen des Kreuzes werden andere Kollegen kommen. Bestimmt", versicherte Manzetti, hoffte aber, dass die sich noch etwas Zeit ließen und ihm nicht dazwischenpfuschten.

„Haben Sie den Tod des Diakons endlich aufgeklärt?", fragte Pater Johannes.

„Noch nicht", antwortete Manzetti. „Aber ich glaube, dass wir kurz davorstehen." Damit lehnte er sich sehr weit aus dem Fenster, was ihm auch umgehend bewusst wurde.

„Und wie können wir Ihnen helfen?", fragte Hartung. Da er zwischen Manzetti und Pater Johannes stand, konnte sein geistlicher Kollege das für Manzetti bestimmte Zwinkern des rechten Auges nicht sehen.

„Ich habe noch ein paar Fragen."

„Zu welchem Zweck?", wollte der Pater wissen und strich seine Soutane glatt, als er sich gesetzt hatte.

„Um den Schuldigen zu finden."

„Und was dann?"

„Dann übergeben wir ihn der Justiz und verhindern so eine Wiederholung der Tat."

„Sie können solche Taten nicht verhindern, Herr Manzetti, und ich glaube, dass Sie intelligent genug sind, dies zu verstehen."

„Ja und nein, Pater. Gänzlich kann ich Verbrechen nicht verhindern. Da gebe ich Ihnen sicherlich Recht. Aber diesen Täter, den können wir stoppen. Weitere Opfer braucht es dann nicht zu geben." Manzetti sah zu Hartung, um zu überprüfen, ob der dem Gespräch folgte. Er konnte beruhigt sein: Die anfängliche Müdigkeit des Pfarrers war wie von Geisterhand weggewischt.

„Dann fragen Sie, Herr Manzetti", ermutigte Hartung und erntete sofort einen giftigen Blick von Pater Johannes.

„Warum ist Diakon Weinrich aus Namibia weggeschickt worden?"

Hartung blickte zu Pater Johannes und der zu Manzetti. Zwischen allen lag eine knisternde Spannung, von der Manzetti fast die Funken sprühen sah.

Während einer ziemlich langen Pause ohne jede Reaktion überlegte Manzetti, wie er diese Situation für sich ausnutzen konnte. Er brauchte dringend Öl, das er ins Feuer gießen und so den siedenden Tiegel zum Überlaufen bringen konnte. Er musste aber auch das Versprechen an Pfarrer Hartung halten. Deshalb entschloss er sich zu pokern.

„Wir haben bei einer anderen Leiche eine Art Bekennerschreiben gefunden und nun auch ein solches mit einem möglichen Bezug zum Diakon erhalten", log er und vermied es, Hartung anzusehen, obwohl er schon gerne dessen Mimik studiert hätte.

„Und?", fragte Pater Johannes vollkommen gleichgültig.

„Es gibt Hinweise zur Kinderschänderszene. Auch über Diakon Weinrich."

Wieder trat eine Pause ein, bis plötzlich Hartung einen Schritt auf den Pater zu machte. „Warum sagen wir ihm nicht endlich die Wahrheit? So wird alles nur noch viel schlimmer."

Der Pater reagierte darauf überhaupt nicht, sah aber Manzetti weiter gebannt an. Nach einigen Sekunden, die sich für Manzetti unendlich ausdehnten, löste sich die Körperspannung bei Pater Johannes, und er sackte etwas in sich zusammen, ohne dabei den Eindruck des Geschlagenen zu erwecken. „Sie entschuldigen mich einen Augenblick." Es war mehr eine Forderung als eine Bitte.

Nachdem er das Zimmer verlassen hatte, wandte sich Manzetti an Hartung. „Wo will er hin?"

Der Pfarrer regte sich einen Moment nicht, deutete dann mit dem Finger zu einem der beiden Telefone auf dem Schreibtisch und sagte, als ein rotes Lämpchen aufleuchtete: „Er telefoniert mit dem Bischof." Mit dem Blick eines Hausierers, der verzweifelt Töpfe und Messer feilbietet, drehte er sich dann zu seinem Gast um. „Herr Manzetti ... wie soll ich es sagen ... Sie halten sich ..."

„Keine Sorge, Herr Pfarrer. Ich halte mein Versprechen", versicherte er und fragte sich, welche Erfahrungen Hartung mit wem gemacht haben musste.

Sie kamen nicht mehr dazu, ein Gespräch aufzubauen, denn nach kaum zwei Minuten kam Pater Johannes zurück. „Also gut, Herr Manzetti. Wir werden Ihnen helfen, wenn Sie uns ein gewisses Maß an Verschwiegenheit zusichern."

„Wem gegenüber?"

„Den Medien."

„Einverstanden. Aber ich kann ein Versprechen nur für mich selbst geben."

Pater Johannes nickte und setzte sich wieder auf seinen Stuhl.

„Meine Frage war, warum Sie Weinrich aus Afrika abberiefen?"

Pater Johannes legte ein Bein über das andere und lehnte sich zurück. Manzetti sah das erste Mal einen schwarzen Schuh des Priesters, und als er die breite silberne Schnalle quer über dessen Spann entdeckte, musste er unweigerlich an Jochen Kern denken.

„Der Diakon war dort in einer Mission eingesetzt und machte eigentlich eine gute Arbeit. Er sollte schon vor zehn Jahren zum Priester geweiht werden, aber da wurde er in eine üble Geschichte verstrickt."

„Könnten Sie das bitte etwas genauer erklären?", forderte Manzetti, als er merkte, dass die Worte des Paters immer leiser und langsamer kamen.

„Er nahm das Zölibat nicht so ernst, wie es seiner Berufung eigentlich hätte entsprechen müssen, und bei seinen wechselnden

Partnerinnen war dann auch mal eine dabei, die noch minderjährig war, ohne dass man ihr das ansah."

„Das klingt nach Entschuldigung", behauptete Manzetti und genoss es sichtlich, wie mit jedem Satz der Zeiger zu seinen Gunsten ausschlug.

„Das mag sein. Aber das Mädchen sah wirklich viel älter aus, als es dann leider tatsächlich war."

„Und weiter?", stocherte Manzetti und schaute zur Abwechslung mal wieder zu Pfarrer Hartung, der regungslos an der Wand lehnte.

„Er lernte eine Tierärztin kennen, die ihm half, die ganze Sache zu vertuschen."

„Verena Heise."

Pater Johannes zuckte die Schultern.

„Verena Heise", wiederholte Manzetti.

„Ja. Woher wissen Sie das?"

„Pater, bei allem Respekt, aber die Fragen stelle ich."

„Selbstverständlich", sagte Johannes mit beginnender Unsicherheit.

„Und weiter?"

„Er hatte schließlich auch ein Verhältnis mit ihr, das längere Zeit als sonst wohl bei ihm üblich andauerte, so dass es sich schwer verbergen ließ. Der Vatikan zog ihn daraufhin sofort ab."

„Was war da noch?", bohrte Manzetti weiter.

„Ich weiß nicht, was Sie meinen, Herr …"

„Elfenbein!"

Johannes zögerte mit der Antwort so lange, dass Manzetti seine Frage wütend wiederholen musste. „Was war mit dem Elfenbein?"

„Ich weiß noch immer nicht, was Sie meinen."

„Wollen Sie mich zum Wortbruch verführen?", erkundigte sich Manzetti.

„Ich verstehe Sie nicht, Herr Manzetti", mischte sich jetzt Hartung ein.

„Ich könnte meine Schweigezusage gegenüber den Medien brechen."

„Diakon Weinrich hat die Missionsgebäude missbraucht", sprudelte es nun aus Hartung heraus.

„Nein", fiel ihm Johannes scharf ins Wort. Aber damit hatte er keinen Erfolg mehr. Es war lediglich ein letztes Aufflackern seines verordneten Widerstandes.

„Seien Sie endlich still", brüllte Hartung und sank anschließend auf einem Stuhl zusammen. Tränen tropften aus seinen Augen, und er stützte seinen Kopf in die zittrigen Hände.

„Er hat", nahm nun Pater Johannes den Faden wieder auf, „die Garagen der Mission dubiosen Gestalten zur Verfügung gestellt und Luftfrachtkisten mit dem Siegel des Vatikans auf Reisen geschickt."

„Was war da drin?"

„Sie haben es doch schon gesagt", behauptete Pater Johannes und senkte seinen Blick zu Boden, als nähme er alle Schuld Weinrichs auf sich. „Elfenbein."

Manzetti hatte gewonnen und mäßigte seinen Ton auf das normale Niveau. „Wohin ging der Erlös?"

„Es gab keinen. Man hat ihn wegen des Verhältnisses zu dem minderjährigen Mädchen erpresst. Er konnte gar nicht anders. Er musste es tun."

„Und deshalb haben Sie ihn nach Deutschland geschickt."

„Nein. Er kam zuerst in ein Kloster bei Pisa. Erst nach weiteren sechs Jahren kam er vor einem halben Jahr hierher nach Potsdam."

Mehr Informationen hatten die beiden nicht für ihn, und Manzetti ließ sie in ihrer Enttäuschung zurück, ohne auf die Frage zu antworten, wie es nun weiterginge.

Er lief die knapp zwei Kilometer zum Bahnhof und freute sich nicht nur über die wärmende Sonne.

23

Manzetti fuhr mit der nächsten Regionalbahn direkt nach Brandenburg zurück. Da die Fahrt nur knapp zwanzig Minuten dauerte, blieb ihm nicht genügend Zeit zum Grübeln. Er begnügte sich damit, die angenehme Frische aus der Klimaanlage zu genießen, und reckte der draußen gebliebenen Mittagssonne symbolisch den Stinkefinger entgegen. Dafür rächte die sich umgehend, als er am Brandenburger Hauptbahnhof ausstieg.

In der Direktion ging Manzetti sofort in sein Büro. Auf dem Schreibtisch lagen einige Briefe, die ihn aber nicht sonderlich interessierten. Daneben fand er eine Liste von Kontobewegungen Martin Beckers, die allesamt Eingänge aufzeigten und in einer Summe von neunhundertdreiundzwanzigtausend Euro mündeten.

Er rief Sonja Brinkmann an, die für das Wochenende dem Bereitschaftsdienst zugeteilt war, und bestellte sie zu sich.

„Ich habe noch nicht so viel herausbekommen", erklärte sie noch auf der Türschwelle. Manzetti stand neben seinem Schreibtisch und starrte auf ihre Brust. Nicht wegen der gut geformten Rundungen unter dem knappen T-Shirt, sondern wegen des Blattes Papier, das sie vor sich hielt.

„Was ist das?", fragte er und deutete mit dem Kinn auf den Zettel.

Sonja überreichte das Schriftstück und setzte sich unaufgefordert auf einen Stuhl. Manzetti las schweigend. Es war eine weitere Übersicht von Kontobewegungen. Dieses Mal älteren Datums und nur mit Abbuchungen. Kontoinhaber war wieder Becker, allerdings nicht bei der Brandenburger Bank, sondern bei der Nationalbank Windhoek.

Im Kopf rechnete Manzetti die horrenden Ausgaben zusammen und stellte fest, dass der Lehrer mehr Geld ausgegeben hatte, als die meisten Menschen im Jahr verdienten. Allein 2002 hatte er mehr als zwei Millionen achthunderttausend namibische Dollar auf ein Konto einer Bank in Kapstadt überwiesen.

„Wie viel sind zwei Millionen achthunderttausend namibische Dollar?", fragte Manzetti und nahm seinen Blick vom Papier.

„Etwa dreihundertfünfzigtausend Euro", rechnete Sonja aus, die offenbar auf diese Frage gewartet hatte.

„Verdammt viel Geld", kommentierte er mit leisem Pfeifen. Insgeheim rechnete er wieder und musste leicht enttäuscht feststellen, dass sein Jahresgehalt nicht einmal zehn Prozent davon ausmachte. „An wen ging das Geld?"

Sonja schlug die Beine übereinander und verschränkte ihre Arme unterhalb der Brüste, wodurch die noch praller nach oben geschoben wurden und er fürchten musste, dass sie aus dem T-Shirt direkt vor seine Füße kullerten. „Das wissen wir noch nicht. Jedenfalls nicht direkt."

„Warum nicht?", beharrte Manzetti.

„Weil wir es mit den Banken in Südafrika zu tun haben und über Interpol einen Antrag stellen müssen. Südafrika ist zwar nicht die Schweiz, aber banktechnisch schon ziemlich dicht dran."

„Dann frage ich mich", sagte Manzetti, als er sich hinter seinen Schreibtisch setzte, „warum wir noch keinen gestellt haben."

„Claasen wollte ihn nicht unterschreiben. Er meinte, dass die Verdachtsmomente noch nicht zwingend genug seien und er sich auf internationalem Parkett nicht blamieren wolle."

Das sah dem Direktor ähnlich, und Manzetti konnte sich dessen Mimik während dieses Gesprächs bildhaft vorstellen. Der schöne Schein war ihm wichtiger als Verbrechensbekämpfung. Er warf den Zettel wütend vor sich auf die Tischplatte.

„Andrea?"

„Ja." Er sah zu Sonja hinüber.

„Der Oliver ... mein Lebensgefährte ..."

„Nicht jetzt", unterbrach Manzetti, denn dafür hatte er momentan überhaupt keine Nerven.

„Der Oliver", setzte Sonja unbeirrt fort. „Der ist doch für die Computersicherheit einer großen Bank zuständig."

Jetzt hörte Manzetti plötzlich doch aufmerksam zu. Aus einem früheren Verfahren erinnerte er, was nun kommen würde. Bei den Leuten von der Bank gab es nämlich Tage, an denen sie Dinge vornahmen, die alles andere als legal waren und in ihrem Sprachgebrauch scharfes Training hießen. Sie überprüften die Sicherheit der Systeme der Konkurrenz und zogen damit Schlussfolgerungen für das eigene Unternehmen. Dabei durfte natürlich kein Schaden für irgendjemanden entstehen.

„Und?", fragte er.

„Du weißt, dass es eigentlich verboten ist?"

Manzetti nickte kaum sichtbar.

„Namibia hat zwar eine sehr liberale Verfassung", begann Sonja umständlich ihre Erklärung. „Trotzdem haben gerade die Weißen große Angst, dass das politische Gefüge umkippt und sie Verhältnisse wie in Simbabwe bekommen. Deshalb haben fast alle Reichen Konten in Südafrika, um ihre Gelder in Sicherheit zu bringen."

„Dann hat Becker also Geld bloß auf sein anderes Konto umgebucht?"

„Nein. Das transferierte er immer nach Europa. Zumeist nach Luxemburg."

„Oder nach Brandenburg", ergänzte Manzetti.

„Eben nicht, Andrea. Sein Geld auf dem Konto der Brandenburger Bank stammt aus einer Erbschaft. Ansonsten hätte er bei solchen Summen einen Nachweis erbringen müssen. Es ist also alles in Ordnung damit. Aber in Luxemburg bediente er ein Nummernkonto mit mehr als drei Millionen Euro", sagte Sonja, und da sie sah, dass Manzetti ihr weiter aufmerksam zuhörte, fuhr sie fort. „Die drei Millionen sind allesamt aus Südafrika geflossen. In Raten von fünfhunderttausend und über einen Zeitraum von fast sechs Jahren."

Manzetti hörte noch immer zu, stemmte sich aber gegen die Versuchung, auch diesen Betrag in Relation zu seinem Gehalt zu setzen. Er sah wieder auf die Liste, die vor ihm lag. „An wen sind denn nun die Überweisungen nach Kapstadt gegangen?" Wenn alles mit Elfenbein zu tun hatte, wovon Manzetti zutiefst überzeugt war, dann war sicherlich irgendjemand für seine Dienste bezahlt worden.

„Deklariert waren sie als Mietzins für ein Gebäude im Norden Namibias."

Jetzt überschlug Manzetti doch wieder die Summe und errechnete, dass Becker eine Monatsmiete von dreißigtausend Euro entrichtet hatte. „Wahnsinn."

„Es kommt noch besser." Sonja stand auf und trat an den Schreibtisch. Mit der rechten Hand drehte sie das Blatt Papier und deutete dann auf die klein gedruckte oberste Zeile.

„Das ist das Konto einer Rechtsanwaltskanzlei in Kapstadt."

„Nicht schlecht", lobte Manzetti.

„Scheint so", entgegnete Sonja bescheiden.

„Und wer steckt dahinter?"

„Ein Anwaltskollegium, und der Chef heißt Franz. Kurt Franz. Er ist vor zehn Jahren nach dort ausgewandert."

„Hat er noch Kontakte nach Europa?", fragte Manzetti.

Sonja nickte.

„Und wohin?"

„Aber mehr habe ich dann wirklich nicht", stellte sie gleich klar und legte ihm einen Computerausdruck auf den Tisch, den sie aus der Gesäßtasche ihrer Jeans zog. Es handelte sich um die Homepage der besagten Kanzlei, bei der Sonja eine Telefonnummer mit südafrikanischer Landeskennung rot unterstrichen hatte. Dann zog sie ein weiteres Blatt aus der Hose und breitete auch das vor Manzetti aus. Ganz unten war auch hier eine Telefonnummer rot unterstrichen, die offensichtlich auf Auslandsvertretungen hinwies. Die Zahlenfolgen auf beiden Zetteln waren komplett identisch.

Manzettis Augen wanderten auf dem Papier nach oben und hielten erst, als sie auf einen Namen stießen. Er traute seinen Augen nicht und lehnte sich mit dem Blatt in der Hand in seinem Sessel zurück. Immer wieder las er die zwei Worte: Gutendorf & Partner.

Als er sich wieder gefangen hatte, schickte er Sonja nach Hause, nicht ohne sie aber noch einmal für ihre hervorragende, wenn auch illegale Arbeit zu loben. Als ihr Vorgesetzter musste er allerdings anfügen, dass in Zukunft nur noch gemäß den Vorschriften und Gesetzen zu verfahren sei und er keine Alleingänge dulde.

Als er dann allein in seinem Büro saß, erinnerte er sich an die Szene in der Hauptstraße. Er sah vor seinem inneren Auge, wie eine kräftige Hand im Gesicht des jungen Gutendorfsohnes landete und wie dessen Vater im Büro von Claasen in gnädiger Erbarmung von einer Bestrafung Manzettis abriet. Vielmehr solle sich Manzetti gerade in diesem Fall bewähren. Und das hatte ein Mann vorgeschlagen, der ansonsten als skrupellos galt und von dem Herbert Jahn behauptete, dass er gefährlich sei. War es vielleicht eine Bestechung gewesen, im Vorgriff darauf, dass Manzetti etwas Unliebsames entdecken könnte?

Was hatte Gutendorf überhaupt mit den beiden Morden zu tun?

Becker und auch Weinrich waren offenbar irgendwie an dem Elfenbeinhandel beteiligt. Verena Becker war den beiden auf die Schliche gekommen und hatte sie getötet. Wenn aber Gutendorf da mit drinsteckte, dann war auch der in Gefahr. Er könnte das nächste Opfer sein und Verena Becker ihm bereits auf den Fersen.

Mitten in seine Überlegungen platzte Köppen in das Dienstzimmer.

„Herr Hauptkommissar. Ich habe gehört, dass Sie noch hier sind", sprudelte es aus ihm heraus, und seiner bebenden Stimme hörte man jedes Körnchen Aufregung an.

„Was gibt es denn? Ich wollte gerade gehen", sagte Manzetti, ohne den Versuch zu machen, Köppen zu beruhigen.

„Becker. Verena Becker. Sie ist tot."

„Was?", schrie Manzetti entsetzt.

„Frau Becker. Sie ist tot. Man hat sie im Tierpark Berlin gefunden. Im Eisbärengehege."

24

Köppen stand weiter regungslos in der Tür, rieb sich mit dem Nagel des Zeigefingers die Haut vom Daumen und machte einen deprimierten Eindruck, gerade so, als wäre von seiner Nachricht ein naher Verwandter betroffen. Für ein paar Augenblicke versagte wohl auch seine Sprache, denn selbst der fordernde Blick Manzettis entlockte ihm keine Silbe.

Endlich fand er sich aber wieder und sagte: „Die Kollegen aus Berlin haben vor ein paar Minuten angerufen. Sie hatten von den Morden in Brandenburg gehört, und jemand hat dann eins und eins ..." Köppen stockte kurz und korrigierte sich. „... er kombinierte wohl, dass es einen Zusammenhang geben könnte."

„Was haben die vorgeschlagen?", wollte Manzetti wissen.

„Wer?", fragte Köppen, der offensichtlich die Gedankengänge seines Vorgesetzten nicht verstand.

„Na, die Kollegen aus Berlin", half Manzetti deshalb nach.

„Ach ja. Sie sind noch bei der Spurensicherung und fragen, ob wir den Tatort sehen möchten. Sie würden bis zu unserem Eintreffen ihre Arbeit unterbrechen."

Und hoffen, dass wir den Fall übernehmen, spann Manzetti den Faden gedanklich weiter. „Gut", sagte er mit Blick auf die Uhr auf dem Schreibtisch und folgte den Reflexionen der Sonnenstrahlen, die durch das Pendel ständig in eine andere Ecke des Raumes geworfen wurden. „Rufen Sie dort an und teilen ihnen mit, dass wir in einer Stunde da sind. Anschließend besorgen Sie ein Auto und warten unten auf mich."

„Sonst noch was?", fragte Köppen, während er schon auf den Flur trat.

„Nein, danke", antwortete Manzetti und griff zum Telefon.

„Bremer", knurrte es nach kurzem Klingeln durch die Leitung.

„Manzetti hier. Dottore, wie sind Sie drauf?"

„Warum?", kam es kurz und nicht viel freundlicher durch den Hörer.

„Ich brauche Sie. Dringend."

„Wie dringend?", fragte der Rechtsmediziner, und Manzetti wertete das als minimalen Versuch, sich aus dem Einsatz zu winden. „Sehr, mein Lieber, sehr. Wir haben eine weitere Leiche."

„Wo?"

„In Berlin."

„Manzetti, verfallen Sie jetzt in Sensationstourismus oder wollen Sie die ganze Welt retten?" Bremer hob beim Sprechen die Stimme, um der Humoreske mehr Gewicht zu verleihen. „Berlin ist nicht nur die Hauptstadt, Berlin ist auch ein anderes Bundesland. Da sind wir nicht zuständig."

„Vielleicht doch", verteidigte Manzetti sein Begehren. „Die Tote ist Frau Becker, und sie wurde im Eisbärengehege gefunden."

„Oh, Mann", sagte Bremer. Dann trat eine Pause ein. Keiner der beiden mochte in diesem Moment sprechen. Bremer war es, der die andächtige Stille schließlich durchbrach. „Holen Sie mich in zehn Minuten zu Hause ab. Robert-Koch-Straße. Ich werde unten stehen."

Einen Augenblick später stürmte Manzetti durchs Treppenhaus dem Ausgang entgegen. Ihn plagten fürchterliche Gewissensbisse. Hätte er den Tod der Tierärztin verhindern können? Würde sie noch leben, wenn er wie verabredet heute Vormittag bei ihr erschienen wäre?

Er fühlte sich hundeelend. All die Mosaiksteinchen, die er bislang gesammelt hatte und aus denen er schon ein fast fertiges Bild gelegt hatte, mussten nun doch anders zusammengefügt werden. Und es fehlten ihm offensichtlich noch ein paar Steinchen. Die, die ihm den Mörder zeigen würden – denn Verena Becker war wohl kaum die Täterin.

Vielleicht musste er in eine völlig neue Richtung denken. Manzetti stand lange genug im Dienst der Polizei, um auch den Wandel der Kriminalität erlebt zu haben. Hatten sie hier in der Provinz noch vor zehn Jahren kleine Drogenhändler oder auch mal den einen oder anderen Ehemann gejagt, der angetrunken auf seine Frau eingestochen hatte, so sahen sie sich heute einem viel mächtigeren Gegner gegenüber, nämlich dem undurchdringlichen Gestrüpp der organisierten Kriminalität.

„Köppen", rief er, unten angekommen, zu dem Zimmer herüber, in dem der Dauerdienst saß. Seine Schritte hallten über den menschenleeren Flur und klangen bedrohlich. Trotzdem steckte jemand den Kopf aus der Tür und schaute dem heranpreschenden Hauptkommissar entgegen.

„Wolter, sind Sie alleine hier?"

„Nein", antwortete der Mann, mit dem viele Kollegen Mitleid hatten, weil seine Intelligenz offensichtlich mit den Anforderungen des modernen Polizeiberufes nicht Schritt halten konnte. Aber niemand wollte ihm das so kurz vor der Pensionierung noch direkt ins Gesicht sagen. „Der Kollege Köppen und die Frau Berger sind auch noch da."

„Wo ist Frau Berger?"

Da erschien auch sie in der Tür, noch kauend, aber schon sehr aufmerksam.

„Sie beide gehen in die Asservatenkammer und lassen sich die Schuhe der beiden Mordopfer geben. Damit klappern Sie alle Schuhläden ab, die jetzt noch geöffnet haben, und kriegen heraus, wo die gekauft wurden."

„Klar", sagte Wolter. „Wir werden es versuchen."

„Sie werden es nicht versuchen, Sie werden das herausfinden", konterte Manzetti mit zornigem Blick.

„Klar, Herr Hauptkommissar", sagte Wolter kleinlaut und sehnte den nahen Ruhestand etwas schneller herbei.

Manzetti stieg zu Köppen ins Auto und nannte ihm die Adresse von Dr. Bremer. Nach wenigen Minuten stieg auch der Arzt zu, und mit Blaulicht jagte Köppen der Autobahn entgegen.

„Was haben wir bislang?", fragte Bremer.

„Nicht mehr, als ich Ihnen bereits mitteilte. Oder?" Manzetti suchte über den Rückspiegel Blickkontakt zu Köppen.

„Nichts weiter", bestätigte der und sah gleich wieder nach vorne.

„Waren die Bären im Gehege?", fragte Bremer.

Manzetti begriff sofort den Hintergrund der Frage und musste zugeben, dass er in der Hektik der letzten Minuten gar nicht daran gedacht hatte. Was würden sie noch vorfinden, wenn die Eisbären an dem toten Körper herumgebissen hatten?

197

Köppen lenkte unterdessen den VW-Passat auf die Autobahn und gab sofort Vollgas. Das Auto sprang förmlich auf die linke Spur und scheuchte alle anderen nach rechts. Mit jaulender Sirene fuhren sie der Hauptstadt entgegen.

Fünfzig Minuten später hatten sie den Tierpark erreicht. Am Eingang kamen sie am Schaugehege der Schwarzbären vorbei und warfen einen Blick hinter die zentimeterdicke Scheibe. Zwei Tiere lagen müde in der Sonne; auch ihnen war bei der Hitze offensichtlich jede Bewegung zu viel.

Am Tor zeigte Manzetti seinen Dienstausweis und erklärte dem Kartenabreißer, dass die beiden anderen zu ihm gehörten. „Wo geht es zu den Eisbären?", fragte er schnell noch, als sie schon fast an dem Mann vorbei waren.

„Hinter den Toiletten rechts", rief er ihnen hinterher und nahm bereits die nächsten Eintrittskarten entgegen, von einer Mutter, die zwei Mädchen an der Hand führte.

Schnellen Schrittes folgten sie dem Weg, in die Richtung, die ihnen auch ein hölzerner Wegweiser anzeigte. Hinter der nächsten Kurve wurden sie von einem uniformierten Kollegen angehalten. Er warf nur einen kurzen Blick auf die Dienstausweise, um dann das hinter ihm gespannte Absperrband anzuheben, und Manzetti musste unwillkürlich auf das Wappentier, den schwarzen Bären, schauen, der den Ärmel des Polizisten zierte.

Am Gehege selbst herrschte absolute Ruhe. Einige Herren in grüner Tierparkkluft wurden von anderen Männern umringt, die unaufhörlich etwas in kleine Notizhefte schrieben. Aus deren Mitte trat ein etwa dreißig Jahre alter Mann, der auch jedes Plakat für die nächste Wahl zum Mister Universum schmücken könnte.

„Mein Name ist Lorenz, und Sie sind sicherlich der Kollege Manzetti", sagte er und streckte seine Hand aus. Das Gesicht war braun gebrannt und das Poloshirt so geschnitten, dass die Brust- und Oberarmmuskeln gut zur Geltung kamen. Er zeigte seine strahlend weißen Zähne, als er Manzetti anlächelte, wie es dem Anlass des Treffens in keiner Weise entsprach.

„Wo ist sie?", fragte Manzetti nur knapp.

Lorenz' Miene verfinsterte sich und er zeigte mit seinem Herkulesarm zum Gehege. Dann ging er wortlos in Richtung des Felsens und lotste die Brandenburger Abordnung durch die Gänge, vorbei an stabilen Gittern, hinter denen riesige Eisbären ihre massigen Köpfe stumpf hin- und herpendeln ließen. Als die Polizisten den Felsen durchquert hatten und wieder in die Sonne traten, nickte Lorenz in die Richtung eines großen Steins, hinter dem sich gut und gerne zwei ausgewachsene Männer hätten verbergen können.

„Da liegt die Leiche, oder besser das, was davon übrig ist."

Manzetti und Köppen wechselten Blicke, die voller grausamer Vorahnung waren. Dr. Bremer stellte seinen Koffer ab und angelte sich daraus den blinkenden Flachmann.

„Bremer!" Manzetti stieß ihm die rechte Hand in den Rücken.

„Für Sie, mein lieber Commissario", sagte Bremer vollkommen ruhig, „oder glauben Sie wirklich, dass Sie gleich etwas zu sehen bekommen, was Sie so einfach wegstecken können?" Dann fragte er Lorenz: „Die Bären waren doch mit der Toten zusammen im Gehege, oder?"

Lorenz nickte und verzog das Gesicht. Es war klar, dass er bereits hinter den Stein geschaut hatte. Also nahm Manzetti Bremer die Metallflasche ab und trank. Dann reichte er sie an Köppen weiter.

„Muss ich wirklich mitkommen?"

Manzetti überlegte kurz und hatte dann Mitleid mit dem jungen Kollegen. „Nein, müssen Sie nicht." Und er hörte Köppen erleichtert aufatmen.

Bremer drückte die Schlösser des Koffers wieder zu; die Flasche wanderte in die Hosentasche. Er ging auf den Stein zu, machte aber noch keine Anstalten, dahinter zu treten. Manzetti hielt sich direkt hinter ihm, gefolgt von Lorenz.

„Woher wissen Sie, dass es sich um Frau Becker handelt?" Bremer richtete die Frage an Lorenz.

„Wir haben Teile einer zerfetzten Jacke gefunden, in deren Innentasche ihr Tierparkausweis steckte. Ansonsten deuten die rötlichen Haare auf ihre Identität. Aber schauen Sie selbst. Sie können mich rufen, wenn Sie noch etwas brauchen." Dann bezog Lorenz Posten an der Stelle, wo er gerade stand. Er verspürte keine große Lust, ein zweites Mal hinter den Stein zu schauen, was seine ganze Körpersprache deutlich zum Ausdruck brachte. Nach drei weiteren Schritten tauchten Bremer und Manzetti in den Schatten des Findlings. Was sie sahen, machte sofort das Widerstreben des Berliner Kollegen verständlich. Der rötliche Haarschopf von Verena Becker verschmolz ansatzlos mit dem roten, hautlosen Vorderschädel. Das ehemals hübsche Gesicht wirkte ohne Nase und mit nur einigen Fleischfetzen wie das eines Zombies. Unterhalb des Kinns gab es nur noch eine Halshälfte. Und das war auch schon fast alles, was von dem Körper übrig geblieben war, ein Unterschenkel und einige kleinere Stücke lagen zwei Meter weiter links.

Manzettis aufkeimendes Unwohlsein zwang ihn zum Rückzug, den er erst bei Lorenz stoppte. Der besaß genug Taktgefühl und ließ eine gewisse Zeit verstreichen, bis er ihn ansprach.

„Der für die Eisbären verantwortliche Pfleger hat gestern gegen zwanzig Uhr die Tiere in ihre Käfige gesperrt und das Außengelände gereinigt. Da war noch alles in Ordnung. Als er aber heute früh die Bären nach draußen ließ, verschwand ein Weibchen gleich hinter dem großen Findling und verteidigte den Platz gegen ihre Artgenossen. Sie lugte immer mal wieder hervor und kaute dabei mit blutiger Schnauze."

„Okay", unterbrach Manzetti den Horrorbericht. „Was hatte Frau Becker hier im Tierpark zu suchen?"

„Bitte?", fragte Lorenz verdutzt. „Sie war die Tierärztin und fest angestellt."

„Das meine ich nicht. Was wollte sie hier am Abend? Auch eine Tierärztin hat doch mal Feierabend."

„Ach so. Sie war für die Nachtwache im Dickhäuterhaus eingeteilt. Dort wartet man auf die Geburt eines Panzernashorns. Aber da ist sie nie angekommen."

„Sonst noch etwas von Bedeutung?", wollte Manzetti noch wissen, bevor er wieder zu Bremer musste.

„Nur, dass sie sich in ihrer Praxis offensichtlich umgezogen hatte. Dort hängen nämlich ihre Sachen. Dann hat sie sich wohl verabredungsgemäß auf den Weg zu den Nashörnern gemacht, ist dort aber, wie gesagt, nie angekommen. Gut möglich also, dass sie schon seit gestern Abend im Eisbärgehege gelegen hat. Da dürfte sie bereits tot gewesen sein, sonst hätte sie sich ja befreien können. Die Eisbärin wird sie jedenfalls nicht erst heute Morgen getötet haben, das hätte der Pfleger mitbekommen. Wir gehen von einem Mord aus, das Gehege ist derart gut gesichert, da kann man nicht versehentlich hineinfallen."

Manzetti bedankte sich und ging zu dem Stein zurück. Er überlegte, was als Nächstes zu tun war. Zuerst musste er entscheiden, ob seine Direktion den Fall überhaupt übernehmen konnte. Dazu und um die Abwehr Claasens zu überwinden, brauchte er hieb- und stichfeste Beweise, die einen Zusammenhang mit den Morden an Weinrich und Martin Becker zuließen. Manzetti dachte an griechische Euromünzen oder englische Schuhe.

Bremer hockte in seiner typischen Haltung neben der Leiche, genauer, neben dem Kopf der Toten.

„Und?", fragte Manzetti.

„Sie wollen nicht schon wieder den Todeszeitpunkt?", sagte Bremer und blinzelte in die Sonne.

„Nein. Davon sind Sie heute befreit."

„Gestern, zweiundzwanzig Uhr", kam es von Bremer, dem wohl kein Leichenzustand mehr etwas anhaben konnte, denn er begleitete seine Aussage mit einem schelmischen Lachen.

„Woher wissen Sie das denn?" Manzetti überwand jeden Ekel und blickte noch einmal auf den Frauenkopf.

„Hier", sagte Bremer und gab ihm einen Pieper, wie man ihn aus den Brusttaschen von Ärzten im Krankenhaus kannte.

„Gegen halb zehn hat sie einen Ruf quittiert, ein weiterer traf gegen halb elf ein, den hat sie aber nicht mehr angenommen. Ich habe mich für die Mitte entschieden."

Manzetti war erleichtert, stand doch damit fest, dass sie zu seinem für heute Vormittag verabredeten Besuch bereits tot war.

„Wo lag der Pieper denn?"

„In der Tasche dieser Jacke. Ich meine das Ding, das sie irgendwann gestern Abend als Jacke angezogen hat und das jetzt nicht mal mehr als Lappen zu gebrauchen ist."

Manzetti lehnte sich gegen den Findling. „Man kann nur hoffen, dass sie wirklich schon tot war, als die Bärin sie packte."

„War sie mit Sicherheit", beruhigte Bremer. „Hier", er wies auf eine Stelle am halben Hals. „Ein Schnitt. Sauber und sehr tief. Ich kann es zwar nicht absolut sagen, aber er ähnelt den beiden anderen. Außerdem …" Bremer stoppte und wühlte in seinem Koffer. Mit einer Pinzette fuhr er anschließend in das Loch, über dem sich früher einmal die Nase befunden haben musste, und zog ein blutdurchtränktes Mullstückchen heraus. „Die Wasserfrage, Manzetti."

Jetzt hatte er das, was er nach seiner Überzeugung brauchte. Er lief zu Lorenz zurück und erklärte ihm, dass er gewillt war, den Fall zu übernehmen.

„Können Sie Ihre Spurensicherung hierlassen?"

„Klar", stimmte Lorenz zu und pfiff schrill durch die Zähne. „Ich bleibe auch hier, falls noch mal ein Problem auftauchen sollte", bot er zusätzlich an.

„Danke", sagte Manzetti. „Haben wir irgendwelche Zeugen?"

„Nein. Gestern Abend hat sie niemand mehr gesehen."

„Dottore?" Bremer tauchte neben ihm auf. „Hier kann ich nichts mehr machen", sagte er und trank den letzten Schluck aus seiner glänzenden Flasche.

„Gut, fahren wir zurück." Manzetti winkte Köppen herbei, und sie gingen den gleichen Weg, den sie gekommen waren.

Den Ausgang schon vor sich, blieb Manzetti neben einem Schild vor der Wisentanlage stehen. Er las laut vor: „Dieses urwüchsige Wildrind bewohnte einst Wälder Mittel- und Osteuropas. Durch Rodung der Wälder und starken Abschuss wurde der Wisent Anfang des 20. Jahrhunderts in der Natur ausgerottet. In Zoos und Gattern überlebten sechsundfünfzig." Nach einer kurzen Pause fügte er hinzu: „Warum machen Menschen so etwas?"

„Weil sie auch so etwas tun", antwortete Bremer und zeigte in Richtung Eisbärgehege.

Sie gingen nacheinander durch das Drehkreuz, und Manzetti blickte noch einmal zu den fast ausgestorbenen Wisenten. Lara, auf ihrem derzeitigen Umwelttrip, würde sich mit keiner Antwort auf diese Frage abspeisen lassen. Sie würde auch ihm die Schuld dafür geben. Stellvertretend für alle Erwachsenen. Würde sie auch einmal so militant, wie es Verena Becker war?

25

Sie wählten den Weg über das Adlergestell, und während sich das Auto durch den dichten Verkehr schob, überlegte Manzetti, wie er nun weitermachen sollte. Wo hatte er anzusetzen? Wie weit musste er zurückgehen, um neue Ansätze zu finden? Bis Brandenburg grübelte er ohne richtiges Ergebnis. In der Direktion ließ er sich vom Dauerdienst berichten. Die Ermittlungsarbeit zu den Schuhen war ganz einfach gewesen, selbst Wolters Fähigkeiten hatten dafür ausgereicht. Der Inhaber des dritten Schuhgeschäfts konnte sich an die Schuhe und an die Frau erinnern, die danach gefragt hatte. Er hatte ihnen erklärt, dass man diese nur im Internet oder direkt beim Hersteller in England kaufen konnte.

„Dort haben wir angerufen. Wir hatten Glück, wir haben in dem Unternehmen jemanden erreicht und erfahren, dass eine Lieferung von vier Paar an den Tierpark Berlin gegangen ist. Direkt an die Tierarztstation", erzählte der Kriminalist stolz.

Mist, dachte Manzetti. Noch am Vormittag hätte er Stein und Bein geschworen, dass Verena Becker die Mörderin war oder zumindest in zweiter Reihe direkt damit zu tun hatte. Nun aber hatte er nichts mehr. Auch keine Lust, für Claasen einen Bericht zu schreiben. Damit konnte er bis Montag warten, denn jetzt war ihm erst einmal alles egal. Er musste zugeben, dass er die Zusammenhänge im Moment nicht mehr durchschaute. Er verließ das Gebäude dieses Mal nicht hinten, sondern durch den vorderen Eingang, der den Besuchern vorbehalten war. Als er hinter sich die schwere Tür ins Schloss fallen hörte und damit wenigstens für einige Stunden mit der Polizei abgeschlossen hatte, fuhr ihm auch noch die Straßenbahn vor der Nase weg. Egal, dachte er. Laufen ist sowieso gesünder.

„Guten Tag, Herr Manzetti", sagte ein tiefer und warmer Bass.

Als er hochblickte, erkannte er den alten Herrn Becker, erwiderte den Gruß und fragte dann: „Wollen Sie zu mir?"

„Hoffentlich nicht", dachte er, denn für das Unterbreiten von Todesnachrichten hatte er momentan keine Nerven.

„Eigentlich nicht. Aber vielleicht können Sie mir ja helfen? Wo kann ich denn in Ihrem schönen Gebäude den Diebstahl eines Fahrrads melden?"

„Wenn Sie reinkommen, gleich am Fenster rechts."

„Danke."

„Sie können sich jetzt Tausende Fahrräder leisten. Nun erben Sie doch alles." Der Gedanke war Manzetti zugeflogen, und er begriff gar nicht, dass er ihn sogar halblaut ausgesprochen hatte.

„Wie bitte?", fragte Becker und hielt Manzettis Arm fest. Dem tat seine dämliche Bemerkung sofort leid.

„Nichts, Herr Becker. Ich hatte nur einen anstrengenden Tag und mit mir selbst geredet."

Aber der Mann ließ nicht locker. „Von wem erbe ich alles?"

Manzetti sah sich Hilfe suchend um. „Hat man denn noch nicht mit Ihnen gesprochen?"

„Worüber denn?"

„Über Ihre Schwiegertochter."

„Wieso? Was ist mit ihr? Die schippert über'n Breitlingsee."

„Sicherlich nicht mehr, Herr Becker."

„Na gut. Dann eben in zehn Minuten."

Jetzt wurde es Manzetti wirklich zu viel, er verlor die Kontrolle und schrie: „Nein, auch nicht in zehn Minuten."

„Was haben Sie denn? Ihr älterer Kollege hat mehr Ruhe, oder?"

„Hören Sie auf! Hören Sie endlich auf", stammelte Manzetti. „Ihre Schwiegertochter ist tot. Sie ist tot, ermordet." Seine Augen hefteten sich an Becker. Sie suchten Halt.

Becker ging kopfschüttelnd die Stufen zum Direktionsgebäude hinauf, drehte sich aber noch einmal um. „Tot ist sie sicher nicht. Auch wenn ich ihr das wünsche. Vor fünf Minuten ist sie mit ihrem Boot direkt unter mir hindurchgefahren."

„Was?" Manzetti drohte jetzt umzufallen.

„Ich stand auf der Jahrtausendbrücke, und sie fuhr mit ihrem Bayliner unter mir in Richtung Breitling."

Manzetti rannte auf Becker zu und schob ihn ins Gebäude.

Dreißig Minuten später starteten ein Hubschrauber und ein Spezialeinsatzkommando aus Potsdam in Richtung Brandenburg.

Herr Becker berichtete, dass sein Sohn draußen am Buhnenhaus ein einsames Bootshaus besessen hatte und dort auch das Boot lag. Eben jener Bayliner mit Kabine im Vorschiff. Und damit war seine Schwiegertochter nun unterwegs, hatte ihn oben auf der Brücke aber wohl nicht gesehen.

Dann wurde er zu ihrem Lebenslauf befragt, und er erzählte das, was er wusste. Von ihrem Vater, der ein sehr netter, aber kein sehr mutiger Mann gewesen war.

„Wie kam die Familie nach Afrika? Das war doch für die Verhältnisse in der DDR alles andere als normal."

„Ja, das ist richtig", sagte Becker. „Aber wie ich es schon sagte: Ihr Vater war kein mutiger Mann. Klug war er, sehr klug sogar, und deshalb wollte er auch, dass seine Kinder woanders aufwuchsen, und meldete sich für ein Projekt, das man heute der Entwicklungshilfe zurechnen würde. So kamen sie legal aus der DDR raus, und er umschiffte für sich und seine Familie die Repressalien, denen sie ausgesetzt gewesen wären, falls er einen Ausreiseantrag gestellt hätte."

„Und so kamen sie nach Namibia?"

„Nicht sofort. Sie gingen nach Angola, und von da wurde ihr Vater erst nach der Unabhängigkeit Namibias abberufen, um in dem südlichen Nachbarland zu helfen."

„Was hat ihr Vater denn beruflich gemacht?"

„Er war in der Landwirtschaft tätig und verstand auch etwas von Melioration."

„Wovon?"

„Von Melioration", wiederholte er. „Nie davon gehört? Das bedeutet so viel wie Bodenverbesserung. Etwas, worüber Sie in Italien nicht so dringend nachdenken müssen, was aber für die Bauern in anderen Regionen dieser Welt überlebenswichtig ist, um auch nur halbwegs an die Ernteerträge des Mittelmeerraumes heranzukommen."

„Und weiter?" Manzetti drängelte, denn er hatte keine Zeit mehr.

„Der Mann war Spezialist für Bewässerungssysteme, und sowohl die Menschen in Angola als auch im Wüstenland Namibia vergötterten ihn, und das hielt bis zu seinem Tod, nur weil er vom Kunenefluss Kanäle ins Landesinnere baute. Ja, und so lebten sie anfangs in Angola und ab 1990 dann in Namibia."

„Und?"

„Und ihr Vater bekam eine Farm geschenkt, auf der sie ihre Tierarztpraxis einrichtete. Das machte schnell Schule, und diverse Tierschutzprojekte siedelten sich in ihrer Nähe an oder baten um Unterstützung. Hauptsächlich solche, die sich dem Schutz von Leoparden und Geparden verschrieben hatten."

„Warum muss man solche schönen Tiere schützen? Warum jagt sie jemand, bis es kaum noch welche gibt?" Seine Frage war eine rhetorische, er erinnerte sich an das große Bild in Beckers Wohnung.

„Ja, haben Sie sich diese wunderschönen Tiere mal angeschaut? Es gibt Pelze, die machen jeden Jäger stolz, das kann ich Ihnen versichern ... Aber kommen wir zu Ihrer Frage zurück. Ihr Vater unterstützte Verena bei der Arbeit, und dann kam die Nacht, in der sie Großwildjäger verfolgt haben, die mit einem namibischen Farmer Elefanten jagen wollten. Das ist in Namibia streng verboten. Wenn Sie dabei erwischt werden, drohen Ihnen zwanzig Jahre Gefängnis."

„Und das ist in Afrika alles andere als angenehm", kommentierte Manzetti, als hätte er damit reichlich Erfahrung.

„Richtig. Und deshalb gehen diese Leute äußerst brutal vor. Lieber schießen sie auf Tierschützer, als dass sie sich vor Gericht stellen lassen."

„Und sie schossen auf Ihre Schwiegertochter?", fragte Manzetti.

„Nein. Sie schossen auf ihren Vater, der drei Tage später in einem Buschkrankenhaus starb."

Manzetti ließ den Satz so stehen. Ihm war jetzt alles klar. Er erinnerte sich an das, was ihm Jochen Kern erzählt hatte, und auch an die Aussage von Pater Johannes und fragte sich automatisch, wie militant diese zierliche Frau in Afrika zu Werke gegangen war. Und jetzt? Hatte sie vielleicht die Rollen getauscht und befand sich nun selbst auf Großwildjagd? Es wäre nicht das erste Mal, dass ein Extremist, und dafür hielt er Verena Becker, die

Legitimation seines Handelns in der Rechtmäßigkeit des Grundanliegens suchte. Dabei spielte bekanntermaßen die Wahl der Mittel eine nur untergeordnete Rolle, und selbst Tötungen von Gegnern wurden lapidar als Notwehrexzess abgetan.

Er ließ Sonja die Befragung weiterführen und rief Köppen zu sich. Er sollte ihn zu einem Sportplatz fahren, wo der Hubschrauber landen würde.

„Stopp", schrie er plötzlich, als Köppen den Wagen über den Nicolaiplatz steuerte. „Erst zum Salzhofufer."

„Sicher?", fragte Köppen. Er konnte sich nicht vorstellen, dass dort ein Hubschrauber landen würde.

„Machen Sie schon", kommandierte Manzetti und riss am Salzhofufer die Tür auf. Er rannte an Bänken vorbei und sprintete bis hinter einen Busch. Die zwei Männer dort erschraken und wurden kreideweiß.

„Mitkommen", befahl Manzetti und zog einen der Kerle am Revers hinter sich her.

Erst im Auto kam der Mann zu sich und stierte Manzetti mit angsterfüllten Augen an. „Wat soll'n dit?", fragte er und strich sich durch seinen zerzausten Bart. „Wat hab ick denn gemacht, Herr Kommissar."

„Ich brauche deine Hilfe", antwortet Manzetti, und der Stadtpenner beruhigte sich. Sogar ein bisschen Stolz stand ihm ins Gesicht geschrieben, als Manzetti mit ihm auf den Hubschrauber zuging. Bevor sie abhoben, setzte Manzetti ihm die Kopfhörer auf und bedeutete ihm, dass er einen Knopf drücken müsse, falls er sprechen wolle.

„Wat soll ick Sie denn helfen?"

„Wir fliegen jetzt über den Breitlingsee, und du suchst alle Bayliner. Okay?"

„Klar doch", sagte der Bärtige und sah aus dem Fenster.

„Und Sie gehen schön tief runter", forderte Manzetti den Piloten auf.

Nach zwanzig Minuten hatten sie das fragliche Boot in einem Schilfgürtel gesichtet. Nach weiteren zwanzig Minuten stürmte das SEK das Boot und nahm Verena Becker fest.

Sie hatte den Bayliner als die Hölle benutzt, die sie ihren Feinden bereiten wollte, und die Morde dort begangen. Die Leichen hatte sie dann auf dem Wasserweg dorthin transportiert, wo sie sie abgelegt und drapiert hatte. Selbst eine Dose mit griechischen Euromünzen fand man an Bord.

Bei ihrer Festnahme war sie sehr ruhig. Sie leistete keinen Widerstand. Warum auch? Manzetti kam zu spät. In der Kajüte lag Nummer drei. Er lag mit Mull in Mund und Nase und mit einem riesigen Schnitt über den Hals. Zu Lebzeiten hieß er Gutendorf.

26

An der Eingangstür des Direktionsgebäudes hielt Verena Becker kurz inne. Sie scheute vor dem Haus zurück wie ein Springpferd vor dem unüberschaubaren Oxer, vielleicht aus Angst vor dem, was für sie noch unsichtbar dahinter lag. Ihre Anspannung legte sich anscheinend auch nicht, als sie die Treppen hinaufgestiegen und vor Manzettis Büro angekommen waren und er mit zwei schwungvollen Handbewegungen aufgeschlossen hatte. Erst als sie sich auf den Stuhl setzte, der wie immer vor dem Schreibtisch stand, wurde sie merklich sicherer und war für das nun nicht mehr zu vermeidende Gespräch bereit.

„Möchten Sie etwas trinken?", fragte Manzetti höflich und bot kaltes Mineralwasser oder Orangensaft an. Sie entschied sich für Mineralwasser und ließ sich auch einen Aschenbecher hinstellen.

„Können wir anfangen, Frau Becker?"

„Womit?"

„Ich habe einige Fragen, die im Moment wohl nur Sie beantworten können."

„Dann fangen wir an, Herr Manzetti." Sie sah sich im Zimmer um, und dann blieb ihr Blick am Schreibtisch hängen. „Sie haben gar keinen Zettel. Schreiben Sie sich nichts auf?"

„Noch nicht. Es sei denn, Sie haben mir etwas außerordentlich Wichtiges zu erzählen."

Sie ging nicht drauf ein, fragte stattdessen: „Ist das ein Bild von Kerstin und den Kindern?" Sie konnte den Bilderrahmen nur von hinten sehen.

„Ja." Manzetti nahm den Rahmen vom Schreibtisch; hielt ihn in ihre Richtung, ohne ihn allerdings loszulassen.

„Schön", sagte sie lächelnd. „Und das sind Ihre Eltern?"

„Nein, das ist quasi so etwas wie meine Großfamilie. Es sind mein Patenonkel und seine Frau sowie unsere beiden Mädchen, und Kerstin kennen Sie ja." Manzetti war stolz auf das Foto und zog es dichter an seinen Körper heran. Es hatte für ihn den Status von etwas Heiligem. Die Berührung durch fremde Hände käme dem Eindringen in seinen Intimbereich oder einer Art Entweihung gleich, und das galt es in jeder Lebenslage zu verhindern.

„Das ist mir leider verwehrt geblieben."

„Sie meinen Kinder?"

„Ja."

„Lag das an Ihrer Beziehung, Ihrem Beruf, oder hatte es andere Gründe?" Manzetti kam der zufällige Schwenk sehr gelegen, konnte er doch so ganz geschickt eine Vertrautheit herstellen und musste nicht mit der Tür ins Haus fallen.

„Wohl einiges davon. Martin wollte keine Kinder, und ich kann auch gar keine bekommen."

„Für eine Ärztin hört sich das sehr endgültig an."

Sie schaute auf ihre Füße und dann wieder in Manzettis Augen.

„Sie meinen, weil die Medizin heute schon Wunder vollbringen kann?"

„So in etwa."

„Aber eine Geburt setzt noch immer das Vorhandensein einer Gebärmutter voraus, und die habe ich nicht mehr, Herr Manzetti."

Der nickte verstehend.

„Würden Sie bitte Ihre Stereoanlage anschalten? Natürlich nur, wenn das bei einem Verhör erlaubt ist."

Manzetti stand auf und ging zu der kleinen Anlage hinüber. „Es ist erlaubt." Er nahm einige CDs in die Hand. „Was möchten Sie hören?"

„Was haben Sie denn im Angebot? Vielleicht nicht unbedingt Eros Ramazotti."

„Puccini, Vivaldi oder Beethoven?", fragte er, ohne ihre Anspielung zu beachten, und breitete die drei CD-Hüllen wie einen Fächer vor seinem Gesicht aus.

„Vivaldi. Vivaldi ist gut. Ich nehme an *Die vier Jahreszeiten*?"

„Die habe ich auch." Manzetti nahm eine andere CD vom Stapel.

„Wer spielt?", wollte sie nun wissen, und Manzetti musste von der Hülle ablesen.

„English Chamber Orchestra unter der Leitung von Henryk Szeryng."

211

„Aha. Würden Sie bitte mit dem Herbst beginnen", bat sie mit dem Augenaufschlag eines kleinen Mädchens in Erwartung schöner Geschenke und knetete ihre Hände.

„Sie mögen den Herbst?"

„Ja. Sowohl bei Vivaldi als auch in der Natur. La caccia heißt der Teil des Herbstes, der mir am besten gefällt. Was bedeutet das eigentlich?"

„Caccia ist die Jagd", übersetzte Manzetti, obwohl er das Gefühl hatte, dass sie seiner Hilfe nicht bedurfte.

„Dieser Teil hat so etwas Nervöses, etwas von dem wirklichen Herbst draußen, wenn die Blätter fallen und durch den Wind in die Höhe gepeitscht werden. Finden Sie nicht auch? Alles vergeht und macht nach einer gewissen Pause Platz für Neues."

„Ich mag lieber den Frühling", entgegnete Manzetti und setzte sich wieder an seinen Schreibtisch, während die ersten Töne allegro erklangen.

„Wer war die Tote im Tierpark?"

„Frau Dr. Kelterer. Eine Studienkollegin von früher. Sie arbeitete im Berliner Zoo, und wir vertraten uns hin und wieder gegenseitig."

„Und wie kam es dieses Mal dazu?"

„Weil ich sie gefragt habe. Ursprünglich wollte ich mich selbst um die Geburt unseres kleinen Panzernashorns kümmern, aber dann ging es mir plötzlich nicht so gut, und ich musste das Bett hüten. Katja sprang freundlicherweise sofort ein."

„Was hatten Sie denn, dass Sie am Nachmittag noch mit mir telefonieren konnten, abends dann vollkommen unpässlich waren und heute wieder fit wie ein Turnschuh sind?"

„Haben, Herr Manzetti. Nicht hatten. Ich habe Krebs. Im Endstadium, und ich vertrage die Chemo nicht so gut."

„Entschuldigung. Das wusste ich nicht."

„Woher auch? Aber entschuldigen müssen Sie sich auch nicht. Wofür denn? Die Menschen sollten lieber lernen, mit dieser Krankheit umzugehen, als sie immer nur zu tabuisieren, denn sie gehört mittlerweile zu unserem Alltag wie Husten und Schnupfen, nur mit dem Unterschied, dass sie nicht ansteckend ist, dafür aber vom Geruch des Todes begleitet wird, und dass man das Rauschen des Styx schon hört. Jeder versucht, sich von einem fernzuhalten, wenn es Krebs heißt. Bei grippalen Infekten ist Abstand viel wichtiger. Aber das machen Sie mal der menschlichen Psyche klar."

„Das Rauschen des Styx? Was soll das sein?", stellte er sich unwissend.

„Griechische Mythologie, Herr Manzetti. Das kennt man doch aber, wenn man eine humanistische Schulbildung genießen durfte, oder?"

„Ich verstehe", mimte er jetzt den Wissenden, um ihre Gedanken nicht zu verlieren. „Sie spielen auf die Überfahrt in das Reich des Hades an."

„Richtig."

„Kam da eigentlich jeder hin, oder war der Hades so etwas wie heute der Himmel?"

„Sie meinen die unendliche Geschichte von Gut und Böse?"

„Ja."

„Leider kamen da alle hin. Die Griechen unterschieden nicht zwischen Himmel und Hölle. Auch zahlen mussten alle."

„Einen Obolus, wenn ich richtig unterrichtet bin?"

„Das sind Sie. Ihre Bildung muss sich offensichtlich doch nicht verstecken."

„Ist das ein Wunder? Ich stamme aus der Toskana, und da liegt bekanntlich auch Pisa."

Sie sah ihn mit ihren grünen Augen an und freute sich sichtlich über seine kleine Anspielung auf die miesen Ergebnisse, die das hiesige Schulsystem im europäischen Vergleich ablieferte.

Dann klopfte es an der Tür, und nach Manzettis lautem „Herein" trat Frau Berger ins Zimmer.

„Dürfte ich Sie kurz sprechen, Herr Hauptkommissar?", fragte die Kollegin des Dauerdienstes und schaute mit einem nicht näher zu definierenden Gesichtsausdruck auf Verena Becker, die so saß, dass die Berger nur ihren Rücken sehen konnte.

„Ich komme", sagte Manzetti, stand auf, entschuldigte sich bei Frau Becker, und dann schloss er die Tür hinter sich.

Als er wieder in sein Büro trat, saß sie noch immer in unveränderter Position, die CD war bereits beim Frühling angekommen, und sie fragte: „Etwas Wichtiges?", als Manzetti sich wieder an den Schreibtisch setzte.

„Wenn man so will", antwortete er in aller Ruhe, denn er hatte jetzt unendlich viel Zeit. Es war Samstag, das Wochenende sowieso verdorben, und mit der eben gewonnenen Information war er in der Lage, seinem Ziel später mit Siebenmeilenstiefeln entgegenzuspringen. Er nahm das immer noch ausgeschaltete Handy aus dem Sakko, das er über die Lehne seines Stuhls hängte. Dann sah er sie an. Sie schaute zwar auch zu ihm, schien aber trotzdem sehr weit weg zu sein. Verena Becker lauschte den Klängen der Musik, und ihre Augen schweiften wie in weiter Ferne umher. Woran mochte sie gerade denken?

„Das ist der Frühling", sagte Manzetti und holte sie damit zu ihm zurück.

„Ja. Aber bei Vivaldi liebe ich mehr den Herbst."

„Vorhin sagten Sie, dass Sie den Herbst nicht nur bei Vivaldi, sondern auch in der Natur mehr mögen als den Frühling. La caccia ... Die Jagd."

„Richtig. Das sagte ich wohl ... la caccia", wiederholte sie wie beiläufig und rang sich ein kleines Lächeln ab.

„Frau Becker, meine Kollegen sind jetzt fertig in Ihrer Wohnung und haben erstaunliche Dinge gefunden. Damit dürfte Ihre Jagd jetzt wohl beendet sein?"

Es trat eine lange Pause ein.

„Frau Becker, sagen Sie mir bitte, wen haben Sie gejagt, und vor allem, hat es sich gelohnt?", fragte Manzetti weiter, als sie sich noch immer in tiefes Schweigen hüllte. „Hat es sich gelohnt, den Tod Ihres Vaters auf diese Weise zu rächen? ... In der Politik lässt man sich in ähnlichen Situationen zu Begrifflichkeiten hinreißen, die schändliches Tun bagatellisieren sollen. Wenn bei einem Raketenangriff unschuldige Menschen sterben müssen, Frauen und Kinder, dann nennen das herzlose und arrogante Politiker lapidar Kollateralschaden. Ist der Tod Ihrer jungen Kollegin wirklich so nebensächlich, so kollateral?"

„Nebensächlich?", fragte sie scharf zurück. „Nebensächlich?" Offenbar hatte der introvertierte Manzetti genau den Nerv der extrovertierten Verena Becker getroffen. Den Nerv, der sie in der weiteren Folge zum Verlierer dieser Unterhaltung machen sollte. „Sieht so aus, Frau Becker. Wenn der Tod eines unschuldigen Menschen billigend in Kauf genommen wird, dann ist er wohl nebensächlich."

„Was wissen Sie denn? Ich habe Sie ausgewählt, weil ich davon ausging, dass Sie für meine Mission intelligent genug sind", schrie sie ihm entgegen. „Aber da habe ich mich wohl doch getäuscht. Kommen Sie mir jetzt bloß nicht mit menschlichen Moralvorstellungen. Die taugen nämlich nicht mal als Suppengrün."

„Sie würzen vielleicht nicht das Leben, aber sie ermöglichen immerhin das Zusammenleben in unserer Gesellschaft, oder?" Manzetti zwang sich zu äußerer Ruhe.

„Die Moral als Stütze der Gesellschaft?" Sie schrie immer noch und rutschte auf dem Stuhl herum. „Die Stütze unseres Zusammenlebens ist das Dollarzeichen in den Augen der Menschen, und dafür nehmen sie in Kauf, dass Lebewesen, wie sie es selbst ja auch sind, ausgerottet werden. Nur Profit zählt. Nur Geld, Herr Manzetti."

„Und deshalb haben Sie Weinrich und Ihren Mann getötet?"
Sie sah finster zu ihm herüber. Gift und Galle quoll aus ihren Augen.

„Warum, Frau Becker? Warum?"

„Nach dem, was Sie gerade gesagt haben, weiß ich nun wirklich nicht mehr, wie ich Ihnen das erklären soll."

„Dann lassen Sie uns das alles aufdröseln?", sagte er ruhig.

„Das ist ein nettes Wort ... Aufdröseln. Also gut, dröseln wir das auf. Was wollen Sie wissen?"

„Wie kamen Sie an Weinrich?"

„Fred Weinrich stand einer katholischen Mission im Norden Namibias vor und betreute neben dem Caprivizipfel auch Gebiete Botswanas. Er hatte ein Laster, und das zwang ihn später, Dinge zu tun, die er besser hätte bleiben lassen."

„Nämlich?"

„Das wissen Sie doch längst. Was fragen Sie mich also?"

„Aber deswegen haben Sie ihn nicht ermordet."

„Nein, deshalb nicht. In dieser Hinsicht war er ein Schwein wie viele andere auch. Sein Fehler war, dass er sich von einer Gruppe erpressen lassen hat, die in Namibia, Botswana und Zambia Elefanten und Nashörner jagte. Davon wusste auch mein Vater und er war dicht dran, ihnen das Handwerk zu legen. Dicht dran, und deshalb haben sie ihn einfach erschossen. Wie eine Oryxantilope. Einfach abgeknallt aus wenigen Metern Entfernung und direkt auf seiner Farm." Sie ballte beide Fäuste, bis jedes Blut aus ihnen gewichen war.

Manzetti saß reglos da und wartete.

„Mein Vater hatte mir aber vorher schon berichtet, dass er den Verdacht hatte, dass diese Gruppe ihre Beute in der Kirchenstation zwischenlagert und von dort auch verschickt. Also machte ich mich an den Diakon ran, dem ja mittlerweile ein gewisser Ruf vorauseilte. Es war auch gar nicht so schwierig und Fred Weinrich ziemlich glücklich, dass er es nicht mehr mit Minderjährigen zu tun hatte, die auch noch Forderungen stellten. Ich war da wesentlich pflegeleichter. So kam ich ganz dicht an ihn heran, und eigentlich war er ein richtiges Weichei, denn er beichtete mir alles. All die Erpressungen und all die Forderungen, die aus der Gruppe heraus an ihn gestellt worden waren. Bei diesen Schweinereien hatte er einen Kontaktmann, einen Lehrer mit dem Namen Martin Becker."

„Also schwenkten Sie um, weil Sie ins Zentrum des Spinnennetzes wollten."

„Sehr gut, Herr Manzetti. Ich schwenkte tatsächlich um, und zu allem Übel verliebte diese Bestie sich auch noch in mich."

„Das sagte uns auch sein Vater."

„Ist ja auch egal. Jedenfalls war er innerhalb der Organisation viel bedeutender als Weinrich. Außerdem war er Kunstlehrer und hatte großes Talent als Bildhauer. Aber er missbrauchte dieses Talent, indem er aus dem Elfenbein schon vor Ort Figuren schnitzte. Es ging sogar so weit, dass er kunstvolle Gefäße fertigte, in die sie Nashornpulver füllten, was dann als teure Potenzmittel an stinkreiche Japaner versendet wurde."

„Wieso ging er aber mit Ihnen nach Deutschland zurück?"

„Wohl aus zweierlei Gründen. Zum einen hatte er sich wirklich in mich verliebt, und zum anderen wurde ich ja quasi ausgewiesen. Also brauchte die Organisation jemanden, der mich hier ein bisschen unter Kontrolle hielt."

„Und hatte er wirklich dieses Interesse an Kindern?"

„Martin?"

„Ja."

„Martin hasste Kinder und damit auch seinen Beruf. Er wollte nur reife Frauen."

„Sein Vater sagte, dass er impotent war."

„Der war alles andere als impotent."

„Warum haben Sie mir aber dann erzählt, dass er es mit Kindern trieb?"

„Ich habe dadurch Zeit gewonnen, weil Sie auf der falschen Spur waren."

„Und warum haben Sie die beiden getötet? Sie waren doch jetzt in Deutschland, also meilenweit weg von Afrika."

„Mein Arzt gibt mir nur noch wenige Wochen. Ich bin in Zugzwang, verstehen Sie das doch endlich! Die beiden waren doch nur kleine Nummern in dem großen Geschäft, aber ich musste endlich mehr erfahren. Deshalb entschloss ich mich, einen nach dem anderen zu foltern, um an die Information zu kommen, die ich benötige, damit die Spitzen der Organisation an den Pranger gestellt werden können."

„Und wer steckt nun dahinter?"

„Fred konnte mir nicht viel berichten. Er wusste nur von Martin. Und Martin hatte nur zu Gutendorf Kontakt. Und der kannte auch wieder nur eine Person, einen ehemaligen Ministerialbeamten. Einen gewissen Raffel. Magnus Raffel. Aber an den komme ich ja nun wohl nicht mehr ran, oder?"

„Was hatte Gutendorf damit zu tun?"

„Er war der Anwalt, der wahrscheinlich hinter den Geldtransfers steckte. Es ist ein Kreuz mit dieser Organisation. Jeder kennt immer nur einen einzigen Menschen über ihm und der auch wieder bloß einen und immer so weiter. Sie kommen an die

Spitze nicht heran, und die hat sicherlich auch Zähne bis in Ihre Kreise."

„In meine?"

„Die Polizei, die Justiz, die Politik. Es geht um Milliarden, Herr Manzetti. Um Milliarden."

„Ich weiß", sagte er resigniert und bot eine Pause an. Er selbst brauchte sie jetzt dringend, denn er musste die Informationen erst einmal sortieren und daraus neue Fragen formulieren. „Wollen wir einen Kaffee trinken und dann weitermachen? Vielleicht sogar mit einem Anwalt?", bot er deshalb an.

„Nein, um erst noch einen Anwalt herbeizurufen, habe ich nicht genügend Zeit. Aber mit einer Pause für einen Kaffee bin ich einverstanden."

Manzetti überließ Köppen das Kaffeekochen und zog sich für einen Moment zurück, um seine Gedanken zu sammeln. Dann nahm er sich selbst auch eine Tasse, kehrte zu Verena Becker zurück und stieg mit einer neuen Frage wieder in das Verhör ein:

„Was sollten die Münzen?"

„Nachdem die Befragung von Martin nicht viel erbracht hatte ..."

„Ach, Befragung nennen Sie das?"

„Sie wollten doch eine Antwort, dann unterbrechen Sie mich doch nicht! Mir war also klar, dass ich nur langsam vorankommen würde. Also musste ich falsche Spuren legen. Für jemanden, der gebildet genug ist, um sich erst einmal daran festzubeißen, bis ich mir Weinrich geschnappt hätte. Meine Wahl fiel auf Sie. Ich deponierte Martins Leiche also in Brandenburg."

„Warum ich?"

„Kerstin hat mir vor fast fünfzehn Jahren auf einem Klassentreffen mal von Ihnen in höchsten Tönen vorgeschwärmt. Und ich halte Sie für klug und engagiert genug, um mein Anliegen weiterzuverfolgen, falls ich zu früh sterben sollte. Nur sollten Sie mir natürlich nicht auf die Schliche kommen, solange ich selbst meinen Plan umsetzen konnte. Aber ich kam langsamer voran als geplant. Weinrich brachte mich nur eine Station weiter. Ich brauchte also mehr Zeit und musste daher eine neue Spur legen, um Sie zu beschäftigen."

„Kinderschänder."

„Genau. Ich brauchte doch noch Zeit für Gutendorf und dann für Raffel. Wer weiß, wohin ich danach noch gekommen wäre? Vielleicht in ein Ministerium?"

„Meinen Sie?"

„Können Sie das ausschließen?"

„Nein, aber ich habe auch noch nicht in diese Richtung ermittelt. Auf Gutendorf sind wir allerdings auch schon gestoßen. Der scheint wirklich der Drahtzieher für die Geldtransaktionen gewesen zu sein."

„Der stand auch nur auf einer mittleren Ebene. Sie müssen sich um die Männer ganz oben kümmern, die gelegentlich als Gönner in Erscheinung treten, die mit links SOS-Kinderdörfer bauen lassen und mit rechts Kinder zur Prostitution oder zu Sklavenarbeit zwingen. Die haben die Macht und die haben die Hand auf dem Elfenbein-, dem Waffen-, dem Drogen- und dem Menschenhandel. Männer ohne wichtige Namen und furchtbar ehrlich. Jedenfalls nach außen. Und die selbst hochgradige Politiker manipulieren. Die sogenannten Mafiabosse sind gegen sie auch nur zweite oder dritte Garde."

Manzetti stand auf und goss Kaffee nach.

Verena Becker bedankte sich für ihre Tasse und wurde plötzlich leichenblass. „Hätten Sie vielleicht ein Glas Wasser?"

„Sicher." Er lief zum Wasserspender auf dem Flur und kam sofort zurück. Als er wieder im Zimmer war, lag sie bereits am Boden, und ein dünner, gelber Speichelfaden kroch aus ihrem Mund.

27

Manzetti stieg die zwei Treppen bis zu seiner Wohnung mit schleppendem Gang hoch und schloss ohne viel Kraft die Tür auf. Leise Musik drang an seine Ohren, Michael Bublé. Also war Kerstin allein zu Hause, und er konnte sich an ihre kleine, aber ungeheuer starke Schulter lehnen. „Hallo, Schatz", empfing sie ihn, als er im Wohnzimmer auftauchte.

„Hallo", erwiderte er und nahm sie sofort in die Arme. „Ich kann nicht mehr. Fertig. Ich bin vollkommen fertig." Sein Jammern löste in der Regel ihren Beschützerinstinkt aus, und genau darauf hatte er es jetzt abgesehen.

„Einen Rosé?", fragte Kerstin zur Einstimmung.

„Nein, lieber einen Barolo. Aber zuerst einen Grappa." Er ließ sich aufs Sofa fallen, warf das Sakko mit Schwung auf den einige Meter entfernten Sessel und knöpfte seine Weste auf. Dann sah er Kerstin zu, wie sie ihm den herrlich gelben Grappa eingoss, den er sofort in einem Zug hinunterstürzte.

„Na, noch einen?"

„Hm", murmelte er und hielt ihr das leere Glas hin. „Wo sind eigentlich unsere Quälgeister?"

„Bei Jochen. Sie haben ihn gefragt, und er war sofort überrumpelt, obwohl er gar keine Zeit hat. Aber daran ist er selbst schuld."

„Weichei", kommentierte Manzetti mit einem netten Lächeln.

„Aber ein liebes. Er freut sich immer, wenn er die Mädchen mal um sich hat. Eigene Kinder kann er doch nicht haben."

„Und dafür müssen wir ihm dann unsere geben? Ich denke, er ist ein richtiger Mann. Dann soll er sich welche machen."

Kerstin strich ihrem Andrea besänftigend durch die Haare. „Mit wem denn? Vielleicht mit Carlos?"

„Carlos? So heißt also der neue Typ. Aha, hört sich zur Abwechslung mal wieder nach einem Latinlover an."

„Es ist der aus dem Café Heider. Du weißt schon, als ihr euch in Potsdam getroffen hattet. Ein ganz süßer."

„Hör auf. Den hat er auch wieder bloß drei Wochen, und dann kommt er angeheult, wie jedes andere Mal auch. Ich höre ihn schon jetzt wimmern."

Das war für Kerstin das Stichwort. Sie wollte nicht zulassen, dass sich ihr Mann weiter über Jochen lustig machte, und eigentlich wollte sie den Grund für sein eigenes Wimmern erfahren. „Wie war denn nun dein Tag?", fragte sie deshalb so unverfänglich wie möglich.

„Sie war es."

„Wer?"

„Deine Verena Becker. Sie hat Weinrich und ihren Mann getötet. Und auch Gutendorf."

Als Kerstin ihre Hände vor den Mund schlug, ihre Augen ihn aber erwartungsvoll ansahen, erzählte ihr Manzetti all das, was er im Berliner Tierpark erlebt und anschließend in seinem Büro erfahren hatte. Er beendete seine Aufzählung mit dem Krankenwagen, mit dem Verena Becker in die Notaufnahme des Städtischen Klinikums transportiert worden war.

„Lebt sie noch?"

„Ja, zumindest zu dem Zeitpunkt, als ich losging. Es geht ihr den Umständen entsprechend. Eine Unverträglichkeit irgendwelcher Medikamente. Eine Art Schock eben."

„Konntest du danach noch mit ihr reden?"

„Natürlich. Wir haben fast eine Stunde miteinander gesprochen, nachdem sie wieder einigermaßen hergestellt war, und sie hat mir alles über ihre Motivation, über den modus operandi und über ihre weiteren Ziele erzählt."

Kerstin goss beiden den dunkelroten Barolo ein. Dann fragten ihre Augen stumm weiter.

„Sie hatte ihre Kollegin unter einem Vorwand um die Vertretung gebeten, sich selbst aber auf den Weg nach Brandenburg und Potsdam gemacht. Beleg dafür ist auch ein Foto einer Radarfalle kurz vor der Autobahn, als sie mit überhöhter Geschwindigkeit durch eine Ortschaft fuhr. Sie hat auch das Kreuz aus dem Pfarramt in Potsdam geholt."

„Aus dem Pfarramt?"

„Ja, aus dem Pfarramt. Pater Johannes hatte mir das angebliche Kunstwerk bereits gezeigt. Ein schwarzes Kreuz, das Diakon Weinrich gefertigt haben soll."

„Und hat er?"

„Wohl kaum. Ich glaube, dass es auch von Becker stammt und nur als Kreuz getarnt im Pfarramt stand. Es ist nämlich nur schwarz angemalt, ansonsten aus reinstem Elfenbein, hat sie mir verraten."

„Aber der Diebstahl macht sie doch noch nicht zur Mörderin, oder?"

„Das alleine nicht. Aber in ihrer Wohnung haben wir ein Buch gefunden: Die Tortur. Darin werden Foltermethoden aus dem Mittelalter erläutert, und die Passagen um die Wasserfrage sind mit einem Filzstift markiert."

„Das kann ihr aber auch jemand hingelegt haben."

„Schon, aber sie hat mir alles gestanden und belastet nicht nur Weinrich und Becker, sondern auch Gutendorf und Raffel. Von nun an, so meint sie, müssten wir allerdings alleine weiterkommen."

„Und kommt ihr?"

Manzetti trank einen Schluck und zuckte mit den Schultern.

„Sie wird doch nicht auch noch ihre Kollegin getötet haben?"

Er schwieg und besah sich den schimmernden Rotwein in seinem Glas.

„Andrea, sag, dass es nicht wahr ist!"

„Doch. Auch diesen Mord hat sie begangen."

„Warum denn das?"

„Ihr war klar, dass wir sie bereits im Visier hatten, und sie ging davon aus, dass diese Gruppe, die sie selbst im Fadenkreuz hatte, direkte Kontakte in die Polizeispitze und sogar bis ins Innenministerium besaß, demzufolge auch über jeden Ermittlungsstand informiert war. Sie kannte deren kriminelle Energien gut genug, um zu begreifen, dass man sie aus dem Weg räumen würde. Deshalb musste ihre Kollegin sterben."

„Quasi, um ihr ein Alibi zu verschaffen."

„So in etwa. Für die nächsten Tage wäre sie für tot erklärt worden, und niemand hätte sie mehr gesucht. Sie hätte also in aller

Ruhe nach Gutendorf auch noch an Raffel gehen können, um immer dichter ans Zentrum zu gelangen."

„Dann ist sie ja eine ..." Kerstin traute sich nicht, das nächste Wort auszusprechen.

„Ja, das ist sie. Frau Dr. Kelterer war ihr Kollateralschaden."

„Und nun?"

„Morgen wird sie voraussichtlich aus dem Krankenhaus entlassen und bis dahin dort bewacht. Ich werde also morgen erst ein Protokoll aufnehmen lassen und sie dann einem Haftrichter vorführen."

„Was wird sie bekommen?"

„Ich vermute lebenslänglich, auch wenn das zeitlich nicht so lange ist. Jedenfalls nicht in ihrem Fall."

„Warum hat sie eigentlich auch ihrer Kollegin diese Dinger in die Nase und den Mund geschoben?"

„Es sollte wohl so aussehen, als sei auch ihr die Wasserfrage gestellt worden. So sollten wir weiter im Ungewissen tappen. Mit den Informationen, die sicherlich auch von Claasen kamen ..."

„Du meinst, dass Claasen da mit drinhängt?"

„Nein. Aber er ist einfältig genug, um sich von Leuten wie Gutendorf umschmeicheln zu lassen, und dann plaudert er, ganz im Vertrauen natürlich, nur um in diesen Kreisen verweilen zu dürfen. Er erkauft sich seine gesellschaftliche Stellung, ohne wirklich Schaden anrichten zu wollen. Aber so sind Menschen, besonders dann, wenn sie um Anerkennung buhlen."

„Und welche Informationen hatte sie nun über euch?"

„Das weiß ich im Einzelnen noch nicht. Sie war nach einer Stunde sehr schwach und bat um eine Auszeit. Morgen werden wir über alles reden, was mir noch unklar ist."

„Dann hat es also keine Morde gegeben, die mit Kinderschändern oder ähnlichen Dingen zu tun haben?"

„Hat es wohl nicht. Aber trotzdem sind vier Menschen gestorben, und das auch noch auf eine bestialische Art und Weise. Das reicht doch wohl, oder?" Manzetti merkte offensichtlich nicht, worauf sie hinauswollte, dass sie die Geschichte um die seit Tagen in allen Medien präsenten Tötungsdelikte bereits verlassen hatte und eingetaucht war in ihre eigene Familie. Kerstin war schon längst wieder Mutter, nicht mehr nur Ehefrau eines Ermittlers der hiesigen Polizei.

„Hast du Lust auf ein Essen? Wir haben doch heute eine sturmfreie Bude. Wann kommt das schon mal vor?" Manzetti hatte Hunger, und etwas Abwechslung könnte ihm sicherlich nicht schaden, also stimmte er zu. „Wohin?", fragte er knapp.

„Nur über die Straße. Ins Malabar. Das ist ein neues indisches Restaurant, das erst seit gestern geöffnet hat. Lass uns das mal probieren."

Manzetti war nicht begeistert. Indisch? An sein letztes indisches Essen hatte er keine guten Erinnerungen, da er scharfe Speisen überhaupt nicht vertrug und eigentlich die mediterrane jeder anderen Küche vorzog. „Indisch? Muss das wirklich sein, Schatz? Ich bin Italiener und …"

„Halbitaliener! Dein Vater war ein deutscher Diplomat", fiel ihm Kerstin ins Wort und schlug ihn mit seinen eigenen Waffen. „Bitte, bitte."

Was sollte er jetzt noch entgegnen? Sie kommandierte die Familie mit sehr verführerischen Mitteln, und da er und die Mädchen davon stark profitierten, ließen sie sich immer wieder darauf ein. Nicht nur wegen fehlender Gegenargumente, sondern auch immer, um ihr einen Gefallen zu tun. „Gut, dann eben indisch."

Schon fünf Minuten später saßen sie an einem Tisch auf der herrlichen Terrasse, die jedem Gast einen ungehinderten Blick auf den Stadtkanal gönnte und so eine Atmosphäre schuf, die in dieser Stadt nur noch im Fontaneclub und dem darüber liegenden italienischen Restaurant geboten wurde.

Sie freuten sich beide und stießen mit dem Begrüßungsprosecco an, der längst nicht mehr überall üblich war.

„Ich liebe dich. Immer", sagte Kerstin und setzte das Glas an ihre Lippen.

„Ich dich auch." Dann trank auch Manzetti. „Wenn ich morgen alles schaffe, könnten wir vielleicht doch noch in den Urlaub fahren. Was meinst du?"

„Gerne", antwortete Kerstin und freute sich sichtlich. „Hast du noch viel zu tun morgen?"

„Nein. Ich denke nicht, denn die wesentlichen Aussagen sind getroffen. Wir müssen alles nur noch mit dem objektiven Befund abstimmen, aber das dürfte nicht so kompliziert sein. Warum fragst du?"

„Das Motiv der Morde. Es liegt also wirklich beim Tierschutz?"

„Und in dem Wunsch nach Rache für den Tod ihres Vaters."

„Es gibt also keine Kinderschänderszene in Brandenburg?"

„Nein. Offensichtlich nicht. Was soll das, Kerstin?"

Sie stellte ihr Glas mit einer schnellen Bewegung auf die Steinplatte des Tisches. „Dann lass sie doch gehen."

„Wen? Verena Becker?"

„Nein, die nicht."

„Wen dann?"

„Deine Tochter!"

Manzetti sackte in sich zusammen. Daran hatte er nun wirklich nicht mehr gedacht. „Zu dieser Party? ... Ich weiß nicht. Ich habe Bedenken, ich meine ... sie ist doch erst vierzehn."

„Wenn wir in den Urlaub fahren, sind die Kinder bei Irene und Herbert. Überlass Irene die Entscheidung. Sie wird die richtige treffen."

Er hatte längst verloren, und seine Gegenwehr war nur noch eine Zugabe für die Galerie. Reine Makulatur. „Aber wenn sie zu leichtfertig entscheidet?"

„Irene?"

„Ja, ich meine ..."

„Andrea, hat sie früher leichtfertig entschieden, als du zur Disco wolltest?"

„Nein, aber das war doch etwas ganz ..."

„... anderes? Ich glaube nicht. Jedenfalls nicht aus Laras Sicht."

„Also gut. Soll Irene entscheiden. Und hier entscheidest du", sagte er spontan und schob die Speisekarte zu ihr rüber. „Ich habe ja wohl nichts mehr zu sagen in dieser Familie."

„Schmoll nicht", sagte sie mit der ihr eigenen Fröhlichkeit und stieß noch einmal mit ihm an. Dann winkte sie dem Kellner und bestellte für beide ein Hühnchencurry – wenig scharf – und vorher eine Suppe, deren Namen Manzetti zweimal lesen musste, bevor er ihn aussprechen konnte.

28

Am nächsten Morgen stand Manzetti etwas verkatert auf, denn entgegen seiner Gewohnheit hatte er noch viel zu viel Rotwein getrunken, nachdem Kerstin müde in ihr Bett gefallen war. Er musste dringend nachdenken, obwohl ihm das mit jedem neuen Glas schwerer fiel, aber nach der zweiten Flasche Barolo waren die guten Vorsätze regelmäßig sowieso verschwunden. So kippte er nun einen Espresso nach dem anderen in sich hinein und fühlte mit der Zunge den pelzigen Belag auf seinen Zähnen.

„Lass doch Sonja die Vernehmung machen", schlug Kerstin vor.

„Ich bin der leitende Ermittler", war seine mürrische Antwort, und darauf verschwand er im Bad, aus dem bald das Geräusch der elektrischen Zahnbürste zu hören war.

Als er wieder im Wohnzimmer auftauchte, küsste er seiner Frau ganz sanft den Nacken und fragte: „Fährst du mich?"

„Aber sicher." Sie erwiderte seinen Kuss und schob eine Bitte hinterher. „Darf ich sie sehen?"

„Wen?"

„Verena."

„Wir sind doch kein Zoo."

„Wenigstens auf dem Flur. Ich bin auch ganz ruhig und stelle keine Fragen."

„Also gut", willigte er ein und biss von ihrem Croissant ab.

In der Direktion brachte er Kerstin in sein Büro und wählte von dort den Dauerdienst an. „Manzetti hier. Hat schon jemand Frau Becker aus dem Krankenhaus geholt?"

„Herr Hauptkommissar, Sie möchten umgehend zu Direktor Claasen kommen", antwortete ein Mann, dessen Stimme Manzetti nicht erkannte.

„Haben Sie nun Frau Becker schon geholt?"

„Nein. Aber darüber will der Direktor mit Ihnen reden." Manzetti überlegte kurz und beendete dann das Gespräch ohne weitere Worte.

„Warte hier. Ich bin gleich zurück", wies er Kerstin an und machte sich auf den Weg zu seinem Vorgesetzten. Die Tür zu Claasens Vorzimmer stand offen, wie auch die zu seinem Büro. Also gelangte Manzetti ohne zu klopfen bis zum Direktor. „Manzetti, setzen Sie sich hin", knurrte Claasen ohne Begrüßung. „Was haben Sie sich eigentlich dabei gedacht?" „Wobei?", fragte der völlig verdutzt. „Stellen Sie sich doch nicht dümmer, als Sie sind."

Manzetti machte einen Schritt nach vorn, und sein Blick fiel auf die Eckcouch schräg vor ihm und damit auf einen Mann, der Rechtsanwalt Gutendorf sehr ähnlich war. Auch er war sehr sorgfältig gekleidet. Beim Sitzen hatte er ein Bein über das andere geschlagen. Seine verschränkten Hände ruhten auf seinem Oberschenkel.

Ganz anders Claasen, der sehr nervös hinter seinem Schreibtisch hin und her wanderte, wie ein Tiger im Käfig. „Was haben Sie sich nun dabei gedacht, Manzetti?" Diesmal schrie er ihm die Frage entgegen.

„Ich weiß nicht, wovon Sie sprechen, Herr Direktor."

„Von Ihrem eigenmächtigen Vorgehen. Von der mehr als merkwürdigen Vernehmung dieser Frau Becker."

„Aber ..."

„Nichts aber. Gott sei Dank hat sich Herr Franz angeboten, die Verteidigung von Frau Becker zu übernehmen." Direktor Claasen sah nun zur Couch und nickte dem dort sitzenden Anwalt anerkennend zu.

Das war also Kurt Franz. Ein Anwalt, der extra aus Kapstadt kam. Das hatte gewiss nichts Gutes zu bedeuten.

„Ich wiederhole: Gott sei Dank, denn Ihr Alleingang war alles andere als gesetzeskonform." Mit diesen Worten setzte sich Claasen und forderte Manzetti auf, vor ihm Platz zu nehmen, sodass er Franz im Rücken hatte und sich in dieser Position gar nicht wohlfühlte.

„Herr Franz", polterte Claasen weiter, „hat gemeinsam mit dem Staatsanwalt und mir die gröbsten Ihrer Fehlleistungen wieder geradegerückt und unsere Direktion somit vor großem Schaden bewahrt."

„Aber", versuchte Manzetti sich Gehör zu verschaffen, „die Vernehmung von Frau Becker sollte doch erst heute stattfinden."

„Solch einen Blödsinn habe ich lange nicht gehört", kam es in nach wie vor unangemessener Lautstärke von Claasen. „Sie hat doch ein Geständnis abgelegt, oder nicht? Nach unserem Gespräch mit dem Staatsanwalt", und wieder nickte er dem Rechtsanwalt zu, „haben wir veranlasst, die Frau noch gestern Abend in ein Haftkrankenhaus nach Berlin zu verlegen, weil dort ja auch der Tatort war. Also sind die Berliner Behörden zuständig, Manzetti."

„Das glaube ich nicht."

„Das glauben Sie nicht? Aha. Dann liegt wohl der Tierpark neuerdings im Land Brandenburg, oder was?"

„Und die anderen Taten?"

„Die sind auch in Berlin begangen worden. Sie hat die Leichen hier nur abgelegt."

„Woher wissen Sie das?", fragte Manzetti sehr überrascht.

„Sie ist noch gestern Nacht in Berlin vernommen worden und sie hat sogar ihr Geständnis unterschrieben, bevor sie sich das Leben nahm."

„Bevor sie was?", schrie jetzt Manzetti mit gepresster Stimme.

„Ja. Sie kam wohl mit den von ihr begangenen Verbrechen nicht mehr klar, zumal sie sowieso schwer krank war."

„Ich weiß. Sie hatte Krebs im Endstadium", ergänzte Manzetti resigniert, denn die Verbindung von Geständnis und Kurt Franz ließ ihn Böses ahnen.

„Krebs? Nein. Sie war HIV-positiv und hatte nur noch eine Lebenserwartung von ein paar Wochen", erklärte Claasen und schien das wirklich zu glauben.

„Quatsch", fiel Manzetti ihm ins Wort. „Sie hatte Krebs und wollte vor ihrem Tod noch mit dem organisierten Verbrechen aufräumen."

„Manzetti, Sie sollten Urlaub machen. Sie sind ja völlig überarbeitet! Hier, in ihrem Geständnis steht doch alles schwarz auf weiß." Claasen reichte es Manzetti, der die vier Blätter in die Hand nahm, aber nicht lesen wollte.

„Was hat sie ausgesagt?"

„Das steht alles da drin. Sie war eine Bestie. Sie hatte erst ein Verhältnis mit Fred Weinrich und dann mit Martin Becker. Beide haben sich von ihr getrennt, und dafür machte sie Frau Dr. Kelterer verantwortlich. Motiv: Rache wegen verschmähter Liebe. Hinzu kommt, dass sich Becker wohl bei der Kelterer angesteckt und die Krankheit auf Frau Becker übertragen hat. Und in den armen Gutendorf war sie auch verliebt."

„Und das Elfenbein?", warf Manzetti ein und drehte sich damit zu Kurt Franz um. Der aber reagierte nicht, würdigte Manzetti nicht einmal eines Blickes und sah nur zu Claasen.

„Welches Elfenbein?", fragte deshalb Claasen nach.

„Das in den Schuhen der Opfer und das aus dem Pfarramt."

„Die Schuhe waren wohl ihr Hinweis auf die sogenannte feine Gesellschaft, und von Elfenbein steht hier nichts. Haben Sie etwa Beweismittel unterschlagen?", fragte Claasen und kippte damit das Gespräch zuungunsten Manzettis.

„Nein", stotterte der und bereute nun zutiefst, dass er all seine Erkenntnisse nicht aktenkundig gemacht hatte. Nachträglich würde er da nichts mehr machen können, und Bremer als Zeugen zu vernehmen, wäre für dessen Karriere zu gefährlich, schließlich waren seine Untersuchungen nicht offiziell angeordnet worden, und die Position des Mediziners war wegen seiner Alkoholprobleme ohnehin schon bedroht genug.

„Also, was faseln Sie da von Elfenbein aus dem Pfarramt? Ein Kreuz haben wir in ihrer Wohnung gefunden, aber das war aus Gips."

Jetzt stand Manzetti auf und trat zur Couch, auf der Kurt Franz saß. „Herr Rechtsanwalt, waren Sie bei der Abgabe dieses Geständnisses zugegen?"

Franz stand ebenfalls auf und war damit etwa auf Augenhöhe mit Manzetti. „Leider nicht, Herr Kommissar. Aber das verdanken wir ja wohl Ihrer Unprofessionalität. Als ich in Berlin ankam, hatte sie schon ausgesagt und sich an ihrem Krankenbett erhängt."

„Wie schade", kommentierte Manzetti diese Äußerung mit einem gewissen Maß an überzogener Selbstironie.

„Es bleibt aber noch genug zu tun."

„Und das wäre?"

„Der Nachlass, Herr Kommissar. Frau Becker hat in ihrem Testament verfügt, dass meine Kanzlei ihr Erbe regulieren soll. Sie hat fast eine Million von ihrem Mann geerbt, auch wenn sie ihn umgebracht hat, und das ist nun gerichtlich zu klären."

„Hatte Martin Becker nicht noch andere Konten?" Manzetti konnte nicht aufhören zu stochern, obwohl er sicher war, weiter nach Strich und Faden belogen zu werden.

„Davon ist mir bislang nichts bekannt. Haben Sie anderweitige Informationen?"

Die hatte er, aber auch die konnte er nicht einsetzen, denn sie waren illegal durch Sonja beschafft worden und damit nicht verwendbar. Manzetti fühlte sich miserabel. Vor ihm stand der Mann, der zwar nicht die Spitze des organisierten Verbrechens darstellte, der aber in der Hierarchie auch nicht ganz unten stand. All die Mittel, derer sich Kurt Franz bediente, waren verboten, illegal, sogar gefälscht, wie das Testament von Verena Becker, oder sonst wie kriminell, aber er hatte ihnen nichts entgegenzusetzen. Wenn er selbst aber zu Methoden griff, die sich am Rande der Legalität bewegten, konnte er mit dem Ergebnis regelmäßig nichts anfangen. Wie mit seinen Kenntnissen über Beckers Geldanlagen. Kurt Franz hatte jetzt alle Zeit der Welt, die Konten von Becker einfach verschwinden zu lassen, denn das Bankgeheimnis war nicht erfunden worden, um das Girokonto von Lieschen Müller zu schützen, sondern Menschen wie Franz oder seinen Auftraggebern freie Bahn für ihre illegalen Geschäfte zu verschaffen.

Manzetti drehte sich wieder zu Claasen, der noch immer an seinem Schreibtisch saß und die Hände gefaltet über der Tischplatte hielt.

„Wird es noch eine gerichtsmedizinische Untersuchung des Leichnams geben?"

„Wofür?", fragte Claasen zurück.

„Um zu überprüfen, ob sie wirklich HIV-positiv war."

„Wozu? Wir haben ihre Aussage, und sie war der Meinung, dass sie sich bei ihrem Mann angesteckt hat, der sich wiederum den Virus bei Frau Kelterer geholt hat. Deshalb wollte sie doch Rache nehmen. Außerdem ist sie schon heute früh zur Einäscherung ins Krematorium gebracht worden. Der Fall ist erledigt, Manzetti."

„Ja", bestätigte er und nahm um sich herum nichts mehr wahr, als er das Zimmer verließ.

29

Erst bei Kerstin fing er sich wieder.

„Was ist?", fragte sie besorgt.

„Nichts. Sie ist gestorben."

„Oh, Gott. Einfach so?"

„Einfach so", bestätigte Manzetti, obwohl er das am wenigsten glaubte. Er war sich sicher, dass Verena Becker aus dem Weg geräumt worden war und dass er es hätte verhindern können. Plötzlich bekam er Mitleid mit einer mehrfachen und skrupellosen Mörderin.

„Fahr schon alleine in die Wohnung zurück und buch uns im Internet eine Woche Urlaub ab morgen."

„Wo möchtest du hin?"

„Nach Hause."

„Nur nach Hause?"

„Ja. In die Toskana. Am liebsten nach Siena."

Als Kerstin gegangen war, rief er Köppen zu sich, um ihn zu fragen: „Was haben Sie in der Wohnung von Frau Becker gefunden, das auf Elfenbein schließen ließ?"

„Auf Elfenbein?", fragte der junge Kollege verwundert.

Eine weitere Frage stellte Manzetti nicht mehr. Er wusste augenblicklich, dass er Opfer seiner eigenen Nachlässigkeit geworden war. Als ihm gestern während der Vernehmung von Verena Becker die Botschaft gebracht worden war, dass man dieses Folterbuch und ein Kreuz gefunden hatte, hatte er zwar seine Schlüsse daraus ziehen können, aber leider versäumt, die Beweisstücke sofort in die Direktion bringen zu lassen. Er hatte wirklich gedacht, dafür noch viel Zeit zu haben, und war davon überzeugt gewesen, dass Dinge, die sich erst einmal in polizeilicher Obhut befanden, dort nicht mehr abhanden kommen würden. Aber damit hatte er offensichtlich das organisierte Verbrechen gehörig unterschätzt. Sie hatten nur eine Nacht gebraucht, um die objektive Beweislage einem gefälschten Geständnis anzupassen, und sich dabei seine Schluderei zunutze gemacht.

Köppen hatte zwar neben dem Fund des Folterbuches auch den des Kreuzes gemeldet, aber nie und nimmer angenommen, dass es sich um Elfenbein handelte. Manzetti hingegen war zwar davon überzeugt gewesen, hatte es aber nicht sofort zur Untersuchung in die Kriminaltechnik bringen lassen. Und nun war das alles ausgetauscht und somit nutzlos. Jedenfalls für ihn. Er griff wieder zum Telefon und wählte die Handynummer von Bremer.

„Bremer", meldete er sich knurrend, und Manzetti konnte den Kater des Mediziners deutlich heraushören.

„Dottore, eine letzte Frage. Kommen Sie an das Blut von Verena Becker heran, die gestern bei Ihnen im Krankenhaus behandelt worden ist?"

„Ich kann mich erkundigen, rufe Sie gleich zurück."

Es dauerte wirklich nicht lange, aber er hatte keine guten Nachrichten für Manzetti. „Tut mir leid, das Labor hat alles aufgebraucht."

„Verdammter Mist!"

„Warum? Was ist denn mit ihr?"

Manzetti schilderte Bremer in kurzen Sätzen die Lage, und der Mediziner bedauerte aufrichtig, ihm nicht helfen zu können.

„Aber wenn sie den Virus von ihrem Mann haben soll, dann melde ich gehorsamst, dass es nicht sein kann. Der hatte nämlich kein Aids."

„Wissen Sie das sicher?"

„Manzetti, für wen halten Sie mich denn? Na klar weiß ich das sicher."

„Ist das aktenkundig?"

„Hm ..."

„Ist es aktenkundig, Bremer?"

„Das nun nicht. Aber sicher trotzdem. Wissen Sie, mein lieber Commissario, wenn ich eine Leiche aus Schwarzafrika auf den Tisch bekomme, dann prüfe ich zur eigenen Sicherheit, nur zur Vorsicht, ob HIV im Spiel ist."

„Und das ist eigentlich nicht ganz ..."

„Sprechen Sie nicht weiter, Manzetti. Mit Ihrer Isotopenanalyse war es doch auch nicht anders."

„Ja, Bremer, Sie haben ja Recht. Wir haben uns am Rand der Legalität bewegt und sind abgestürzt. Andere waren geschickter als wir", musste er zugeben und verabschiedete sich. Jetzt war auch seine letzte Hoffnung begraben, die Wahrheit ans Licht zu bringen.

Verena Becker würde als Mörderin gelten, die allein aus Rache gehandelt hatte, und Kurt Franz & Partner würden weiter ihren Geschäften nachgehen können, vorsichtiger zwar, aber doch so lange, bis der letzte Elefant abgeknallt sein würde und auf dem Schild an einem Zoogehege geschrieben stünde:

„Dieser urwüchsige Dickhäuter bewohnte einst Savannen und Wälder Afrikas und Asiens. Durch Rodung der Wälder und starken Abschuss wurde der Elefant Anfang des 22. Jahrhunderts in der Natur ausgerottet. In Zoos und Gattern überlebten sechsundfünfzig Exemplare."

ENDE

Vom selben Autor

Havelsymphonie
224 Seiten, Paperback, 2008
978-3-935263-58-0

Haveljagd
220 Seiten, Paperback, 2009
ISBN 978-3-935263-66-5

Havelgeister
224 Seiten, Paperback, 2011,
ISBN 978-3-935263-87-0

Havelbande
224 Seiten, Paperback, 2015
ISBN 978-3-95475-104-4

Havelgift
210 Seiten, Paperback, 2017
ISBN 978-3-95475-148-8

Havelreime
226 Seiten, Paperback, 2018
ISBN 978-3-95475-185-3

Haveldorf
223 Seiten, Paperback, 2022
ISBN 978-3-95475-240-9